暗　転

新装版

堂 場 瞬 一

朝日文庫

本書は『暗転』二〇一二年六月刊行の四六版、
二〇一五年六月刊行の朝日文庫の新装版です。

暗転　新装版　目次

暗転

新装版

Day 1

1

パンが潰れた。

辰巳《たつみ》吾《ご》朗《ろう》は、たすきにかけたバッグの中に嫌な感覚を覚えて、舌打ちした。朝飯に食べようと思って途中で買ってきたパンが……バッグに手を入れて確かめたいが、身動きが取れない。自分の体が妙な形にねじれているのを、どうしようもなかった。

それにしても、こんなに混んでいるとは……いつもはラッシュアワーが一段落した午前十一時ぐらいに電車に乗るので、運がよければ座れることすらある。「週刊タイムス」の編集部員である辰巳の生活リズムは、普通のサラリーマンとは、ずれているのだ。昼前に出社して、夜中、あるいは明け方まで。それがいかに楽なものだったかを、このラッシュで強く意識した。普通の人は、これだけで一日のエネルギーの大半を使い果たしてしまうのではないだろうか。特に今日は湿度が高く、車内は蒸し暑い。

停車……何人か降りたが、その何倍もの人が乗りこんでくる。辰巳は吊革《つりかわ》を摑《つか》んで辛うじてバランスを取った。膝が、前に座っている中年男性の膝にぶつかってしまう。男は一瞬むっとして顔を上げたが、すぐにまた目を閉じ、軽い寝息を立て始めた。この程度の混雑ぐらいでは、朝の安眠を妨げられることはないようだ。人間っていうのは、どんなに過酷な環境にも慣れるものだな、と辰巳は妙に感心した。

そんなことよりも今は、潰れたパンが気になる。潰れても食べられないことはないだろうが、中身がはみ出たカレーパンは、見た目からして食欲を奪うだろう。今日は一日長くなりそうだから、朝食ぐらいはちゃんと食べておかなくてはいけないと思ったのだが……こんなことなら、あと五分早く出て、立ち食い蕎麦《そば》でも食べればよかった。それでも、飲み物を入れてこなかったのは正しい判断だったな、と自分を慰める。紙パックの野菜ジュースでも入れていたら、今頃バッグの中は大惨事になっていただろう。

ドアがなかなか閉まらないようで、いい加減うんざりしてきた。後続の電車が遅れているらしいので、何としてもこの電車に乗ろうとしている人が多いのだろうか、無理するなよ……文句を言いたかったが、口をつぐむ。周りでは、自分のポジションを確保しようとする人たちが、苦しそうな呻《うめ》き声を漏らしている。これで怪我人《けがにん》が出ないのは奇跡だ。外国人が驚くわけだと、変に納得する。

ようやくドアが閉まって、電車が動き出した。吊革を摑んでいるので体は安定していたが、背中を押されて海老反《えびぞ》りになり、前へ押し出される感覚が耐え難い。スピードが上がるに連れて後ろからの圧力が強くなり、吊革は指先で摑んでいるだけになってしまった。その指が滑りそうになる。何とか踏ん張って、逆の右手を伸ばし、摑んだ。バッグが押し潰される。頼むから、パンの袋だけでも無事でいてくれよ、と祈るような気持ちだった。バッグの中にはパソコンやデジカメ、ＩＣレコーダーが入っている。カレーや油分が付着したら、精密機器がどうなるか、不安だった。

　何でこんな朝早くに……相手がある仕事だから仕方ないんだよな、と自分に言い聞かせる。今日インタビューする作家は、よりによって――辰巳にとってのよりによってだ――午前九時に、仕事場のある品川のマンションに来るよう、指示してきた。今、新聞の連載小説にかかっていて、ほとんど毎日、そこで朝まで仕事をしているのだという。どうせなら、夜中のインタビューの方が辰巳も動きやすいのだが、相手の仕事を邪魔するわけにもいかない。早起きは面倒だなと思いながら、その時は、こんなに大変なことになるとは想像もしていなかった。これに毎日耐えている人は、本当にすごい。尊敬に値する。窓の外に、ちらりと緑が見えた。桜の季節は一月ほど前に終わり、今は街に緑が溢れている。

　電車のスピードがさらに上がる。都県境の鉄橋が近づいているのが分かった。が、いつもより少しだけスピードが速い気がする。朝のラッシュ時だから、逆にスピードが出にくいのが普通だと思うのだが……加えて、妙な揺れを感じた。揺れというか、振動。電車が小刻みに上下しているような感じがする。何か変だ。地震でも起きているのだろうか。

体がゆっくりと後ろに引っ張られる。鉄橋の手前の緩い右カーブに差しかかったのだ、と分かった。混雑の中でわずかに隙間ができたので、思い切って両手で吊革を摑む。腕にどんどん力がかかる。誰かが首根っこを引っ張って、後ろへ引き倒そうとしている感じ。おかしい……ここのカーブ、こんなに急だったか？　車内に呻き声が満ちる。おいおい、これじゃ本当に怪我人が出るぞ？

ブレーキが軋《きし》む。いや、これは鉄が割れるような嫌な音だ。悲鳴が上がる。ますます体が後ろへ引っ張られ、吊革を摑む前腕がびりびりと緊張する。指が滑り、とうとう放してしまった。呻き声が悲鳴に変わり、意味不明な叫びがあちこちで上がった。

その瞬間、世界がひっくり返る。

2

鉄の臭いが立ちこめていた。

鼻の頭に釘《くぎ》を擦《こす》りつけられた感じ。いや、鼻血か？　細く長い悲鳴が耳についた。ゆっくり目を開ける。開けたつもりが、視界が半分しかない。何かが目の前を塞《ふさ》いでいるのか……違う。左目が開かないのだ。それを意識した途端、目に猛烈な痛みが襲ってくる。どこにいるんだ？　どんな格好をしてるんだ？　寝ている……寝ているようだが、どうもおかしい。平らな場所ではない。ごつごつした物の上に寝ているらしく、下は何か柔らかい……しかも、もぞもぞとうごめいている。気持ちが悪い。経験したことのない感覚だ。

背中から誰かの声が聞こえる。

「……助けて……」喉を潰されながら、無理矢理押し出したような悲鳴。

誰かの上になっている？　辰巳は慌てて上体を起こそうとしたが、体の自由が利かない。足だ。足が何かに挟まれている。クソ、落ち着け。何が起きたか、考えろ。生きてるし、意識もあるんだから、分析ぐらいできるはずだ。半分しかない視界で、まず周囲の状況を把握しようと努める。目の前に見えている銀色の棒は……棚だ。棚だが、どうしてこんなところにある？　目の前三十センチほどのところに棚、というのはあり得ない。右側しか見えないので、首を動かして少し視界を確保した。

その瞬間、状況を理解する。

車両がひっくり返っているのだ。おそらく、進行方向へ向かって、左へ九十度。左側が下になり、自分は多くの人が折り重なって倒れる中、一番上で寝ているのだ。途端に、吐き気を覚える。自分の下に、何人の人間が下敷きになっているのか。不謹慎にも、一瞬オイルサーディンの缶詰を想像してしまった。圧迫され、平たくなったサーディンが積み重なる様子。

どこからか入りこんでくる白煙が鼻を刺激し、同時に恐怖が襲う。火事？　どこかで車両が燃えている？　冗談じゃない。車両が突然ぐらりと揺れ、背骨を這《は》い上がる恐怖を感じる。地震だったのか？　安全限界を超えた揺れが襲い、車両が横倒しになってしまったとか。

それにしても、何とか逃げ出さないと。重石《おもし》になっている自分がいなくならないと、下にいる人が圧死してしまう。

辰巳は腕を伸ばして棚を摑んだ。左腕で……何とか大丈夫。鼻血が出ているし、頭はがんがん痛むが、上半身は無事なようだ。両腕で何とか金属棒を摑み、体を起こす。動いたせいで誰かに負担がかかったのか、短い悲鳴が響いた。ごめんなさい、と心の中で謝ることしかできない。

どうやって逃げる？　何かが燃える臭いが鼻先に漂ってきて、辰巳はパニックに陥りかけた。この中で火の手が上がったら、絶対に逃げられない。この車両に何人乗っているか分からないが、蒸し焼きになって死んでしまう。そんな最期はごめんだった。絶対に避けたかった。

落ち着け。必ず逃げ場はある。電車なのだから、ドアもあれば窓もあるのだ。

窓。そうだ。車両の様子を頭の中で思い描く。この棚の近くには絶対に窓があるはずだ。自分がどんな姿勢で投げ出されたのか分からないが、とにかく探してみると窓はあった。ガラスが大きく割れ、そこから抜け出そうともがいている人が何人もいる。助けなくては。一人でも多く外へ出れば、自分も出られるし、下敷きになっている人も楽になる。

辰巳は、何とか体を反転させた。下でうごめいている若い女性と目が合う。彼女の上にのしかかった格好になったのだ。かなりの苦しみを感じているはずだが、表情はなく、目が虚《うつ》ろだった。窮屈そうに胸に押し当てた左手。握り締めた拳。薬指にした銀色のリングが食いこみ、指が真っ白になっていた。

「頑張れ」必死に声を押し出したが、かすれてしまい、相手に届いたかどうかは分からない。

スーツ姿の一人の男性が、誰かの頭を踏みつけにしたまま、割れた窓から上体を外へ出していた。しかし、かなり太っているせいか、なかなか出られない。辰巳は体を折り曲げ、両足を突き出して、男の靴底を思い切り押してやった。腕に負荷がかかり、誰かの体を押し潰してしまうのが分かる。ごめん、申し訳ないと心の中で謝りながら、なおも力を入れ続ける。しかし痛みのせいで、左足にろくに力が入らない。無事な右足だけで、何とか男を押し続けた。

急に力が抜ける。ああ、外にいる誰かが引っ張り上げてくれたんだと理解した瞬間、今度は誰かが自分の左足首を摑むのを感じた。思わず悲鳴を上げる。膝が……喉が潰れそうなほどの大声を上げ、脳天に響くその声で、動転してしまう。膝がもげる……頼むから、右足を持ってくれ。右なら大丈夫だから。

「右、右！」

言っても無駄だと思っていたが、必死の言葉は通じるものなのか、右足も摑まれた。相変わらず左足も摑まれたままだが、痛みが分散したので、少しだけ楽になる。足に冷たい空気が触れた。助かるんだ。ここから抜け出せさえすれば……そう思った瞬間、動きが止まった。クソ、バッグが何かに引っかかっている。これをなくしたら大変なことになる。この期に及んで商売道具を気にしている自分の神経に呆《あき》れもしたが、助かると分かっているからこんな気持ちになるんだ、と自分を鼓舞した。外そうとしたが、頭が下になっていて上半身の自由が利かない。仕方なく、バッグのベルトを摑んで思い切り引き上げた。激しく当たったのか、誰かが叫び声を上げる。謝る余裕もなく、何とか自由になったバッグを胸に抱えこんだ。

しかし、そこから先、頭を下にして宙吊りになったまま、動かなくなってしまう。誰かが両足を摑んでくれてはいるものの、引っ張り上げるだけの力がないのだ。何とか自力で、腕の力を使って外へ出ようとしたが、掴む物がない。棚は後頭部の位置にあり、手が届かない。誰かの背中が目の前に見えていたが、少し離れていて、手が届きそうにない。

クソ、ここまでなのか？　足は外へ出ているはずなのに、どうしようもないのか？　いや、また体が動き始めた。もう一本の手が左足を掴んだ感覚がある。鋭い痛みが走ったが、先ほどまでよりも弱い。どうやら感覚がなくなり始めているようだ。

次の瞬間、辰巳は純粋に反射的な行動に出ていた。バッグに手を突っこみ、カメラを取り出す。手探りで起動し、モニターを覗《のぞ》く余裕もないまま、適当に何回かシャッターを押す。いつもの癖で、微妙に角度を変えて。

無気味なほど静かだった。車内では、時折、呻き声や短い悲鳴が響くだけで、誰も辰巳の行動に気づかない。カメラをバッグに戻した途端、一気に体が引っ張り上げられた。雨が顔を濡《ぬ》らし、それで意識がはっきりする。そうだ、今日は雨が降っていたんだ……思い出しながら、完全にガラスが吹っ飛んだ窓の端に手をかける。曲がった肘をぐっと伸ばした瞬間、体が冷たい空気に包まれた。五月なのに……雨が激しい。風が服をはためかせる。

辰巳は、車体の上に腹ばいになった。雨水が服に染みこみ、冷たさで一気に意識が鮮明になったが、体が言うことを聞かない。左足はまったく動かず、下半身の感覚が鈍かった。まさか、脊椎《せきつい》をやられてしまったのでは……助かった安堵《あんど》感よりも、二度と自分の足で歩けないのではないか、という恐怖が襲う。ぎゅっと目を瞑《つむ》り、悪夢を押し出そうと努めた。

生きている。少なくとも俺は生きている。足がなくなろうが、下半身が動かなくなろうが、生きている。仕事だってできるはずだ。贅沢《ぜいたく》は言うべきではないのだ、と自分を戒める。

ゆっくり目を開けた。見慣れぬ光景が目の前に広がっている。

横倒しになった車両。辰巳が乗っていた先頭車両と次の車両までが、完全に脱線・転覆している。二両後——三両目の車両から後ろは転覆を免れていたが、やはり脱線して車体が大きく傾いていた。

横倒しになった車両の上に避難し、呆然《ぼうぜん》と座りこむ人たち。制服を着た女子高生は、額をざっくり切って血が流れ出ているのに、気づく様子もない。仰向《あおむ》けに倒れた背広姿の若い男は、ぴくりとも動かなかった。ぼろぼろになった傘だけを必死で握り締めている若いＯＬ。ひどい油の臭いが漂う。吐き気を催す金属的な刺激臭も。どこからか立ち上る灰褐色の煙。その中で、オレンジ色の作業服にヘルメット姿の救急隊員が動き回っている。壊れた窓から乗客を次々に引っ張り上げ、横倒しになった車両の横っ腹に寝かせている。助け出された人たちはほとんど動けず、車両の上に横たわるか、力なく座りこんだままだった。梯子《はしご》を使って上り下りする救急隊員。上空を飛び交うヘリの音。鼓膜を突き破るようなサイレンと、血の色を思わせる赤色灯の光。線路沿いを力なく歩く人たち。

首だけを起こしているのに疲れ、辰巳はゆっくりと顔を伏せた。右頰に当たる、車体の冷たい感触。服に染みこむ水分が不快だったが、すぐにそんなことは気にならなくなった。意識が混濁し、周囲の景色がぼやける。最後に見たのは、目の前一杯に広がる車体の銀色だった。

3

雨が降り注いでいる、ような気がした。ぽつぽつと、雨粒が何かに当たっているようだ。自分がどこにいるのかも分からず、辰巳は恐怖のどん底に陥った。誰かが忙しく動き回っており、怒声が響くのが聞こえたが、目を開けて確認するのが怖い。

しかし、いつまでも目を閉じているわけにもいかず、無理矢理目を開けた。相変わらず世界の左半分は見えていないが、周囲が青一色で包まれているのは分かる。そうか、ブルーシートだ。警察が現場で使うブルーシートを、屋根代わりに広げたに違いない。

そう判断すると少しだけ安心できたが、それと同時に全身を強烈な痛みが襲った。特に左目と左膝。膝はもう、駄目かもしれない。どんな風になっているのか、確認するのが怖かった。それでも何とか、両腕を上げてみる。ちゃんと動いたので少しだけほっとし、左肘を曲げて時計を見てみる。ガラスの風防が吹っ飛び、剥《む》き出しになった針は「八時十五分」で停《と》まっていた。ゆっくりと腕を下ろすと、濡れた地面——ほとんど泥のようになっていた——の感触が腕に不快に染みこむ。

しばらくしてから、腕に違和感を覚えた。感覚的なものではなく、視界に……もう一度腕を上げると、紙製のタグが腕に巻かれているのが分かった。トリアージ・タグか。先端の色が「黄色」だと分かって、かすかな安堵感と恐怖とを感じた。確か黄色は「今すぐ命にかかわる状態ではないが、早い処置が必要」だったのではないか。しかし、医師なり救急隊員と話した記憶がない。

辰巳は、三年ほど前に東北地方で起きた地震の現場を取材した時、トリアージについて詳しく調べた。まず、自分で歩けるかどうか。その状態なら、無傷か緑色——軽傷——の判定になる。そこから先は呼吸の有無、呼吸回数などを調べ、最後に意識レベルを確認するはずだ。簡単な指示に応えられるかどうかがポイントになる。応えられなければ「赤」で、最優先の緊急搬送の対象だ。「黄」ということは、誰かと話したのは確か違いない。そこで「今日が何日か」とか「住所は」など、簡単な質問に答えたのは間違いないのだが、その記憶がない。頭を打っているのか……頭痛がしつこく張りついている。

「大丈夫ですか？」目を開けると、オレンジ色の作業服を着た救急隊員がしゃがみこんでいた。もう一人、誰かいる気配がする。

「何とか」答える声はかすれている。左側の視界がないので、首を巡らせてそちらも確認すると、白衣の医師がいた。それで安心し、全身の力が抜けてしまう。しかし何とか状況を把握しないと、と考え、両腕を使って上体を起こそうとした。救急隊員が背中をサポートしてくれたので、やっとその場で座ることができた。左足は力なく前へ投げ出されている——動かないし、感覚も消えている。恐る恐る見ると、膝は真《ま》っ直《す》ぐ伸びているにもかかわらず、爪先が横に不自然に曲がって地面についていた。それで自分の状態が分かった。折れている、というか、膝の靱帯《じんたい》をやられたのかもしれない。辰巳は体が硬く、足は絶対にこんな風には曲がらないのだ。右足を引き上げ、膝を立ててみる。あちこちが痛んだが、こちらは無事だった。それが分かった途端、ぶわっと涙が溢れてくる。生きてる……足の一本ぐらい、我慢しないと。

「膝をやられてるからね」医師が説明した。薄く髭《ひげ》が浮いているので、近くの病院で当直明けだったのではないかと推測する。自分と同年代、三十代半ばぐらいだろうと見た。

「たぶん骨折と、靱帯の損傷。しばらく時間がかかるけど、元通りになりますから」

「歩けますか？」

「リハビリを頑張れば。でも、取り敢えずは手当てをしないとね。もう少し、我慢できますか？　今は手一杯でね」

「何が起きたんですか？」

「脱線」

ああ、やはりそうか……意を決して、辰巳は周囲を見回した。

野戦病院を見たことはないが、たぶん、こんな感じだろう。いや、野戦病院よりひどいかもしれない。多くの被害者が直《じか》に地面に横たわり、身じろぎもしない。腕に巻かれたタグが見えているが、「赤」がいくつもある。いや、「手遅れ」を意味する「黒」も……トリアージの最大の恐怖はこれだ。現場で「もう助からない」「治療不要」と判断することで、生きる可能性のある人を少しでも多く助けようというのが基本的な考え方だが、黒いタグをつけられた中にも、まだ生きている人がいるのではないか……黒も赤も数えないようにした。これは間違いなく、大事故だ。経験したことのない事態。しかも自分が当事者だ。

雨は相変わらず激しく降っているようで、ブルーシートがぽつぽつと嫌な音を立てる。こんな風に張っておくと、水が溜《た》まって後で面倒なことになるんだよな……呑気《のんき》な考えは、子どもの弱々しい声で掻《か》き消えた。

「お母さん……」

そちらを見ると、五歳ぐらいの男の子が泣きじゃくっている。救急隊員がしゃがみこんで背中を撫《な》でているが、泣き止《や》む気配はない。しかしその泣き声は低く、呆然としている様子だった。母親はどこへ行ったのか。

気づくと、あちこちから呻き声やすすり泣きが聞こえてくる。上がブルーシートで覆われたせいで、半閉鎖空間になり、声が籠《こも》って迫ってくるのだ。だいたいここは、どこなのだろう……ベンチやブランコがあるので、公園らしいと推測するが、自分のまったく知らない街なので、何も分からない。

「もう少し我慢できますか?」医師が確認した。

「何とか」左足には常に痛みがあるが、動かさなければ我慢できそうだ。「あの、左目は……」

「顔を打って、腫れてます。瞼《まぶた》が塞がってるだけだと思うけど、ちゃんと検査してみないと」

二度と見えなくなるのでは? しつこく聞いてみたかったが、ここで確かめるのは無理だろう。辰巳は小さくうなずき、医師を解放することにした。自分よりもっと危ない人がいるはずだ。

体を楽にするために横たわろうとしたが、寝たり起きたりが面倒なので、その場で座っていることにした。体が濡れそぼち、頭が冷たい。風邪を引かなければいいのだが、と妙なことを考えてしまう。右足を引き寄せ、半分だけ胡坐《あぐら》をかいたような姿勢を作って、体を安定させる。ほかに異状がないか確認しようと思ったのだが、すぐに諦めた。左膝が重傷なのは間違いないが、ほかはまったく分からない。左目のほかにも、全身に小さな痛みが巣食っているのだが……何がどうなっているのか、自分で勝手に判断しない方がいいだろう。とにかく、我慢できない痛みではないのだ。左足がそれほど痛まないのが、逆に気になる。神経まで切れてしまっていたら、今後は使い物にならない。

後ろ向きのことを考えても仕方ない。それより、今、何時なんだろう。雨とブルーシートのせいで周囲が暗く、時間の感覚が消えている。思いついて、まだたすきがけにしていたバッグを開ける。想像した通りにカレーパンは潰れていたが、袋は無事だった。それだけで、妙な安心感を覚える。ほかの電子機器はどうだろう。ＩＣレコーダーのスイッチは入る。パソコンは……ここで電源を入れていたら馬鹿だ。そうだ、今必要なのは携帯電話だ。

開くと、ぱっと液晶画面が明るくなる。あんなひどい事故で、よく無事に……そう考えると、自然と目頭が熱くなった。時刻は十時三十分。日付も変わっていない。そんなに時間が経《た》ったわけではないのだ。着信があったのに気づき、確かめると、今日会う約束をしていた作家の富樫《とがし》と編集部から、立て続けに何度も電話がかかってきていた。確かに、約束の時間はとうに過ぎている。こんな時に電話もどうかと思ったが、辰巳は反射的に富樫の仕事場の電話番号をコールした。

「はい、富樫」案の定、徹夜明けの不機嫌な口調である。最近では珍しく、礼儀に厳しい男なのだ。どこかで待ち合わせをする時には、必ず約束の時間の十分前に現れると、文芸担当の編集者から聞いたことがあった。

「すいません、週刊タイムスの辰巳です」

「何だ、どうしたの」無愛想な声が耳に突き刺さる。「何度も電話したんだけどね。約束の時間はとっくに過ぎてる」

「すいません、事故に巻きこまれまして」

「事故？　交通事故でも？」

「いや、あの、鉄道事故で」

「まさか東広《とうこう》鉄道？」富樫の声が一気に緊張する。「あんた、怪我してるのか？」

「どうも、そうらしいです。今、救急車待ちなんですよ」

「ということは、それほど重傷じゃないんだな？」

まさか、今から来いって言うんじゃないだろうな。苦笑しながら事情を説明しようとした瞬間、富樫の言葉で辰巳は固まった。

「よかったよ。五十人以上、死んでるみたいだぞ」

背筋を冷たいものが走り抜ける。五十人……どんな状況で事故が起きたのか分からないが、五十人が一度に死亡する鉄道事故など、滅多にあるものではない。戦後すぐには、悪条件が重なって大きな鉄道事故が何件も起きたものだが、最近は——JR西日本の事故がすぐ脳裏に浮かぶ。あの時は週刊誌の編集部にはいなかったので、現場に行くことはなかったが、テレビを見て絶句したのを覚えている。マンションに巻きつくように破壊された車両。どうしたらあんなことになるのか想像もつかず、頭が混乱したのを思い出した。

「五十人……」辛うじて言葉を押し出した。「そんなに……」

「生きててよかったじゃないか。まあ、取材の方は仕方ない。あんた、編集部には電話したのか？」

「まだです」

「俺が電話しておくから。今、それどころじゃないだろう」

「すいません」取材相手から連絡してもらうとは、何とも情けない。「お願いできますか？」

「大丈夫だ。それで今、どこにいるんだ？」

「分かりません。事故現場の近くだと思うんですけど……公園です。そこで救急車を待ってます。後回しにされてますけど」

「分かった。余計なことは考えなくていいから、自分の心配だけしていればいい」

いきなり電話が切れた。何だかずいぶん張り切ってたな、と不思議に思う。そういえば富樫は、大阪は岸和田《きしわだ》の出身である。もしかしたらこの非常時を、だんじり祭りの興奮と重ね合わせて考えているのではないか……苦笑しながら携帯電話をバッグに戻し、カメラを取り出す。こちらも無事だった。そうだ、ここの様子も撮影しておかないと。しかし、救急隊員に見つかるとまずいだろうな……こんな現場では、マスコミお断りが常識だ。だが、自分が何者かは分かっていないだろう。受け答えができたのだから、財布を覗いてまで身元の確認はしなかっただろう。社員証や名刺を見られたら、一発で分かってしまったはずだが。

カメラを起動させ、先ほど撮った車内の写真を確認しようとしたが、突然指先が震え、言うことを聞かなくなる。その震えは腕にまで伝わり、カメラを取り落としそうになった。慌ててバッグの中にしまい、両手で胸を押さえる。心臓が激しく脈打ち、吐き気がこみ上げてきた。右手で口を押さえ、何とか呑《の》みこむ。食道まで上がってきた胃酸が喉を焼き、痛みが走り抜けた。落ち着け、落ち着くんだ……自分に言い聞かせ、手を離して少しだけ息を吸いこむ。吐き気は去っており、何とか我慢できそうだった。過呼吸にならないように気をつけながら、ゆっくりと深呼吸を繰り返す。大丈夫だ、何とかなる。そう考えながら、ゆっくりと目を閉じた。背中を丸め、楽な姿勢を取って、後は待つことにする。焦っても仕方がない。自分はとにもかくにも生きているのだ。

呪文《じゅもん》のように唱え続ける。生きている、生きている……そうしながら辰巳は、自分をこの現場から助け出してくれる人が来るのをひたすら待った。

4

ずいぶん長い間、救急車に乗ったような気がする。緊急性がないので、近くの病院を避けたのだろうと判断した。時折ちらりと見える道路標識で、東京の方に向かっているのだと分かる。まあ、その方が何かと都合がいいか。どうせ一人暮らしだし、家の近くの病院にいても、メリットはあまりない。

運びこまれた病院は、事故現場の最寄り駅から三つほど東京寄りの駅の近くにあった。ストレッチャーに乗せられ、救急用の出入口まで運ばれる間、カメラマンが何人も待ち構えているのに気づいて、咄嗟《とっさ》に腕で顔を覆う。「同業者だよ」と叫びたかったが、そこまでの余裕はない。とにかく、自分が被写体になることだけは避けたかった。

完全に目は塞ぎきれず、ストロボの強い光が視界を白くする。左目がおかしいんだ。やめろよ……口の中で毒づきながら、辰巳は腕を強く目に押し当て続けた。

病院に入っても処置室でしばらく待たされ、一時間ほどしてからようやく診察が始まった。レントゲンでのチェック、それから医師の問診。既に定年になっていてもおかしくない、顔に皺《しわ》の目立つ老医師だったが、口調はてきぱきとしていて、頼りがいがあった。

「レントゲンで確認したけど、膝の皿が割れてる。綺麗《きれい》な割れ方だから、こちらはちゃんと治ると思う。問題は靭帯ですね」

「切れてますか？」診察台に横たわったまま、辰巳は訊《たず》ねた。

「切れてはいない。ただ、四本あるうちの一本が危ない状態だね。それでも、手術は少し先延ばしにしましょう。まず骨折を治して、様子を見た方がいい」

「歩けるようになりますか？」

「それは大丈夫。ただし今は、仕事のことなんか考えちゃ駄目だよ。少し静養して、リハビリにも時間がかかるから」

「目はどうですか？」

「眼球には異状がないから」医師が、皺だらけの顔に笑みを浮かべた。「要するに、手ひどくぶん殴られたような状態ですね。あざはひどいけど、腫れが引けばすぐに見えるようになるよ」

「何が……どうなったんでしょう」

「それは私には何とも言えないな。あの時間、満員だっただろうから……その状態で先頭と二両目の車両が横転したら、どうなるかは分かるでしょう？」

恐怖が再び背筋を這い上がる。自分は先頭車両に乗っていた。下敷きになった人たちがどうなったのか考えると、まさに九死に一生だったと思い知る。

「死者は何人ぐらいになるんですか？」

「さっきニュースで見たら、五十八人だった」

聞かなければよかった、と悔いる。こんなことを知っても何にもならず、自分を追いこむだけだ。

「大変な事故だね」医師がぽつりとつぶやく。「この病院に運ばれた人はそれほど多くないけど、現場近くの病院は大変なことになっているみたいだ」

「そうですか……」ふと、先ほどのカメラマンが気になった。「ちょっと変な話なんですけど」

「何ですか？」

「ここに運びこまれた人の名簿……外に貼り出してないですよね」

「ああ」医師が渋い顔でうなずいた。「いろいろ、プライバシーの問題もあるから」

それで辰巳は少しだけほっとした。大事故で、複数の病院に多数の負傷者が搬送されると、家族のために名簿が貼り出されることがある。マスコミはそれを手がかりに、生存者の取材を進めていくのだが……自分が取材対象になると考えるとぞっとする。

ギプスで膝を固められると、それだけで痛みが和《やわ》らいだ感じがする。左目は湿布した上で眼帯を施された。完全に視界の半分が消えてしまったが、それでも安心感と疲れで眠気が襲ってくる。全身の細かい擦過傷《さつかしょう》に対しては、洗浄と破傷風ワクチンで処理された。

生き延びた……そう思ってみたものの、あまり実感がない。車椅子に乗せられ、病室に向かう途中、救急隊員と看護師が、ストレッチャーを猛スピードで押してくるのに出くわした。点滴バッグが危なっかしく揺れ、廊下に緊迫した気配を振りまく。通り過ぎる時、ちらりとストレッチャーを見ると、突き出た左腕が力なく垂れ下がっていた。手の大きさから女性だと分かる。薬指のリングが鈍く光った。タグは黄色……自分と同じはずなのに、何が起きたのだろう。あの雨の中で放置され、症状が悪化したのか。

辰巳は唇を嚙《か》み締め、ストレッチャーを見送った。あの現場には、まだ多くの人が残っているのかもしれない。人ではなく、遺体かも……そう考えると、また吐き気がこみ上げてくる。

それでもなお、助かったという意識は薄い。本当は自分は死んでしまって、ここは天国——あるいは地獄なのではないか。

5

あれだけの事故に遭うと、体のあちこちにダメージが残るのだろう。痛み止めのせいもあるかもしれないが、ベッドに寝かされた直後、辰巳は意識を失っていた。意識が戻ったのは、喉の渇きのためであった。視界が半分しかない中、すぐにサイドテーブルに置いてあったスポーツドリンクのボトルを見つけ、半分ほどを一気に流しこむ。渇いていた細胞の一つ一つに水分が染みこむ感じがして、何とか意識がはっきりした。カーテンがかかった窓を見る。まだ陽射《ひざ》しが柔らかく部屋に漂っていた。日は暮れていないのか……ここに来てからどれぐらい経ったのだろう。

個室に入れられたのだ、と気づく。かなり大きな病院なので、病室にも空きがあったのか……ここにいる限り静かで、数時間前までの現場の喧騒《けんそう》を完全に忘れてしまう。ちびちびとスポーツドリンクを飲んでいるうちに、急に空腹を覚えた。バッグを引き寄せて、カレーパンを取り出す。完全に潰れたパンはどこか汚く見えたが、取り敢えず何か腹に入れておいた方がいいだろう。袋を破り、震える手で取り出してかぶりつく。クソ、辛いな……そういえば「大人の辛いカレーパン」だった。カレーパンは、あの中途半端な甘ったるさと、少しだけぴりっとする感じがいいのに。

それでも、猛然と食べ続け、あっという間に平らげてしまった。喉が詰まる感じをスポーツドリンクで洗い流して何とか人心地つき、再び横になる。

こんなの、大したことはないんだと自分に言い聞かせる。今は潰れたカレーパンだったが、食べる物はちゃんとあるのだから。被災地の避難所で、食べる物にも苦労していた人たちのことを考えると、少しぐらいの不自由は我慢しなければ。

そうやって自分を鼓舞し続けたが、急に不安になってきた。治療中の今、こんな物を食べて大丈夫なのだろうか。

小さなノックの音がしたと思うとドアが開き、制服警官が二人、入ってきた。険《けわ》しい表情——容疑者に対するような——は浮かべていないが、疲労のせいだろうか、目つきが妙に鋭くなっている。年長の警官が、クリップボードを手にして「辰巳吾朗さん？」と確認する。

「はい」辰巳は何とか起き上がろうとしたが、体に力が入らない。

「ああ、そのままでいいですから」

警官が言うと、後ろから先ほどの医師が姿を現した。

「気分は？」

「寝起きですから……」

医師が苦笑して、辰巳の手首を取る。時計を見ながら脈を測り、手早く血圧と体温も測定した。

「安定してるね」言ってから、鼻をひくつかせる。「何か食べたの？」

「カレーパンを」辰巳は消え入りそうな声で打ち明けた。「バッグに入っていたんで」

「ああ、食欲があるなら大丈夫ですよ。警察の人が事情を聴きたいって言ってるんだけど、いいかな」

「はい、何とか」

医師が後ろを振り向き、うなずいて警官に挨拶を送った。退いた医師に代わって、制服警官が前に進み出て、椅子に座った。

「港東《みなとひがし》署の高石《たかいし》と言います。具合はどうですか?」

「膝の骨折だけで済みました」

「そうですか」

高石が穏やかな笑みを浮かべる。最初に見た時には「中年ではないか」と思ったのだが、辰巳はその印象を訂正した。制帽からはみ出た毛はほとんど白くなっているし、日に焼けた顔には皺も目立つ。定年が間近いようだ。

「目は大丈夫?」

「打撲だそうです」

「話はできますね?」

「ええ」辰巳は何とか上体を起こそうとしたが、すぐに押し止《とど》められた。

「無理しないで、寝たままでいいから話を聴かせて下さい」

「事故のこと……ですよね」

たっぷり水分を取ったはずなのに、また喉が渇く。手を伸ばしてペットボトルを摑もうとすると、高石が取ってくれた。首だけを起こすようにして一口飲み、そのまま両手でボトルを握り締める。

「何が起きたんですか？」逆に訊ねる。

「それを今調べているところでね。先頭の二両が脱線、転覆したことは分かっているんだが、その原因がはっきりしない」

「……死者は？」

「現在、七十人」

高石はさらりと言ったが、辰巳は衝撃を覚えていた。時間が経つに連れて犠牲者が増えている。いったいどこまで……そう考えると、眩暈《めまい》が襲ってきた。高石は無理に話を進めようとせず、辰巳が口を開くのを待っていた。後ろに控えた若い警官は、しきりに時間を気にして腕時計を見ている。

「高石部長……」

「煩《うるさ》いな、お前は黙ってろ！」高石が低い声で脅しつける。一転して柔らかい声で、辰巳に話しかけた。「焦らないでいいから。こういう時は、簡単に喋《しゃべ》れないものなんだ」

「……大丈夫です」辰巳は唾を呑んだ。スポーツドリンクをもう一口。お前が焦っても何にもならないんだ、と自分に言い聞かせる。悲しもうが喚《わめ》こうが、死んだ人が生き返るわけではない。

「名前から聴きましょうか」分かっているはずなのに、高石は馬鹿丁寧に確認してきた。

「辰巳吾朗です」

住所、生年月日と確認作業は続き、次いで職業を聴かれた。一瞬躊躇《ちゅうちょ》した後、「会社員です」と答える。

「勤務先は？」

先ほどよりも長い沈黙。しかし、こういう時に変に隠し立てすることもないだろうと思い、打ち明けた。

「東庸社《とうようしゃ》です」

「ほう」クリップボードの上でボールペンを走らせながら高石が言った。ぴたりとボールペンの動きを止めると、顔を上げる。「お仕事は？」

「週刊タイムスで編集者をしています」

「ああ、あそこですか」さして気にする様子もなく、高石がメモを続けた。

辰巳は少しだけほっとした。マスコミの人間が被害者……警官が面倒なことを言い出すのでは、と恐れていたのだ。

「今日は出勤途中で？」

「取材に行く約束でした。インタビューがあって」

「どちらまで」

「品川です」

高石がメモを取る手を止め、ふっと辰巳の目を覗きこんだ。片目なので、睨《にら》み合いになると不利な感じがする。そういうことじゃないんだと辰巳は自分に言い聞かせたが、胸のざわめきはどうにも収まらなかった。

「事故が起きた時の状況なんですが……」

そうか、俺はこの質問を恐れていたのだと理解する。あの時……わずかな異変を上手《うま》く説明できるかどうか。高石は無理に話を誘導せず、焦《じ》らせもせずに、辰巳の話を待っていた。辰巳は目を瞑り、何とか異変の最初を思い出そうとした。

「カーブに差しかかったところで」

「鉄橋の前のカーブね」高石が合いの手を入れた。

「そうです。私は進行方向に向かって右側にいて、吊革を両手で摑んでいました」

「混んでた？」

「混んでました。吊革を摑んで、何とかバランスを取ってたんですけど、後ろに引っ張られるような感じがして」

「それはカーブに入った後？」

「入ってから……です」そうだ。あの時……カーブに差しかかり、体が少し後ろに倒れる感じがして、わずかだが余裕ができた。進行方向左側にいる人は大変だったはずだが……その時の、後方への「引っ張り」がいつまでも収まらなかった感じ。「カーブに入って、体が少し後ろに倒れました。その後ずっと傾きが元に戻らなくて」

「他《ほか》には？」

「変な音がしました。金属が擦れ合っているような感じで。あと、上下するような振動がありました」

「転覆したのは？」

「その直後だと思いますけど、何が起きていたかは分かりません。気を失っていたみたいです」

「なるほど。で、気づいたのは？」

「電車がひっくり返った後でした」言ってしまってから、不意に全身を震えが襲う。そう、目の前に棚があって、それを摑んで……必死で体勢を立て直したことを思い出す。あの時自分の下にいた女性はどうなってしまっただろう。虚ろな目を思い出す。生きていたのか、それとも……。

「ああ、大丈夫ですよ」やけに明るい声で高石が言った。「無理に喋らなくてもいいから。今日のところはこれぐらいで十分です」

「……すいません」唾を吞みこみ、何とか言葉を吐き出す。

「いや、よく話してくれました」高石が制帽を取り、髪を掻きあげる。「さすが、マスコミの人は違うね。ああいう時も冷静なんだ」

「冗談じゃないですよ」震える声で辰巳は反論した。「あんな状況で、冷静でなんかいられません」

「そうですか……とにかく今は、ゆっくり休んで下さい。まだ話を聴かないといけませんけど、今日のところは、ね。きついところ、申し訳なかったね」人懐《ひとなつ》っこい笑みを浮かべて、高石が立ち上がった。膝か腰を痛めているようで、立つのに少し難儀している感じである。

「あの……」

「何でしょう」立ち上がると、しっかり体を伸ばしていた高石が、笑みを浮かべたまま訊ねた。

「気がついた時、僕の下になっていた女の人がいるんです」彼女の顔を、着ていた服を必死に思い起こそうとする。分からない。「頑張れ」と声をかけたのに、虚ろな視線を覚えているだけだ。

「それで？」高石が静かに先を促した。

「その人は無事だったんでしょうか？」

「知り合い？」

「いえ……」辰巳は乾いた唇を舌で湿らせた。「違います。ただ、下敷きになってたんで」

「何か、顔の特徴とか、分かるかな」高石が自分の顔を撫で回した。

「すいません、それはちょっと」

「だったら、すぐには分からないな」高石が残念そうに首を振った。「申し訳ないけど……思い出したら教えてくれれば、何とか探すよ」

高石が、サイドテーブルに名刺を置く。辰巳はそれをちらりと見やってうなずいた。高石は穏やかな笑みを浮かべたまま、うなずき返す。

「じゃあ、お大事に。とにかく命拾いしてよかったね」

その言葉に、猛然と反発したくなった。死んだ人が七十人もいるのに、命拾いなんて……不謹慎ではないかと思ったが、言葉が出てこない。

それに、自分が生きているのは事実なのだ。七十人の中に入ったら、こんな怒りさえ覚えることはない。高石が出て行った後、辰巳は激しい身震いに襲われ、自分の体を自分で抱き締めた。

6

「探したぞ」高石が出て行ってから一時間ほどして、副編集長の大木《おおき》が額の汗をハンカチで拭《ふ》きながら病室に入って来た。小太りで汗っかき。いつも何となく鬱陶《うっとう》しく思っているのだが、今日ばかりは知った顔を見てほっとする。

「すいません」両肘をついて、上体を起こす。時間が経つに連れ、体の自由が利くようになっているのが救いだった。おそらく、一時的なショック症状だったのではないかと思う。

「ひでえ話だよ」大木はさっそく椅子を引いて座り、大きなビニール袋をサイドテーブルに置いた。「あ、下着とかいろいろ買ってきたから。適当に使ってくれ」

「ありがとうございます」いつも気の利かない男にしては用意がいい。編集長の滝川《たきがわ》にでも言われたのだろう。滝川は、誰かのデスクの電話の位置が変わっているだけでも気づくような男なのだ。「それで、何がひどい話なんですか?」

「搬送先、なかなか分からなかったんだ。結局、消防を脅し上げて分かったんだけど、病院に来たら認めないのさ」

「最初に名刺を出したんじゃないですか? マスコミの人間を避けるために、運ばれた人の名前を公表してないわけだし」

「何が個人情報保護だよ、なあ?」大木がまた額を拭《ぬぐ》った。「こういう場合は、そういうことは問題じゃないぜ」

「ここに入る時、写真、撮られましたよ」

「マジか?」大木が眉をひそめる。

「顔は隠しましたから、分からないと思いますけど」

「それならいいけどな。週刊タイムスの編集者が事故に遭って、ほかの雑誌や新聞に顔が載ってたら洒落《しゃれ》にならん」

「そうですね」

「で、どういう具合なんだ」

辰巳は怪我の状況を簡単に説明した。話しているうちに、左足にうずくような感覚を覚える。痛みではないが、膝の奥が熱を持っているような……こういう感じと、しばらくつき合っていかなければならないのだろう。

「まあ、骨折ぐらいで済んでよかったじゃないか。これだけの大事故だからな。命あってこそ、だよ」

「犠牲者、どれぐらいになってるんですか？」

「七十五人。重体の人が五人ぐらいいる」

また増えている。辰巳は顔から血の気が引くのを感じた。大木はそれに気づかない様子で、ぺらぺらと喋り続けた。

「それは、さっき会社を出て来る前にニュースで見た話だけどな。もしかしたら、まだ増えてるかもしれない――」

「やめて下さい！」辰巳は思わず叫んだ。呼吸が整わず、息が苦しい。目の前の光景から色が抜ける。ゆっくり、浅く呼吸することだけを意識した。やがて世界に色が戻って来て、大木が唖然《あぜん》とした目つきで自分を見ているのに気づいた。「すいません。何だか、ちょっと……」

「パニックになるのも分かるよ」大木が訳知り顔でうなずいた。

「俺は当事者ですよ」辰巳は大木を睨んだ。

「ああ、そうだよな。マスコミの人間だって、こういう事故に巻きこまれることはあり得る」大木が慌てて言い繕《つくろ》った。

辰巳はもう一度深呼吸し、何とか気持ちを落ち着けようとした。俺はましな方だったのだ、と自分に言い聞かせる。下敷きになった一番下の人たちは、呼吸もできなかったに違いない。鼓動が平常に戻ったので、気になっていたことを訊ねる。

「何で俺が事故に遭ったって分かったんですか？」

「富樫さんから電話がかかってきたんだよ。お前、事故の後で電話しただろう？　律儀な男だよ」

「そうですか？」辰巳は首を傾《かし》げた。富樫に電話……しただろうか。記憶がところどころ曖昧になっているようで、覚えていない。確かに救急車を待つ間、誰かと何か話したような気もするのだが、その相手が富樫だったかどうか、はっきりしない。

「覚えてないのか」大木が目を大きく見開いた。

「ええ。何だか記憶が飛んでて」

「富樫さん、えらく慌ててたぞ。最初、何を言ってるのか分からなかった。事故だって言うから、富樫さんが交通事故にでも遭ったかと思ったよ。あんなのは、うちの連載を落としそうになった時以来だな」大木が笑みを浮かべる。「義理堅い人だから、あの時はパニックになってた。完全に締め切りを勘違いしてたみたいだけど」

「それで、どうしたんですか？　落ちたんですか？」こういう話をしている方が気が楽だ。

「そこを何とかするのが富樫さんでね。三時間で週刊誌一回分、十五枚を仕上げてきた」

「さすがですね」

「あの時以来の慌てぶりだったよ。でも、お前のこと、心配してたぞ」

辰巳は首を捻《ひね》った。富樫と直接会ったことは一度しかない。電話で話したのも二回だけだ。そのうち一回が、今回の取材のアポ取り。二回目が今朝である。

「あの、申し訳なかったって伝えてもらえませんか」

「ああ、いいよ。富樫さんも気にしてたからな。後で電話しておく」

「すいません」

「それと、実家にも連絡しておいたから。ご両親がこっちへ来るのは、夕方か夜になると思うけど」

「別に、よかったのに」辰巳の実家は鹿児島だ。教員を定年退職した父と、専業主婦の母親が二人で暮らしている。ちゃんと飛行機に乗れるのだろうか、と心配になってきた。

「そうもいかんだろう。心配されてたぞ……しかし、こんな個室に一人きりで、しばらくは暇でしょうがねえだろう」大木が病室の中を見回す。

「仕方ないですよ。動き回るわけにもいきませんから」

「後で、本を持って来てやるから。何がいい？」

「いい機会だから、『大菩薩《だいぼさつ》峠』全巻読破はどうですか」

大木が声を上げて笑う。屈託のない、大きな笑い声だった。

「何言ってるんだよ。お前、時代物はあまり好きじゃないだろうが」

「長い物っていうと、それぐらいしか考えつかないんですよ」

「『徳川家康』全二十六巻っていうのもあるぞ」

「何でもいいです。暇潰しになれば」

そんなことは、大木に会うまで考えてもいなかった。暇も何も、気づくと時間が過ぎていたのだ。しかし彼の顔を見ると、これから先しばらく続く入院生活の退屈さが想像できる。

「ま、今日のところはこれぐらいでお暇《いとま》するよ。体に障《さわ》るからな」

「どうもすいません」軽く頭を下げる。

「テレビぐらい、見てたらどうだ。カード、買ってきてやったぞ」大木が親指を倒してビニール袋を指差す。

「テレビの扱い、どんな感じですか？」

「結構長くやってる。通常の番組もずいぶん飛んだみたいだし。つけてやろうか？」

一瞬考えた後、辰巳は断った。「自分でやりますから」と。考えてみれば、テレビはベッドの左側にある。左目は塞がれているから、寝たまま見ようとすると、かなり無理な姿勢を取らねばならない。それより何より、ニュースを見たくなかった。おそらく、上空からヘリが撮影しているはずで、どんな事故だったか、はっきりと分かるだろう。だが、知りたくない。自分がどうやって生き残ったのか、その様子を知ることで、またパニックに陥りそうだった。

こんなことは何でもない、日常茶飯事だと思っていたのに。多くの事件や事故の現場に突っこみ、悲惨な現状は嫌というほど見てきたのだ。ちょっとやそっとでは動じない度胸を鍛えられたと思っていたし、実際、今までの現場ではそうだった。しかし自分が当事者になるということは……己の弱さを呪う。こんなことではいけない。あの現場にいたのだから、その様子を証言すべきなのだ。できれば来週号に記事を書いて、現場の様子を生々しく再現する。事故車両に乗り合わせるなど千載一遇のチャンスであり、報道にかかわる人間なら、絶対に逃してはいけないのだ。

分かっている。そうすべきだと確信している。しかし今は、ニュースの映像を見るのさえ怖い。しかし大木は、能天気な様子で、辰巳が一番恐れることを切り出してきた。

「どうだい、今回の事故のこと、当事者として書けるか？　来週号の校了までまだ間があるから、二、三日は待てるぞ。貴重な証言になる」

「そうですね……」辰巳は唇を噛んだ。「落ち着いたら、何とか」

「お前なら大丈夫だろう。今、編集部で一番タフな人間だからな。期待してるよ。編集長も、『あいつなら書ける』って言ってたしな」

「考えます」

「頼むよ」

大木が辰巳の肩を叩《たた》く。部下の身を案じているわけではなく、ネタを絞り出せと督励《とくれい》しているのは明らかだった。辰巳は、空《むな》しくうなずくことしかできなかった。大木がうなずき返して立ち上がる。

「何か必要な物があったら、遠慮なく言ってくれ。誰かに持たせるから」

「すいません」

「こういう時だからな、まず自分が元気になることを一番に考えてくれよ」

先ほどの話と矛盾している。だが、それを追及する元気さえなかった。

7

夕飯は普通の物が用意された。柔らかく炊いたご飯と煮魚、筍《たけのこ》の煮物にポテトサラダ。デザートにはゼリーだ。普段は甘い物をほとんど食べない辰巳は、急に心配になった。病院食というと、何故かデザートがつくらしい。こんな食事を続けていたら、退院する頃には太ってしまうのではないだろうか。そうでなくても、体を動かせないわけだし。

今日はこれまでカレーパン一個を食べただけだが、食は進まない。煮魚の身はグズグズしていて味が薄いし、柔らかいご飯は好みではなかった。それでも食べておかないとまずいと思い、何とか全て平らげる。胃が落ち着くのを待ち、ぼんやりと壁を眺めて時間を潰した。こんなことができるのが、新鮮な驚きだった。普段は、食べる時にも本を手放さない。目の前に活字がないと落ち着かなくなるのだ。本もなし、テレビをつける気にもならない。病院内の物音はこの部屋にも遠慮なく入ってくるのだが、辰巳にすれば夜中の墓地同然に静かだった。

自分が完全に受け身の立ち場にいることを意識した。自ら動くことも叶《かな》わず、誰かが訪ねて来るのを待つだけ。もどかしいことこの上なく、まだ入院生活一日目だというのに、これから先の長い時間を考えてうんざりしてしまう。今夜は眠れそうにない。睡眠薬は貰《もら》えるのだろうか、とぼんやりと考えた。あるいは鎮痛剤を睡眠薬代わりにするか。昼間はここで鎮痛剤を飲んだ後、すぐ眠ってしまったのだから、ある程度の効果はあるはずだ。

看護師が食事を下げに来た。自分より若い、二十代前半ぐらいの女性で、妙に愛想がいい。丸っこい体型のせいもあるだろう。

「全部食べられました？」

「何とか」

「だったら大丈夫ですよ」

「怪我してるのは足だから、食欲には関係ないと思うけど」

「痛みやショックで食欲がなくなる人もいるんですよ」

それは理解できる。膝がまだ激しく痛んでいたら、食事をする気にもなれなかっただろう。

「とにかく、ゆっくり休んで下さいね。着替えとか、不自由してませんか？」

「今のところは」病院お仕着せの寝間着を着せられている。ここへ運ばれた時に着ていた服はロッカーに入っているようだが、どういう状況かは分からない。相当ぼろぼろになっているはずだが……。

ふと、ずっと心に引っかかっていた疑問が浮かび上がって来た。

「この病院に、若い女性は運ばれて来てませんか？」

「何人かいたけど、どうして？」愛想の良さが引っ込み、看護師の目に疑念が浮かぶ。

「ちょっと気になることがあって」

「知り合いですか？」

「そういうわけじゃないんですけど」辰巳は言葉を濁した。自分の下敷きになっていた女性。あのせいで怪我がひどくなってしまっていたら、申し訳ない。

「ごめんなさい、ほかの患者さんのことは喋れないから」

「同じ事故に遭った人間同士ですよ？」

「それでも、ね。お知り合いとかなら、話は別ですけど」

そう言われると口を閉ざさざるを得ない。最初から嘘《うそ》を言っておけばよかった、と後悔した。知り合いが同じ電車に乗っていて、無事を確認したいのだ、とか。だが、今から訂正するのは不可能である。

ふと、恐ろしい考えが浮かんだ。これだけの事故だ、新聞は全力で顔写真の入手に走るだろう。七十人以上の顔写真がずらりと紙面に並ぶ様は壮観である。それを見れば、少なくともあの女性が生きているか死んでいるかは分かるのではないか……いや、無理か。近頃は、顔写真の入手も難しくなった。最近のものが手に入らず、三十代の人の顔写真を、高校の卒業アルバムのもので誤魔化《ごまか》す、という手もよくある。それに、八十近い顔写真と自分の記憶を突き合わせる作業は、考えただけでもうんざりする。だいたい、彼女の顔をはっきりと覚えてもいないのだ。

「申し訳ないですけど、そういうことで」

看護師が本当に申し訳なさそうに言った。その困った顔を見て、辰巳はそれ以上追及できなくなった。二十代半ばと思ったが、実際はもっと若い——看護学校を出たばかりの二十歳ぐらいではないだろうか。経験も少ない若い看護師を、これ以上困らせても何にもならない。

気まずい雰囲気を解消するために謝っておこうと思ったが、思わぬ援軍が来た。両親が部屋に飛びこんできたのである。あれこれ聞かれるのは面倒でもあったが、当面の危機を逃れられたのでほっとして、看護師にうなずきかける。彼女も安堵の表情を浮かべ、一礼して部屋を出て行った。

想像以上に鬱陶しい時間になった。母親は泣き崩れてしまい、言葉がはっきりと実を結ばない。父親は「事故に遭ったのはお前が悪い」とでも言いたげに、むっつりと押し黙ったまま。

一通り説明を終えると、もう話すことがなくなってしまった。東京と鹿児島という物理的な距離以上に、両親との心理的な距離は遠い。だいたい、顔を合わせたのだって、三年ぶりなのだ。特に何があったというわけではないが……東京にいて、週刊誌の編集などという仕事をしていると、帰郷しない言い訳には事欠かない。母親からは何度も「たまには帰って来なさい」と言われていたのだが、その都度思い浮かぶ上手い言い訳には、自分でも驚くほどだった。

「今のところ、別に不自由してないから」二人を追い払うために、辰巳は話をまとめにかかった。「会社の方でもいろいろ手配してくれるし」

「お前、こんな時に会社に頼ってるのはまずいだろう」

父親が説教を始めたので、首を振って否定する。

「取材に行く途中の事故だから、公傷だよ。会社には、社員の面倒を見る責任があるんだ」そんなに会社に寄りかかっているつもりはないけどな、と思いながら強い口調で言った。「とにかく怪我も大したことなかったし、心配しないでいいから」

「だけど……」

母親がうじうじと両手を揉《も》み始めた。「ここに泊まる」などと言われたらたまらないと思い、辰巳は慌ててバッグを引き寄せ、家の鍵を取り出した。

「今日、家に泊まってもらっていいから。それで、明日の朝、着替えを持って来てもらえないかな」

仕事を与えられて安心したのか、母親の目からようやく涙が消えた。実際、大木が買ってきた下着は全部サイズが違っており、穿《は》けそうにない。あの男らしい話だが……。

両親がいなくなると、ほっとすると同時に、妙に疲れを感じた。一番近しい人間のはずなのに、話すのが面倒だ。明日もう一度会わなければならないのだが。せめて父親だけでも先に帰ってくれないだろうかと、心底願う。教員という堅い仕事を長年続けてきた父親にとって、週刊誌の編集などという仕事は、自分の理解を超えたものであるに違いない。おそらく、女性を扱う派手なグラビアページの存在が「反社会的」に感じられるのだろう。

夕食の時間が終わったせいか、二人がいなくなると、部屋はやけに静かに感じられた。まだ面会時間のはずだが、見舞いに訪れて騒ぐ人もいないだろう。個室ではなく、大部屋の方がよかったな、とふと思う。夜、この静けさに耐えられるかどうか、自信はなかった。

急に尿意を覚えて困惑した。ベッドの脇には車椅子が置いてある。右足は何ともないし、点滴スタンドを引っ張ってトイレまで行くぐらいはできるだろう。だが間の悪いことに、車椅子はベッドの右側にあった。点滴は左腕に刺さっている。ということは、一度左側に下りて、何とか車椅子までたどり着かないと、身動きが取れないということだ。冗談じゃない、こんな簡単なことに誰も気づかなかったのか……怒りを感じたものの、次第に尿意の方が勝っていった。

こんな物のお世話になることがあるとはな、と皮肉に考えながら、辰巳はナースコールのボタンを押した。車椅子に乗るのに助けてもらうなんて。

8

八時を過ぎると、病院は本当に静かになる。看護師たちが歩き回る音は聞こえるが、話し声も、テレビの音もない。辰巳は枕元《まくらもと》の灯《あか》りを消して、早々に布団に潜りこんだ。このところ寝不足だったし、いい機会だから寝だめしておこう。起きていても、何もやることがないのだ。

布団を顎の下まで引っ張り上げたが、どうにも暑い。しかし胸を出すと、今度は涼しくて震えがくるのだ。どうしていいか分からず、布団をかけたりはいだり……そんなことを続けているうちに一時間が経ってしまい、完全に目が冴《さ》えた。

こんなに長く情報から遠ざかったのはいつ以来だろう、と思う。新聞もテレビも無視して、インターネットからも遮断されている。この病室にはＬＡＮポートもあるし、携帯も壊れていないからいくらでもネットにつなぐことはできるのだが、今は情報から離れていたかった。死者は何人まで増えたのか。大事故や災害の際、いつもは「数」としてしか見ていなかった死者数が、実はリアルな死体の集合体なのだと初めて意識する。その中に自分も入っていた可能性がある……。

せめてメールぐらいは、と思って携帯を取り出した。ここに運びこまれてから、留守電が十件、メールは十五件入っている。仕事の関係者や友人たちからだ。たぶんニュースで名前が流れたのだろう。留守電を聞くのは何となく憚《はばか》られ、メールだけを見ていく。

『無事か？』

『怪我の具合、どんなもん？』

『取り敢えず大丈夫って聞いたけど、早くメールくれ。安心できない』

そんな中に混じって、富樫からもメールが届いていた。時刻を見ると、午後四時頃。大木が帰った後だ。

『取材の件、大木副編集長と調整済み。安心して養生されたし』

律儀なことだ、と苦笑する。事故の後、最初に話したのが富樫だから、ちょっと仁義を切っておこうか。長いメールを打つ気にはなれず、『お気遣い恐縮です。何とか無事に生きています』とだけ記して返信した。

メールが送信された後、ひどく偽悪的な気分になった。「生きている」はないんじゃないか。こんな、読む人にとっては「茶化している」と取れるようなメールを送らなくてもよかったのに……しかし、送ってしまったメールは取り消せない。馬鹿みたいだな、と思いながら、携帯を摑んで両手を布団の上に下ろす。ほかの連中にはどうするか。このまままいつまでも返信しないでおいたら、心配されてしまうだろう。テレビなどでは、死者の情報は流れているはずだが、怪我人は数字として扱われるだけだろう。それも「軽傷」「重傷」「重体」の三種類しかないことを、辰巳は経験的に知っていた。俺は「重傷」の扱いになるのだろうが……。

よし、ここはチェーンメールをやってもらおう。仕事で関係のある人たちには、編集部から連絡が行くだろうから、取り敢えず無視。学生時代の友人たちの一人にメールを送って、そこから広めてもらうのが一番早い。もう一通ぐらい、メールを打つ元気はあるはずだ。一番頻繁にメールのやり取りをしている早田《そうだ》に返信することにする。

『ご心配、恐縮。左膝の骨折で動けない状態だけど、無事に生きています。しばらく入院することになるけど、心配無用。申し訳ないけど、ほかの連中にも伝えていただければ幸い』

ぶっきらぼうな内容だが、こういう時だから仕方ないだろう。送信し終えて溜息《ためいき》をつき、携帯をバッグに戻す。これからまた、何通もメールが届くだろうが、明日の朝までは無視だ。明日になって、もう少し調子がよくなっていれば、個別に返信をしよう。

さて、今度こそ本当に寝るか。メールを打っただけで疲れ切ってしまい、つくづくへばっているのだと改めて自覚する。携帯のキーを打つよりヘビーな運動はできませんってことか……皮肉に考えながら、目を閉じた。

が、今度は外から眠りを邪魔される。遠慮がちなノックの音が響き、辰巳は舌打ちをした。こんな時間に誰だろう。医師の回診か検温だったら、すぐに部屋に入って来るはずだ。しかしノックした相手は、こちらの返事を待っているようではないか。無視していると、もう一度ノック。放っておいても何も解決しないと思い、「どうぞ」と返事をしたが、それが間違いだとすぐに悟ることになった。

病室に入って来たのは、若い女性だった。二十代後半ぐらい……黒い細身のパンツにグレイのジャケット、襟元がよれた白いブラウスという格好である。肩には、家財道具一式をぶちこんだような巨大なトートバッグ。瞬時に、辰巳は顔をしかめた——同業者の臭いを感じる。

「ちょっといいですか？」

「誰ですか」辰巳はできるだけ無愛想な口調で答えた。「取材だったらお断りですけど」

「東日《とうにち》新聞の江坂《えさか》と言います」

予想が当たった。こんなことで当たっても仕方ないと思ったが、とにかくここはさっさと追い出すに限る。だいたいこの女は、どこから入りこんできたのだ？　病院側は、マスコミの人間を上手くシャットアウトしているはずじゃないのか。面会時間に見舞い客として入りこみ、そのままどこかに隠れていたのかもしれない。その根性は褒めてやってもいいが、取材を受ける気持ちはない。

「週刊タイムスの辰巳さんですよね」

「ノーコメント」

「事故の様子を聞かせて下さい」

「ノーコメント」

「何両目に乗っていたんですか？」

「ノーコメント！」辰巳は強い言葉を叩きつけ、布団をはねのけた。会話がまったく噛み合っていないのに苛立《いらだ》つ。この女は、質問を投げかけ続ければ、こちらが根負けして喋るとでも思っているのかもしれない。だとしたら、記者の基本の「き」も分かっていない。こういう時は、まず会話を軌道に乗せて、その後で肝心の話題を切り出すものだ。締め切りが近いのかもしれないが、こんな非人間的なやり取りを続けていたら、仮に話す気があっても失《う》せてしまう。

「何でここが分かったんだ」

「そんなこと、警察でも消防でも……」女性記者が口を濁す。

「いい加減にしてくれ。こっちは怪我人なんだ。喋る気はない。出て行ってくれ」

「でも辰巳さん、マスコミの人でしょう？」彼女は一向にへこたれる様子がなかった。

「だったら、現場の様子を伝える義務があるんじゃないですか」

「そんなことをあんたに言う必要はない！　いい加減にしてくれ」

「話して下さい」それが当然の義務だと言わんばかりに、彼女が冷たい口調で要求する。

あまつさえ、病室に完全に入りこんで、ドアを閉めようとしていた。

「話す気はない」

「お願いします。同じマスコミの人間として」

頭を下げたが、必死な気持ちはまったく感じられない。何なんだ、この女は、と辰巳は吐き気さえ覚えた。

「辰巳さんだって、いろんなところで被害者に話を聞いてきたでしょう？　聞く必要があったからですよね。記事にしなくてはいけないわけだし。私も同じです」

何でこんなことが分からないのかと、舌打ちでもしそうな言い方だった。辰巳は頭に血が上るのを意識したが、怒りが膨れ上がると同時に血液の流れが盛んになったのか、膝と左目に痛みが蘇《よみがえ》る。

「放っておいてくれ」眼帯の上から左目を押さえ、右目だけで彼女を睨みながら言った。そうしながらも、右手でナースコールをまさぐる。クソ、どこへ行ったんだ……ようやく触れたので、押しつぶさんばかりの勢いでボタンを押してやった。

「マスコミの人間は、自分が経験したことを伝える義務があるんじゃないですか？」

「だったらあんたは、自分が事故に遭って足が折れた夜にどこかの阿呆《あほう》な記者が来たら、話すつもりなのか？」

「話しますよ」傲慢《ごうまん》に言い放つ。

「それが他社の人間でも？　自分の新聞には載らなくて、ほかの媒体に載っても、それがマスコミの人間の義務なんだ」

さすがにこれには反論できないようだった。ぐっと顎を引き、辰巳を睨みつける。何なんだ、この挑発的な態度は。いかにも新聞記者らしい、傲慢な人間だ。どうも新聞記者だけは、マスコミ業界の中にヒエラルキーがあると勘違いしている。一番上が自分たち。そこからずっと離れてテレビの記者、次いで雑誌の編集者、一番下がフリーライターという感じではないだろうか。だからこそ、時に週刊誌に抜かれたりすると、激怒して慌てる。あんな下賤《げせん》な奴らに……とでも考えるのだろう。はっきりした上からの目線は、辰巳をひどく苛立たせた。

「どうしました？」夕食の時に面倒を見てくれた看護師がやってきて、不審な人間の姿を見て驚き、立ち止まってしまう。

「どこかの馬鹿記者が忍びこんだんだよ！」辰巳が怒鳴ると、看護師は慌てて病室を飛び出して行く。援軍を呼ぶのだろう。「馬鹿記者」本人も顔を蒼褪《あおざ》めさせ、踵《きびす》を返した。

「ちょっと待てよ」

呼び止めると振り返る。顔に朱が射《さ》しているのは、話す気になったとでも勘違いしているからだろう。

「あんた、本当に取材が下手だな」

「馬鹿記者」がはっきりと辰巳を睨みつけ、病室を出て行った。「待ちなさい！」と叫ぶ複数の声が、彼女の足音を追いかける。

ざまあみろ、と辰巳は一人満足した。「マスコミ倫理にもとる」となじられて退散する記者もいるだろうが、あの女はそういうタイプではない。自分は有能で、取材相手が喋らないのは、向こうが社会的責任を果たしていないからだ、とでも思っているのだろう。そういう記者には「下手クソ」と言ってやるのが一番だ。あんたの取材能力、経験、全て平均値より劣っている。

だいたい優秀な記者なら、こんな手段は取らない。もっと正々堂々、こちらが喋らなくてはならなくなるような手で迫って来るはずだ。お前を追い払うのなんて、大したことじゃないんだよ。辰巳は鼻で笑い、少しだけいい気分になってきた。

十分ほどして、先ほどの看護師が戻って来た。辰巳は名札で、彼女の苗字《みょうじ》が「迫田《さこた》」と知った。

「ごめんなさい、まさか病院の中にまでマスコミの人が入って来るとは思わなかったから」

「用心が甘いですね。ほかの病室も注意した方がいい。あの連中はゴキブリみたいなものだから、隙間に隠れているかもしれませんよ」自分のことも指しているのだと気づいて苦笑したが、堂々と同業者の悪口を言うのはむしろ気分がよかった。

「そこまで言わなくても……」

苦笑に対して、辰巳は厳しい口調で反論した。

「大きな事故だから、マスコミだって被害者の声を取ろうと張り切ってますよ。でも、こういうやり方はフェアじゃない。取材のやり方としては卑怯《ひきょう》です」

「とにかく、気をつけておきますから」強張《こわば》った表情で答え、看護師が部屋を出て行った。

辰巳は勢いをつけて枕に頭を乗せ、溜息をついた。まったく、とんでもない騒ぎだ……しばらく胸の中で、先ほどの女性記者に対する黒い思いが渦巻いていたが、ほどなく、自制せざるを得なくなった。

そういえば自分も、同じようなことをやった。

二年前だったか……通り魔事件で三人を殺した犯人が、自殺を図って病院に収容された。そいつの顔を是非拝もうと、辰巳は普段から編集部に常備してある白衣を着て、病院に忍びこんだのである。その時は病室の前まで行って、警戒中の制服警官に気づかれ、阻止された。それを考えると、あの女性記者は自分よりも上手《うわて》かもしれない。何しろ、病室の中にまで侵入してきたのだから。

頭の後ろに両手を差し入れ、天井を仰ぐ。少しぐらい喋ってやってもよかったかな、と一瞬だが思った。どうせ警察の方から情報は流れる。それと同じ話をしてやっても、誰も損しないのではないか。

いや、それはあり得ない。自分のところの週刊タイムスを差し置いて、ほかの媒体に自分の証言が載るなど、あってはいけないことだ。

そう、大木も「当事者として書けるか？」と言っていた。これがまさに千載一遇のチャンスなのは間違いない。大怪我は負ったが、自分は生きている。ジャーナリズムの世界に生きる人間として、事故の状況をリアルに書くのは、義務だろう。それが自分の働く媒体であるなら、なおいい。

どうせ今夜は眠れそうにないんだし。

覚悟を決めて、辰巳はパソコンを取り出した。コンセントにつなぎ、無事起動するのを確認してから、エディターを立ち上げる。記憶が途切れ途切れになっているのが痛いが、思い出せる範囲で「場面」を書いていこう。原稿をまとめるのは後でもできる。記憶が新しいうちに……分からないところは、伏字にしておこう。

『記者が異変に気づいたのは、十五日午前八時十分頃だった。この日記者は、品川区内での取材に向かうため、午前八時二分（？）、東広鉄道蜂《はち》が屋《や》駅から急行電車に乗車。乗車率はこの時点で●パーセントと見られており、後続の電車の遅れの影響を受けて、普段よりも混み合っていた』

「後続の電車」云々《うんぬん》は、車内アナウンスでも言っていたから間違いない。「普段より」

は本当かどうか分からない。あの時間帯に電車に乗ることなどほとんどないのだから……しかし、いつの間にか辰巳は、自分の原稿に引きこまれていた。

『急行電車は、隣の北蜂が屋駅に停車後、さらに乗客が増えた状態で鉄橋に差しかかった。ここは進行方向に向かって大きく右へカーブするところだが』

そこまで書いて手が止まった。事情聴取した高石には話したのに、今になって記憶が曖昧になっている。やはり頭を打っているのではないか、と心配になった。記憶とは不思議なもので、人間は自由にコントロールできない。一続きの時間の流れの中で、どの場面を覚えて、どこを忘れるのかも、一定の規則性はなさそうだ。

落ち着け。ゆっくり思い出せばいい。時間はたっぷりあるんだ。

一度、冷静にニュースを読んでおく必要がある。本当は夕刊でまとめて読みたかったが、消灯後のこの時間では、外に出ないと手に入らないだろう。ナースセンターに頼むのも気が引ける。ネットで確認するか……活字の世界に生きているせいか、どうしてもテレビよりも新聞、それがなければネットに頼ってしまう。文字だけ追っていれば、何となく安心できるのだ。

バッグからケーブルを出して、ブラウザを立ち上げる。スタートページに設定しているポータルサイトのトップニュースも、この事故に関するものだった。

『東広鉄道転覆事故　死者80人に』

見出しをクリックしようとして、手が震える。カーソルが小刻みに動き、リンクから外れてしまった。左手で右手を摑んで震えを押さえ、何とかクリックして本文を読む。よりによって東日の記事だった。

『15日午前8時15分頃、港市高居区《たかい》春間《はるま》で、新横田《しんよこた》発品川行きの東広鉄道急行電車が突然脱線、転覆した。警察、消防の調べでは、この事故で80人が死亡、230人が重軽傷を負っている。車両は1両目、2両目が完全に脱線、横倒しになっており、乗車率が200パーセント近かったために被害が大きくなったと見られる。事態を重く見た国土交通省の運輸安全委員会も現場での調査を始めた』

三百人以上が死傷……辰巳は眩暈を覚えた。一両にどれほどの人が乗っていたかは分からないが、ほとんど全滅状態ではないか。二両目までは、無傷で済んだ人など、いない。

あの女性はどうしたのだろう、とまた不安になる。今にも命の火が消えそうになっていた、あの女性は。俺が上にならなければ、怪我も軽くて済んだかもしれないのに。

気づくと、血が出そうなほどきつく、唇を嚙み締めていた。

ブラウザを閉じた。事実関係を確認するのは後でいい。今はこのニュースに近づきたくなかった。きつく目を閉じて、頭の中で渦巻く記事を追い出そうとする。何とか……何とか落ち着いてきた。やるべきことはやっておかなくては。デジカメを取り出す。起動は……する。しかし車内を撮影した画像を呼び出そうとして、固まってしまった。何が写っているかは分からない。まったく見ないでシャッターを押しただけなのだから、たぶんとんでもない場所を写しているだけではないだろうか。どうせ使えない画像なのだから、確認したらすぐに削除してしまえばいい。

ちょっと見るだけ。

それだけのことができない。

9

眠れぬまま、日付が変わった。尿意を覚えたが、ナースコールを使うのも面倒で、辰巳は今度は自力でトイレに行ってみることにした。膝が動かせないだけなのだから、絶対安静ということもないだろう。車椅子に乗りさえすれば何とかなる。布団をはねのけ、無事な右足を床に下ろしてスリッパを引き寄せる。左足にも……膝が言うことを聞かないので、足でスリッパを履く。仕方ない。トイレに着いたら、片足で何とかしよう。

右足だけで立ち上がり、車椅子のフレームを摑んだ。ジャンプ。片足で着地。何とか大丈夫だった。小刻みに動いて車椅子の正面に回り、右足を軸に体を百八十度回転させて、車椅子に腰を下ろした。それだけで汗をかいてしまい、額を手の甲で拭う。鼓動が跳ね上がり、普段の運動不足を嘆くことになった。だいたい、週刊タイムスの編集部に来てから、人とは違う生活パターンになってしまって、五キロも太ったんだよな……BMIで見る標準体重ぎりぎりに近づいている。

「しっかりしろよ」自分に声をかけ、車椅子を動かし始める。自分の体重が負荷になり、上手く動かせなかったが、取り敢えず病室を出ることには成功した。ほっと一息ついて、右手だけで車輪を回し、方向転換する。しばらくは不自由しそうだが、慣れれば何とかなるだろう。いずれは松葉杖《まつばづえ》になるだろうし、そうしたらもう少し自由が利くはずである。

トイレではまた難儀させられた。立ったまま右足一本で体を支えながら——というのはやはり無理だったので、前回同様個室に入って何とか用を済ませる。ひどく時間がかかり、手を洗ってトイレを出たのは、入ってから五分後だった。こんなことなら誰かの手を借りるか、尿瓶《しびん》でも使った方がましかもしれないが……いや、何でも自分でやらなくては。

トイレから出たところで、「どうかしましたか」と声をかけられた。「迫田さん」一瞬ギクリとしたが、例の看護師だと気づき、軽く会釈する。こんな時間だというのに元気一杯に見えるのは、若さ故《ゆえ》か。自由の利かない体を考えると、彼女の元気さが本当に羨ましい。昨日――今朝までは、普通に歩くのが当たり前だと思っていたのに。

辰巳は努力して笑みを浮かべ、「トイレです」と言った。

「眠れないんじゃないんですか」

「いや……まあ、そうかな」

「痛みはどうですか？」

「痺《しび》れてる感じがするけど、それで眠れないほどじゃないですよ」

「眠れるように、お薬、出しましょうか？」

一瞬考えた。睡眠薬の手を借りた、人工的な眠り――それには頼りたくない。

「いや、いいです。何だか気が高ぶってるだけですから。一日や二日寝なくても、死にはしないでしょうし」そんなことを考える間もなく死んでしまった人もいる――辰巳は頭《かぶり》を振った。今日の俺はどうかしている。紙一重の差で死を免れる、衝撃的な体験をしたせいか、いつもの発想が消えてしまっている。普段はもっとドライなのだ。ドライにならなければ、雑誌など作れない。動機づけには熱い怒りや感動があっていいが、取材や記事を書く時には、対象を突き放して見なくてはならない。だが今日の俺は、対象と自分が完全に癒着《ゆちゃく》してしまっている。

「辰巳さん、週刊誌の記者なんですって？」

「個人情報は秘密だよ」悪戯《いたずら》っぽく唇の前で人差し指を立てて見せる。ささくれ立った気持ちを抑えるために、軽い態度が必要だった。

「ごめんなさい」

照れ笑いするのを見て、辰巳は胸の中に少しだけ明るい灯《ひ》が点《とも》るのを感じた。

「じゃあ、こっちのプライバシーがばれた罰として、あなたの名前も聞いておこうかな」

我ながら軽い……これじゃナンパじゃないかと思いながら、辰巳はつい口にしてしまった。健康的な頬の色に惹《ひ》かれたのかもしれない、と思う。

「迫田です」

「それは分かってるけど」辰巳は自分の胸――彼女のバッジがある辺り――を人差し指で突いた。「下の名前は？」

「迫田友美《ともみ》です」

「迫田さんは、看護師になってどれぐらい？」

「二年目なんですよ」

「じゃあ、資格を取ってからすぐ、この病院に勤めたんだ」

「そうです」

「こういう事故は……」

「初めてです、もちろん」

「できれば経験したくないよね」

「そう、ですね」友美の顔が暗くなる。看護師を志した時に、こういう大事故は想定していたはずだが、それでも実際に目の当たりにするとパニックになるだろう。若い彼女が、戦場のような現場で真っ青になって必死に走り回る様は、容易に想像できた。

「病院も大変だったね」

「でも、事故に遭った人の方がもっと大変ですから」

「結局、この病院には何人ぐらい運ばれてきたんだろう」

「十人ぐらいだったと思います。でも、市民中央病院には五十人ぐらい運ばれて、本当に大変だったみたいですよ」

五十人……辰巳は絶句した。市民中央病院は現場に一番近いはずだが、それほど大きくはない。ほかの診察業務はほとんど停止してしまったのではないだろうか。

「俺なんか、まだましな方だよな」辰巳はぽつりとつぶやいた。

「でも、大怪我に変わりはないですから」

「そんなことないよ。こうやって動き回れるんだから」

自分に対する慰めでもあった。時間はかかるが、いずれ自分の足で立つこともできる。大したことはないのだ、こんなのは「重傷」のうちに入らない、と自分に言い聞かせる。

「しかし、迫田さんも大変だよね。昼間からずっと働いてて、今日は泊まりなんでしょう？」

「こういう時ですから。呼び出されたんです」友美が真剣な表情で説明する。

「そうなるよね」

どんな仕事でも、予定外に呼び出されるのはきついだろう、と辰巳は同情した。辰巳はいつでも臨戦態勢でいるつもりだが、それでも徹夜続きでようやく家に帰って寝た直後に携帯が鳴ったりすると、電話の相手をぶん殴ってやりたくなる。

「辰巳さん、そろそろお休みにならないと」

「やっぱり眠れそうにないけどね……しばらく話し相手をしてもらうわけにはいかない？」

「ごめんなさい」友美が笑った。こんな夜中、疲れている状況なのに、屈託のない笑顔だった。「夜中でも仕事がありますから」

「そうだよな」急に人恋しさを覚えて、辰巳は溜息をついた。「俺なんかより、もっと重傷の人もいるだろうし」

「そういうことじゃないんですよ」一転して友美の表情が真剣になる。「いつ何があるか分からないから、常に待機なんです」

「ああ……邪魔して申し訳ない。戻ります」

「一緒に行きましょうか？」

「いや、車椅子を動かすのもリハビリのうちでしょう？」

「まだ無理しない方がいいですけど……すぐ近くだからいいですよ。一人でベッドに乗れますか？」

「下りられたんだから、大丈夫でしょう」

「じゃあ……」

辰巳は一人、病室に向かった。友美の視線がずっと自分の背中を追っているのは分かったが、敢えて無視する。振り向いたら、また無駄話を始めてしまいそうだった。彼女は、人の命を助けるために働いている。自分の勝手で、彼女の時間を無駄に潰してしまったら申し訳ないと、辰巳は珍しく殊勝に考えた。怪我しているから弱気になっているのだろうか。普段、仕事でもない限り、初めて会った人とこんな風にぺらぺら喋ることはないのだ。

病室に戻っても、すぐにはベッドに入らなかった。眠れないのは分かっているし、暇潰しでネットサーフィンをする気にもなれない。結局、何が気にかかっているかというと……あの女性だ。探しようがないことなど分かっているのに、どうしても見つけたい。安否を――いや、無事に生きていると確認したい。

辰巳はギプスの上から膝を叩いた。特に痛みはない。もう一度、今度は少し強く。叩きどころが悪かったのか、いきなり脳天に突き抜けるような痛みが走り、思わずうずくまる。体重がかかって、車椅子がぎしぎしと鉄の擦れる音を立てた。

しばらく背中を丸めたまま痛みに耐え、震えながら何とか背筋を真っ直ぐ伸ばす。この程度で痛がっているようでは、死んだ人たちに申し訳ないような気がした。しかし、そんなことを考えているうちにげっそり疲れてしまい、車椅子に背中を預けたまま、ゆっくりと目を閉じる。一瞬睡魔が襲ってきたような気がしたが、あの時目が合った女性の顔をふいに思い出して、びくりと体が震え、目が覚めてしまう。一瞬の眠りだったのに、ひどく汗をかいている。車椅子を動かしてサイドテーブルのところまで行き、タオルを取って顔を拭いた。ついでに、ほんの少し残っていたスポーツドリンクを飲み干す。

妙に暑い。空調がいらない、程よい室温のはずだが、体の奥から滲《にじ》み出る汗が止まらなかった。窓辺へ移動し、窓を細く開く。冷たい風が吹きこんできて、顔を一気に冷やしてくれた。一息ついて、しばらく冷たい風の感触を楽しむ。

顔を突き出して、窓の隙間から外を見てみた。二階の病室は駐車場に面している。街灯の弱い光が、駐車場をぼんやりと映し出しているだけで、風景全体が霞《かす》んで見えた。

何かが違う。

世界が変わってしまった。

昨日まで、辰巳が生きて来た世界——打ち合わせ、取材、原稿執筆、呑み屋でぶちまける編集長への不満、たまに会う友だちとの緩んだ会話。それらが全て過去のものになり、二度と戻って来ないような気がした。それはそうだ、と自分に言い聞かせる。あれだけの事故から生還して、それまでと同じ自分でいられるわけがない。

だが、過去と自分をつなぐ線はある。しっかり記事を書いて、来週の週刊タイムスに載せることだ。そうすることで何も変わっていない、どこかの瞬間で過去と未来が断絶したわけではないと証明できる。どんなに辛くとも、そうすることで時間を一本の線につなげられるのだ。過去と未来があの事故で断ち切られたとしたら、自分はゼロから人生をやり直さなくてはならない。そんなことは面倒だし、意味があるとも思えなかった。

急に風が冷たく感じられた。突然季節が数か月巻き戻されたように、全身に悪寒が走る。その瞬間、まったく突然に二つの記憶が一本につながった。

指輪。

自分の下になったあの女性がはめていた指輪と、黄色いタグをつけられてここに運びこまれてきた負傷者の指にはまっていた指輪……同じではないか？　もちろん、別人が同じ指輪をはめている可能性もあり得るが。

指輪のディテールを思い出せ、と必死に脳に命じる。どちらも一瞬見ただけだが、お前は視力二・〇だし、記憶力だって鍛えているはずだ。どうなんだ……色はシルバー。それは間違いない。デザインはごくシンプルなものだった。しかし、小さなダイヤが埋めこまれていたような気がする。ダイヤかどうか正確には分からないが、何か宝石の類い。中心部から少しずれて見えたのは、そういうデザインだからではなく、サイズが合っていないからではないか。指輪を買ってから少し痩《や》せたとか。

確証はないが、疑いは強まる――あの女性は、自分と同じ病院に運びこまれていたのだ。

どうする？　聞けば分かるかもしれない。教えてもらえるかどうか……しかし聞かなければ、いつまでも悶々《もんもん》とした気持ちを抱え続けることになる。それに耐えられるとは思えなかった。

窓を閉め、車椅子を方向転換してドアを目指す。まず、知り合いになった友美に聞いてみるか。こんな時に手を煩《わずら》わせるのは申し訳ないが、どうしても気になって仕方がない。それに夜になって、さすがに一段落しているようだ。急患もいないようで、救急車のサイレンをずっと聞いていない。

気になったらすぐに確かめる。編集者としての癖はなかなか抜けないようだな、と辰巳は苦笑した。同時に、こういう気持ちが残っているうちは必ず仕事に復帰できるのだと、自分に言い聞かせた。

10

「ずいぶん元気な患者さんですね」ナースセンターで、友美が苦笑した。「そんなに動き回っていて、大丈夫なんですか」

「リハビリですよ」辰巳は右足だけで立ち上がり、ナースセンターのカウンターに肘をついて体を支えていた。車椅子に乗ったままだと、顎のところまでしかカウンターの上に出ないので、話しにくいことこの上ない。

「リハビリを始めるには早過ぎますね」軽口が途切れ、友美が真剣な表情になった。「どうかしましたか？」

「ちょっと外で話せますか」

友美が一瞬口籠《くちごも》る。ナースセンターには、ほかに二人の看護師がいた。二人とも彼女より年長。待機中に持ち場を離れていいかどうか、判断しかねている様子だった。立ち上がり、一人に耳打ちする。渋い表情で迎えられたが、それでも「駄目」というわけではないようだった。

友美が辰巳にうなずきかけ、外へ出て来た。辰巳が車椅子に腰かけると、すぐに押して廊下の端まで行く。ナースセンターからは数十メートル離れており、話を聞かれる心配はなさそうだった。聞かれて困る話でもないんだが、と思ってつい苦笑すると、友美に見咎《みとが》められた。

「何がおかしいんですか？」

「いや」

友美が車椅子の前に回りこんできた。立ったままだと、比較的小柄な彼女でも、やけに威圧感を与える。しゃがんでくれとも言えず、辰巳は意を決して静かに話し出した。

「この病院に運ばれて来た人、十人ぐらいだったって言いましたよね」

「ええ。あの……取材なら困りますけど」

「そうじゃない」辰巳は勢いよく首を振った。「個人的に知りたいだけです」

「でも、ちょっと怒られたんです」友美が肩をすくめる。「週刊誌の記者の人だから、勝手に話しちゃいけないって」

「そりゃそうだよな」さすがに苦笑してしまった。「だけどこれは、取材じゃないから。個人的に、どうしても気になることなんです」

「さっきの女性の話ですか？」

どちらかというとのんびりした顔つきなのに、友美は案外鋭いようだった。

「彼女を助けられなかったんだ」

「どういうことですか」

説明すると、友美の表情が厳しくなる。こちらの気持ちは分かってくれただろう、と辰巳は思った。

「そう――十人のうち、女性は何人？」

「三……四人ですね」

「あなたは全員、見ましたか？」

「いえ。女性の患者さんで私がお手伝いしたのは、二人だけです」

「その二人のうちで、年齢は……二十代の後半か三十歳ぐらいかな？　それで左手の薬指にシルバーの指輪をしている人はいなかった？　シンプルなデザインなんだけど、真ん中に小さな宝石が入っている」

「ちょっと……記憶にないですね」すぐに否定の答えが返ってきたが、適当にあしらっているのでないことは明らかだった。唇をきつく結び、ひどく真剣な表情を浮かべている。「ごめんなさい、そこまで見ている余裕もなかったし」

「そうだよね」がっくりきたものの、辰巳はまだ希望を捨てていなかった。「ちょっと見てきてもらうわけにはいかないかな」

「それは――」

「指輪を確認するだけだから、難しくないと思うけど」

「簡単に言いますけど、結構大変ですよ」

「分かってるけど、看護師さんなら、病室に入っても不自然じゃないだろう。それとも、俺が自分で勝手に病室に入って確認してもいいのかな」

「脅す気ですか？」

友美の顔が一瞬蒼《あお》くなる。辰巳は慌てて「そんなつもりじゃない」と否定した。下手なやり方――これじゃ、東日のあの女性記者と同じじゃないか。いや、これは取材ではなくお願いなのだ。だったらまずは、相手に誠意を見せること。一対一、対等の立場で必死に頼みこまなければ。

「彼女のことがどうしても気になるんだ。お詫《わ》びしたいんですよ」

「でも、辰巳さんのせいで怪我したわけじゃないんですよ」

「それはそうだけど、そういう問題じゃないんだ」

まったく突然、車両の上に引っ張り上げられた時の記憶が蘇る。あの時俺はすぐに気を失ってしまい、助けてくれた人にお礼も言えなかった。事故発生直後だったことを考えると、あれはレスキュー隊の人間ではなく、同じように事故に遭った人、あるいは事故を知って駆けつけてくれた近所の人だったかもしれない。そんな人にお礼も言わずに……自分も救助活動に加わるべきだったのだ。片方の足が動かないだけで、ほかには何ともなかったのだから。順番からして、自分のすぐ下にいた彼女が救出された可能性が高い。あの時、きちんと救出を見届け、声をかけられたら――こんな気分にはなっていなかったはずだ。

　自己満足に過ぎないということは分かっている。だが、彼女に会って、「助けられなくて申し訳なかった」と言わなくては、ここから一歩も前に進めないような気がした。編集者としての癖が抜けないうちは……などと考えていたのが、ひどく馬鹿馬鹿しく思えてくる。まず、人間としてやらなければならないことがあるのではないか。

「とにかく、謝りたいんです」

「辰巳さん、少し混乱してますよ」

「あなた、医者じゃないでしょう？　そんなことを言う資格はないはずだ」吐き捨ててしまってから、後悔する。「……ごめん。こっちこそ、こんなことを言う資格はないね」

「気持ちが不安定になっているんですよ」友美がしゃがみこんだ。かなり無理な姿勢を作って、辰巳と目の高さを合わせる。「大きな事故の後だと、そういうこともよくあるそうです。とにかく、少しお休みになったらどうですか？　後で部屋の方、見に行きますから」

「そこまで面倒見てもらわなくても大丈夫ですよ。子どもじゃないんだから」

「自分で考えているよりも、ダメージを受けているかもしれないんですよ。私も心配ですから」

「……ありがとう」自然に感謝の言葉が口を衝《つ》いて出てくる。こんな風に素直に言えたのはいつ以来だろう、と不思議に思った。「でも、何とかならないかな。その女の人を、間違いなくこの病院で見てるんだ。治療が終わって、俺があの病室に運ばれる時、廊下ですれ違ったストレッチャー。トリアージの黄色いタグがついていた」

「え？」友美が突然、間の抜けた声を出す。今までのしっかりした態度が信じられないような感じだった。

「俺の後から運ばれてきた人だよ。黄色いタグだし、俺より後だったから、大した怪我じゃないとは思うんだけど……その人が同じ指輪をつけてたんだ。少なくとも、俺にはそう見えた」

「そう、ですか」

友美が急に立ち上がった。何か知っている、と辰巳は確信し、伸び上がるようにして彼女の右手首を摑んだ。突然引っ張られてバランスを崩した友美が、短い悲鳴を上げる。それでも辰巳は、彼女の手を放さなかった。

「頼む。その女性だと思うんだ。あなた、覚えがあるんでしょう？　会わせてくれないか？　話ができないなら、顔を見るだけでもいい。向こうにもあなたにも迷惑をかけるつもりはないし、顔を見たら、もう勝手なことは言わないから」

友美は戸惑っていた。視線を宙に漂わせ、唇をちろりと舐《な》める。自分一人では判断できないと思っているのだろう。だが、話が上に上がれば、防御壁はますます固く、高くなる。辰巳は粘った。取材でも、これほどしつこく迫った記憶はないぐらいだった。

「迷惑はかけないから。一目見て、謝れればいいんだ。それで俺の気は済む。頼むから、どこにいるのか教えてくれ」

彼女の手を摑んだまま、深々と頭を下げる。知らぬ間に、涙が零《こぼ》れていた。何だよ、ここは泣く場面じゃないだろう。自分で自分に呆れたが、意志の力で涙を止めることはできない。顔を上げ、洟《はな》を啜《すす》りながら、友美の顔を見た。依然として戸惑っているが、少しだけ表情から固さが取れている。

「本当に、取材じゃないんですね」

「違う。何だったら、あなたも一緒に来てくれてもいい。それなら心配ないでしょう？俺が変なことをしたら、止めればいいんだ。どっちにしろこんな状態だから、悪さもできないし」車椅子のホイールを右手で叩く。

「——分かりました」友美が素早く左右を見回す。「でも、一瞬ですよ。一瞬だけ」

「重体なのか？」

「そういうわけじゃないけど、声なんかかけたら駄目ですよ」

「ありがとう」

辰巳は思わず、両手で彼女の手を握り締めた。また涙が零れてくるのを止められない。頰を膨らませ、ゆっくりと息を吐いて緊張を抜く。同時に彼女の手を握る力を抜いた。

友美の手が、ゆっくりと滑り落ちる。時間が不規則な激務のわりに、ほっそりと滑らかな手だな、と思った。

「自分で動かして行くから」

「じゃあ、私はエレベーターの方に」友美がちらりと後ろを見た。エレベーターはナースセンターの斜め向かいにあり、中から監視していたらすぐに気づかれてしまう。当然友美もそれに気づいているようで、「私が見張ってますから。四階へ」と低い声で言った。そのまま、何事もなかったかのようにナースセンターの方に立ち去る。

辰巳はゆっくりとホイールを回して、後を追った。廊下の照明は一つおきに消されており、薄暗い。ナースセンターから漏れ出す灯《あか》りが、やけに明るく見えた。友美がさりげなくエレベーターに近づき、ボタンを押す。辰巳は慌ててスピードを上げ――車椅子も簡単に慣れるものだ――エレベーターに向かう。友美がうなずいたのを見て、一気にストップ、方向転換し、エレベーターに突入した。すぐに「閉」ボタンを、次いで四階のボタンを押す。扉が閉まるのが、ひどくゆっくりに感じられた。閉まり切る前、わずかな隙間から、友美が動き出すのが見えた。二階分、階段を使うつもりだろう。

一安心したのもつかの間、四階にもナースセンターがあるはずだと気がつく。まあ、そこは……自分は二階の入院患者だから、顔は知られていないだろう。見咎められたら、とにかく謝ってしまえばいい。眠れなくて、云々。

エレベーターが止まり、扉がやけにゆっくりと開く。一つ深呼吸をして、辰巳は車椅子を廊下へ出した。友美がいない。まさか、自分一人をここへ放置するつもりじゃないだろうな……にわかに不安が高まってきたが、すぐに階段の方から足音が聞こえてきてほっとした。息を切らして廊下に飛び出してきた友美が、車椅子のハンドルを摑む。

「自分で動かせるよ」

「こうした方が疑われないでしょう」

それはそうだ。しかし、夜中に車椅子で移動しているのが怪しいのは間違いない。とにかく用事だけを済ませて、さっさと部屋へ戻ろう。彼女の無事を確認できれば、今背負っている重荷の大半は下ろせるのだ。そうしたら後は、自分の治療に専念できる。落ち着いて記事も書けるだろうし、車内で撮った写真も確認できるはずだ。

「ここです」

言われてドアのところを見たが、患者名はない。

「間違いない？」

辰巳の疑念を察したのか、友美がうなずいた。

「誰がどこに入っているか、分からない方がいいでしょう？　辰巳さんのこともあったからですよ」

「ああ、馬鹿な新聞記者に気づかせないようにするためね」思わずにやりと笑ってしまった。病院側も、なかなか気が利く。数時間前に嫌な思いをさせられたことは忘れてやろう。

「あまりそんな風に言わないで下さい」何故か友美が耳を赤くする。どうやら、どんなに下司《げす》な相手でも、貶《おとし》めるべきではないとでも考えているようだ。大したもんだ、自分にはそんな慈悲の気持ちは持てない、と感心する。

「開けますよ。一瞬だけですからね」友美がドアに手を伸ばす。

「中に入れる？」

「それは駄目です」

「それじゃ、確認できないじゃないか」

抗議すると、友美があっさり折れた。ここで言い合いをして、話が長くなるのを恐れたのだろう。

「ちょっとだけですよ。確認できたらすぐに出ましょう」

「顔と指輪を見れば分かる。十秒ですよ」

「五秒」

友美が片手を広げた。無理に抵抗しても無意味だと思い、辰巳はうなずいた。友美がドアを開け、車椅子を押して中に入る。単調な電子音が聞こえてきた。枕元には何かのモニター。緑色の光点が、規則正しく点滅しているのが見える。数字は……血圧か。上が百二十五、下が七十五で安定している。血圧だけ見れば、完全な健康体だ。

しかし、彼女の顔を見た瞬間、辰巳は言葉を失った。顔面は蒼白《そうはく》で、頭には包帯が巻かれている。首にはコルセット。電車の中で見た時には、頭には怪我していない感じだったのに。胸が上下しているから生きているのは分かるが、その命はあまりにもはかなく見える。

「大丈夫……なんですか?」

友美はその質問には答えず、「間違いないですか?」と逆に聞き返した。

顔は確かに、あの時電車の中で見たものだ。しかし指輪は……辰巳は自分でホイールを回してベッドに近づき、掛け布団からはみ出た左手を確認した。緩く拳を握っていたが、間違いなく薬指にリングがある。安堵で、体の中からすっかり気が抜けた。空気の抜けた風船のように、その場で崩れ落ちてしまうのではないかと思えるほどだった。

友美が車椅子を引いて、急いで部屋から出る。辰巳は目の前でドアが閉まるまで、呼吸するのを忘れていたことに気づいた。それにしても……よかった。目を閉じて廊下の天井を仰ぎ、大きく深呼吸する。体の強張りがすっかり取れ、膝の痛みさえ消えてしまったようだった。

「間違いなかったですか?」

「確かに……どうもありがとう」礼を言ってから、名前を確認するのを忘れたことに気づいた。枕元にネームプレートがあったはずだが……どうも集中力や観察力が衰えている。この状態が長く続いたら、仕事にも差し障るようになるだろう。「今の人、名前は？」

「水野《みずの》さん。水野涼子《りょうこ》さん」一瞬だけ迷いを見せたが、友美は教えてくれた。

「どういう人なんだろう」

「そこまでは知りませんけどね……そんなことより、早く病室に戻らないと。誰かに見られたらまずいですよ」

「見張り、頼めますか？」

「取り敢えず、エレベーターで降りちゃいましょう」面倒なことが終わったせいか、友美の口調も少しだけ軽くなっていた。

「見つかったら？」

「眠れないので散歩していたことにしましょうか」

「それじゃ、あなたに迷惑をかける。夜中に患者の散歩につき合う看護師さんなんか、いませんよ」

「ちょっとぐらい怒られても大丈夫です。結構打たれ強いんですよ」

そういう問題じゃないんだがな、と思いながらも、辰巳は彼女に車椅子のコントロールを任せた。気が楽になったせいか、体から力が抜けてしまう。

幸い、誰にも見られずに病室に戻れた。友美の助けを断り、何とか自力でベッドに上る。少し汗をかいているし、かなり疲れを意識した。しかし逆に、これなら朝までゆっくり眠れるだろうと自分に言い聞かせる。それに、これだけ動き回れたのだから、やはり重傷ではないのだと、改めて確信できた。

「これで気が済みましたね？」掛け布団を整えながら友美が訊ねた。

「何とか。少し楽になりました。でもあの人、本当に大丈夫なのかな。ずいぶん悪そうに見えたけど」

「本当に重傷だったら、今もＩＣＵに入ってますよ。水野さんは、頭を打っているんです。外傷はなかったんですけど、意識がはっきりしなくて」

それで、電車の中で見た虚ろな表情も説明がつく。辰巳はうなずき、目で先を促した。

「予断を許さない状況ではありますけど、取り敢えず一命は取り留めてますから。辰巳さんが心配することはないですよ。でも、奇遇ですね。同じ病院に運びこまれたなんて」

「彼女を、助けるべきだったんだ」辰巳は急に悔しさを思い出し、唇を噛んだ。「俺のすぐ下にいたから、引っ張り上げることもできたと思う。でも、何もできなかった」

「怪我してたんですから、無理ですよ。そういう風に自分を責めない方がいいです」

「そうはいっても、ね。俺なんか、大した怪我じゃないんだから。現場でやれることがあったはずなんです」

「そういう風に考える人は多いみたいです」友美が椅子に腰を下ろした。「自分だけ助かって、ほかの人はって……大災害の時には、そういう気持ちになる人が多いそうですよ。そんな風に考えるのは分かりますけど、自分を追いこんだら駄目です。怪我の治りが悪くなりますよ。治療やリハビリには、精神的な要素も大きいですから」

「それは分かるけど……」自分だけが慰められる状況が、納得できなかった。

「分かってるなら、もう余計なことは考えないで下さい」友美がぴしゃりと言った。「私、今夜はずいぶん規則違反をしてるんですよ。人の病室を覗きこむなんて、絶対にやっちゃいけないことなんです」

「それは分かってます。申し訳ない」

「でも、それが辰巳さんの精神衛生上いいことだと思ったから、無理したんです。とにかく水野さんが無事だって分かったんだから、これ以上の我儘《わがまま》は駄目ですよ」

「了解」と言って、薄く笑う。しかし友美は笑い返してこず、表情は深刻なままだった。

「もう迷惑はかけませんから。でも、あなたもどうしてここまでやってくれたんですか？」

「患者さんの精神面をフォローするのも、看護師の仕事です。あのまま放っておいたら、辰巳さん、参ってしまいそうだったから」

「まあ……そうかもしれない」自分の弱さを改めて思う。自分では、こんな人間だとは思ってもいなかった。鉄の意志とは言わないが、多少のことでは動じないタイプだと自負していたのに……今日の俺は、少し叩かれると壊れてしまいそうだ。

「じゃあ、今夜は大人しくしていて下さいね。朝は六時に検温がありますから」

「起きてないとまずいかな」

「寝てるのを起こされるよりは、自分でちゃんと起きた方がいいんじゃないですか？　その後でまた眠れますから。とにかく、早く寝て下さいね」

「お手数をおかけして」布団に入ったまま、頭を下げる。友美がようやく小さな笑顔を作り、立ち上がった。

辰巳は自分の弱さを悔《く》いつつ、あの女性が生きていたという安心感を抱き締めて、浅い眠りに落ちて行った。

11

ふと、眠りから現実に引き戻された。どうして？　寝た記憶はあるのだが……辰巳はゆっくりと首を振ってから目を開けた。カーテン越しに、駐車場の街灯の光がかすかに射しこみ、病室内をぼんやりと照らし出している。枕元の時計を見ると、まだ午前二時。寝てから一時間ほどしか経っていなかった。

どうして目が覚めたのか、分からない。眠気は残っているのだが、何かが自分を現実に引き戻したのだ。特に騒がしいわけではなく、部屋の明るさも変わった気配はない。

違和感……空気の変化としか言いようがない。

　上体を起こす。左右を見回してみても、違和感の源泉は分からなかった。となると、病室の外か。

　生来の好奇心が頭をもたげる。気になったら眠れないし、とにかく何がおかしいのか確かめておきたかった。慎重にベッドから下り、何とか車椅子に腰を落ち着ける。一息ついてからホイールに手をかけ、病室から出て行く。

　廊下の灯りは半分消され、ひどく静かだった。病院から支給された寝間着一枚では、震えがくるほど寒い。まるで消毒薬に含まれるアルコールが気化して、廊下の熱を奪ってしまったようだった。

　突然、ナースセンターから友美が飛び出して来た。慌てて声をかけようとしたが、とてもそんなことができる雰囲気ではない。友美は辰巳に気づきもせず、階段の方に走って行った。その足音が、上階に消える……。辰巳は頭からすっと血が引くのを意識した。邪魔になることは分かっていて、半ば無意識のまま、エレベーターに向かう。左腕でホイールを摑んで伸び上がり、上行きのボタンを叩いた。エレベーターが来るのが遅くて苛立つ一方、このまま来ない方がいいのではないか、とも思う。知りたくないことを知らざるを得なくなるかも……しかし躊躇《ためら》っている間に、エレベーターは来てしまった。柔らかい光を投げかける空間の前でぼんやりとしていたが、ドアが閉まりそうになった瞬間、反射的に手を伸ばして押さえる。がしゃん、と激しい音がして、ドアが再び開く。誰かに見咎められるのではないかと恐れ、慌ててエレベーターの中に突進した。すぐに「閉」ボタンを押し、後ろ向きのまま、ドアが閉まるのを冷や冷やしながら待つ。二階分上がる間に、狭い空間で方向転換した。

ドアが開いた途端、ざわざわとした喧騒がエレベーターの中にも飛びこんでくる。専門用語の羅列で意味は分からないが、看護師や医師の声の調子から、緊迫した状況なのは分かった。嫌な予感が胸の中で広がり、がりがりと内側から引っかかれるような不快感が襲ってくる。

音を立てないように廊下へ出て、車椅子の向きを変えた。悪い予感が瞬時に確信に変わる。医師と看護師が出入りしている部屋は、まさにあの女性の病室だった。クソ、何が起きたんだ。死ぬようなことはないはずだったのに……前へ出て、もっとはっきり見たいという気持ちを、何とか抑えつける。

突然、若い男が廊下の奥から走って来た。滑りやすい床のせいか、一度転びかける。何とかバランスを保ったが、泳ぐように両腕を動かしているので、スピードが上がらない。

「涼子！」

叫び声が冷たい廊下に響き渡る。その声が、廊下の温度をさらに下げたようだった。

辰巳は、強烈に殴られたような衝撃を覚えた。夫か？　恋人か？　こんな声は、何度も聞いたことがある。事故、あるいは事件の現場で……悲痛な遺族の叫びは心を締め上げるが、普段は受け流すことができた。その場では受け流さないと、取材ができない。一々心で受け止めていたら、精神的に持たないのだ。

泣くのは後でもできる。

しかし今夜は違った。胴が震え、涙がこみ上げてくる。男の走り方はバランスを欠き、どこか滑稽《こっけい》だったが、それ故に必死さが痛いほど伝わってくる。愛《いと》しい人の最期の瞬間に間に合うかどうか……間に合ってくれ、と心の中で叫ぶ。両手でホイールを摑んで半ば立ち上がり、呼びかけようとした。しかし若い男は他人を寄せつけないような雰囲気を放っており、とても声をかけられない。辰巳は喉が詰まるような思いを味わいながら、音を立てて車椅子に腰を落とした。その勢いで、車椅子が少しだけ後ろに下がってしまう。

男はようやく病室の出入口までたどり着いた。看護師たちをかき分け、中へ入ろうとするが押し止められてしまう。今まさに、病室の中で生死の戦いが繰り広げられているのだと、辰巳には分かった。

「涼子！」

男の叫びが脳天に突き刺さる。辰巳はホイールを両手で握り締め、必死に耐えた。看護師たちが、男を押し止めようとしている。男は両手を一杯に伸ばし、一歩でも病室の中に入りこもうとしていた。

「待って下さい」

「今は駄目です！」

看護師たちが一斉に叫ぶ。それでも男はまったく諦めず、中に突入しようと試みた。揉み合いは数分続いたが……ふいに男の体から力が抜ける。看護師は妨害することなく、彼を中へ通した。直後、魂を震わせるような泣き声が廊下に響いてくる。

まさか……まさか……辰巳は震える手でホイールを回し、前進した。病室の五メートルほど手前で腕が止まり、車椅子のスピードが落ちて自然に停止した。年配の看護師が部屋の前から離れ、ゆっくりとこちらに向かってくる。辰巳はどう考えてもこの場では異質な存在なのだが、目に入っていないようだ。しかし辰巳も、そこから先へは進めなくなった。

何なんだ。さっきは何でもなかったじゃないか。友美も、一命は取り留めたと言っていたのに……甲高い泣き声が病室から響き、辰巳の胸を遠慮なく突き刺す。ここにはいられない。離れようとホイールを摑んだが、手が震えて動かせなかった。

友美が部屋から出てくる。先ほどまでのはつらつとした、血色のいい頬が信じられないほど疲れきり、目が落ち窪《くぼ》んでいる。かすかに目が潤《うる》み、唇が震えていた。辰巳の姿を認めると、非難するように目を細めたが、すぐに表情を和らげて、素早く首を横に振った。

　駄目だったのか？　確認したかったが、この場では口に出せなかった。

　友美が、唐突に車椅子の後ろへ回りこみ、方向転換させた。そのままエレベーターの方に向かう。「どこへ」と訊ねる気にもなれず、辰巳はなすがままになっていた。

　四階に停まっていたエレベーターにすぐに乗りこみ、友美が「R」のボタンを押す。

「屋上、出られるのか？」ドアの方を向いたまま、辰巳は訊ねた。自分の声が空しく跳ね返り、耳に入る。

「マスターキーを持ってますから」

「屋上に、何の用？」

　友美は答えない。辰巳は唐突に激しい不安を覚えた。まさか、涼子の死にショックを受けて、俺を屋上から突き落とそうとしているとか？　あり得ない。彼女は経験は浅いが、プロの看護師だ。一々人の死に動揺していたら、やっていけないだろう。

　エレベーターが開き、友美が車椅子を前へ押し出す。どこかから取り出した鍵で鉄の扉を開けた。五月とは思えない冷たい風が吹きこみ、辰巳は思わず身震いした。友美がすぐに後ろへ回りこみ、車椅子を押して屋上に出る。そのまま右側へ回りこみ、フェンスの手前で車椅子を止めた。ベンチに腰かけると、これもどこかから取り出した煙草《タバコ》に火を点ける。看護師や医者に喫煙者が多いという話は聞いたことがあったが、彼女が吸うのはひどく意外な感じだった。天を仰いで煙を吐き、ゆっくりと目を閉じた。辰巳はかける言葉を失い、煙が夜空に溶けるのをぼんやりと眺めた。

「吸いますか？」

「怪我人に勧めていいのか？」

「いいんじゃないですか、別に」先ほどまでとは打って変わって、どうでもいいような態度。立ち上がり、煙草を差し出したので、一本引き抜く。火を点けてもらい、深く胸に吸いこむ。そういえば、煙草を吸うのも十数時間ぶりだと気づいた。というより、昨日は一本しか吸っていない。寝不足の頭を抱えたまま家を出て、駅まで向かう道すがら、眠気を追い払うために一本吸ったきり。こんなことは何年ぶりだろう。病院にいるのだから煙草を吸えるわけもないのだが、それよりも、「吸いたい」という気持ちがまったく湧いてこなかったことに驚く。少し頭がくらくらした。同時に、バッグの中で潰れているであろう煙草の存在に思いをはせる。

「ここ、吸っていいんだ」

「この病院は全面禁煙ですよ」友美があっさり言った。

「じゃあ……」

「夜勤の時、抜け出して吸ってる人がいますから」だからいいのだ、と言いたそうだった。身を屈《かが》め、ベンチの下から灰皿代わりのパイナップルの空缶を取り出す。塗装がはがれかけており、ここが長年、秘密の喫煙場所になっていたのが分かった。

「さっきのは……」

「水野さん、亡くなりました」淡々とした友美の声が、かえって事実の重みを感じさせる。

「だけど、おかしいじゃないか」辰巳はついむきになって反論した。「一命は取り留めてるって言ったのはあなたでしょう」

友美がうつむく。彼女を責めても何にもならないのだと思い、辰巳は即座に後悔した。

「いったい何が起きたんですか？　容態が急変したとでも？」

「そうとしか言いようがありません。三十分ほど前に、モニターの異変に気づいて……応急処置をしたんですけど、間に合いませんでした」

「死にそうには見えなかった」

「私もそう思ってました。でも、頭ですから……急に容態が変わることもあるんです。詳しいことは、先生に聞いてみないと分かりません」

「そう、ですか」辰巳は煙草をくわえた。立ち上る煙が目に染み、涙が零れてくる。「これで何人目になったんだろう」

答えはない。辰巳も、自分は決して知りたいわけではなかったのだと気づいた。しばし無言の時間が流れ、二人の吸う煙草の火先だけが赤い蛍のように闇夜で光る。

「さっきの男の人は？」

「恋人、みたいです」

辰巳は目を閉じ、男の風貌を思い出そうと試みた。すらりとした長身を、細身のスーツに包んでいた。確か、ネクタイもしている。何なのだろう……まるで出勤途中のような感じ。もしかしたら本当に、出勤途中で事故を知らされ、朝からずっと、彼女の側《そば》に詰めていたのかもしれない。待っていたのは、残酷な知らせだった。

「ずっと病院にいたんだ」

「そうですね。泊まれないから帰ってもらうように言ったんですけど、どうしてもって……一階のロビーで仮眠してたはずです」

気持ちは分かるよ、と言いかけて口をつぐむ。安易な同情は、単に自分を慰めることにしかならないと気づいた。

「彼だって、まさか彼女が死ぬとは思ってなかったはずだ」

「そうですね」友美が目尻を指で拭った。

「俺が悪いのかもしれない」

「そういうの、やめて下さい」友美がぴしりと言った。「辰巳さんは何も悪くないですよ」

「さっき病室に入ったのが悪かったのかも」

友美が黙りこむ。彼女にも罪の意識を背負わせてしまったのだ、と後悔した。だが、友美はほどなく顔を上げ、煙草を最後に一吸いして、パイナップルの空缶で火を消した。すぐに新しい一本に火を点け、忙《せわ》しなくふかす。ちらりと辰巳の顔を見て、「そんなこと、ないですよ」と否定した。

「そうかな」

「あれぐらいじゃ、容態が悪化することはあり得ません。その前から、私たちが見誤っていたんです。もっと容態が悪いと分かっていれば、ＩＣＵに入れていました」

医療ミスか。普段の辰巳なら食いつくところだ。あれだけの大事故で助かった人を、みすみす見殺しにしてしまったのかと、病院側の責任を追及する。しかし今夜は、どうしてもそんな気になれない。膝の痛みや寝不足のせいではなく、自分の人生の根本的な何かが変わってしまった気がした。

「あまり気にしないで下さい」

「無理だと思う」辰巳は車椅子の方向を変え、ベンチに向かって車椅子を進めた。腕を伸ばして空き缶を取り上げ、煙草を揉み消す。「本当に彼女のことでは……俺は判断ミスばかりしている」

「そうやって気にしていると、治るものも治らなくなりますよ」

「俺なんか、治らなくたっていいんだ。生きてるんだから。彼女とは違う」

「そういうことを言ったら、私が辰巳さんの頬を叩いて泣き喚くとでも思ってるんですか？　そんなこと、しませんよ」

「患者の精神的なフォローもするんじゃなかったのか？」

「必要ないです。辰巳さんは強い人だと思いますから」

辰巳はゆっくり首を振った。自分はそんな強い人間ではない。この事故で、その事実を嫌というほど思い知った。しかし彼女の前で、わざわざそんなことを言う気にもなれない。今はただ、無力感が全身を覆い尽くすだけだった。

こんな形で、一人の女性の人生の最期に立ち会うことになるとは……今まで多くの人の死を見てきた辰巳にとっても、この事実はきつかった。先ほどからずっと、鋼鉄の箍《たが》でゆっくりと胸を締めつけられている感じが消えない。次第に呼吸ができなくなり、じわじわと死に至る。

「何もできなかった」

「私もです」

「あなたは看護師でしょう」

「できませんでした」

友美が弱々しい口調で繰り返した。彼女の言い分も理解できる。いざという時、治療に当たるのは医師である。彼女たちは指示に従い、動き回るだけだ。彼女があの病室で何をしていたかは分からないが、決して全力を尽くしたと思ってはいないことは明らかだった。もっとも、やり尽くしたと思っていても、一人の人間を死なせてしまった事実に変わりはないのだが。

その考えの残酷さに気づいて、辰巳は首を振った。口中にニコチンの苦みを感じながら、これから自分に何ができるだろうと思いを巡らす。

仕事としてなら、人の死を見送ることには慣れている。しばらくは記憶の底に残るだろうし、忘れたと思った頃、夜中に一人になった時にふと思い出すことがあるのも、経験的に分かっていた。しかしそれはあくまで、第三者として見た人の死。今回ばかりは、どうしても客観的に捉えられない。自分はまさに当事者であり、彼女の死にかかわってしまったのだという意識が消せなかった。

「余計なこと、考えない方がいいですよ」辰巳の気持ちを見透かしたように、友美が言った。

「あなたに何が分かる」辰巳はふいに激しい怒りを覚えた。彼女は仕事として、多くの死にかかわっている。今夜は自分に劣らぬショックを受けているが、立ち直るのは早いだろう。自分だけが、この嫌な記憶に捕《つか》まり、死ぬまで逃げられないのだと思うと、鬱々《うつうつ》たる気分になった。

「人のことは分かりません」友美が素直に認める。「分からないけど、辰巳さんも私たちの患者さんなんですよ。何も言わないわけにはいかないじゃないですか」

単なる職業上の義務か……白けた気分で彼女を見やる。

友美は声も立てず、大粒の涙を流し続けていた。化粧っ気のない頰を濡らす涙に、「仕事」の気配は微塵《みじん》も感じられなかった。

12

一人で病室に戻った。狭い個室にいると、永遠に抜け出せないのではないか、外の世界と隔絶されてしまうのではないかと恐怖を覚える。眠気はいつの間にか完全に吹っ飛んでいた。

行き場を見つけられないまま、辰巳は、ノートパソコンを持って灯りの落とされたロビーに来た。昼間は外来患者や見舞い客で賑《にぎ》わう場所も、今はひどく静かで、冷たい空気が流れているだけである。その冷たさが、自分に相応《ふさわ》しい罰に思えた。

車椅子を下りて、ベンチに腰かける。怪我した左足だけを、だらしなく前に投げ出す格好になっていた。電車の中で、無礼に足を投げ出す若者のように……いつも鬱陶しく思っていたのだが、今度は自分が同じような目で見られるのだ。しかし、次に電車に乗るのはいつになるのだろう。靱帯の手術があるかもしれないし、そうなったらリハビリ

分になってきた。かすかな吐き気がつきまとい、どうしても消えない。

膝の上にはノートパソコン。何の気なしに、先ほどまで書いていた記事を呼び出し、見返していた。それにもうんざりしてしまい、パソコンを閉じてもう一度車椅子に乗る。ロビーの一角にある自動販売機に向かい、ブラックの缶コーヒーを買った。ますます眠れなくなるのは分かっていたが、吐き気を抑えるのに、甘ったるい飲み物は相応しくない。ベンチに戻り、冷たく苦い液体を喉に流しこんでから、ノートパソコンをまた膝に載せた。『ここは進行方向に向かって大きく右へカーブするところだが』。そこまで書いたものの、その先はどうしても気が進まない。キーボードを打とうとしても、指が震えて上手くいかなかった。自分がこの記事を書き上げることはないのでは、とふと思う。

続きを書くのを諦め、パソコンを閉じる。だが、電源を落とす気にはなれなかった。まだかすかに未練があるように……このまま寒いロビーで夜をやり過ごしていれば、いつかは記事を書く気持ちが復活すると信じてでもいるように。

ふと人の気配を感じて、緊張が走った。背筋を丸め、何とか自分の姿を隠そうとする。そんなことをしても、何にもならないのだが……しかしロビーに入ってきた誰かは、辰巳の存在に気づく気配もなく、真っ直ぐ自販機の方に向かったようだった。ほどなく、缶が落ちる「がたん」という音が、やけに大きく響く。静かな足音。ベンチに腰を下ろす気配。

横を見ると、同じ列の、十メートルほど離れたところに一人の男が座っていた。横顔を見た瞬間、辰巳は軽い衝撃を覚えた。先ほど、涼子の病室で泣き叫んでいた男ではないか。ブラックスーツが喪服のようにも見える。不謹慎だ……頭を振ってその考えを押し出し、缶コーヒーをきつく握り締めた。まだ残る冷たさが気を静めてくれたが、十メートル離れた場所にいる男の悲しみが波のように伝わってきて、どうしても落ち着かない。自分がここにいること自体が、許されざる罪であるような気がしてきた。

しかし、男の存在は気になる。ちらりと横目で見ると、缶を握り締めたまま前屈みになり、固まっていた。ショックに打ちのめされ、座った瞬間に動く気力もエネルギーもなくしてしまったようである。どうしたいのか……それより、俺はどうすればいいのか。声をかけてお悔やみを言う？　そして自分が涼子を見捨てたことを打ち明ける？　殺されるかもしれない。恋人が死んで不安定になっている男のことだ、何をするか分からない。しかし、車椅子に乗ってこの場をすぐ立ち去ることもできなかった。男が固まっているのと同じように、辰巳も行動の自由を失っていた。自分の意志と関係なく……いや、そもそも自分でも何がしたいのか、まったく分からずに、この場を動けない。余った缶コーヒーを飲み干すことさえ、今は無理だった。

しかしいずれは、立ち去るしかない。タイミングを見て、彼から距離を置く。そのタイミングをいつにするか、辰巳はうつむいたまま、ひたすら待った。向こうが立ち去ってしまえば一番いいのだが、その気配はない。一瞬だけ横を見ると、背中を丸め、前のベンチの背もたれに額をくっつけるようにしていた。静かに背中が動いており、ただ息をしているだけだと分かる。何かを噛み締めるように……今、彼が噛み締めるべき事実は一つしかない。

突然、男が立ち上がった。安堵の吐息を漏らしたのもつかの間、ベンチとベンチの間の狭い通路を抜けるようにしてこちらへ向かって来る。立つことも叶わず、辰巳はひたすら顔を背《そむ》けて、何にも気づいていない振りを続けた。

「すいません……」

男の声が背中に降ってくる。涼子の名前を悲鳴のように叫んでいた声からは、想像もできないか細さだった。無視するか。しかしいつの間にか男は、隣に腰を下ろしてしまっていた。恐る恐る横を見ると、間隔は一メートルもない。彼の体温さえ感じられるようだった。

「あの、失礼なことをお聞きしますが」

先ほどの取り乱した態度が嘘のように、落ち着いた丁寧な口調ではあった。とにかく無視はできない。適当に話をして別れるしかないのだと思い、意を決して辰巳は答えた。

「はい」

「もしかしたら、あの事故に遭われたんですか？　東広鉄道の事故……」

心の中にぽっかりと空白が広がり、完全に言葉を失ったつもりでいたのに、何故か「はい」と答えてしまう。慌てて取り消そうとしたが、手遅れだった。

「お怪我は？」

「左膝を骨折しました」

「それは大変でした」

男の声からは、純粋な同情しか感じられなかった。もちろん、こちらのことは知らないだろうが……大事な恋人を亡くした直後に、こんな風に人に話しかける神経が理解できない。もしかしたら、ショックのあまり、正常な精神状態を失ってしまっているのかもしれない。

「大したことはないです」

「でも、しばらく歩けないでしょう」

「生きてますから」

男がうなずく気配がした。まずい言葉だったと悔いたが、取り消しはできない。いきなり舞台に上げられ、全部アドリブで芝居しろと命じられた素人役者のような気がしてくる。

「彼女が……死んだんです」

きた。辰巳は体を硬くして身構えた。どうして自分に打ち明けるのかは分からないが、もはや逃げ場はなくなった。男が続ける。

「あの電車の一両目に乗っていたんです。ここに運びこまれて……大丈夫だと思っていたんですけど、夜中に容態が急変して」

「待っていたんですか？」

「え？」

男がこちらを向く。辰巳は前のベンチを凝視していたが、彼の視線が耳の上辺りに突き刺さるのを強く感じた。間違いない、この男は事情を知っている。どうして早く助けなかったんだと、俺を非難するつもりに違いない。しかし、ここで不自然に黙りこみ、会話を中断させるわけにはいかない。喋り続ける限りは何とかなる……辰巳は奇妙な強迫観念に襲われた。

「あの……意識が戻るのを」

「そうです。明日の朝になれば目を覚ますって言われていたから、ここでずっと、待っていたんです」

男が平手でベンチの座面を叩く。その乾いた鋭い音に、辰巳は飛び上がるほど驚いた。変な風に体を動かしてしまい、左膝に激痛が走る。思わず呻いて、前屈みになってしまった。

「大丈夫ですか？」男が本当に心配そうに訊ねる。

「平気です」辰巳は食いしばった歯の隙間から何とか言葉を吐き出した。「こんなの、怪我のうちに入りません」

「無理しない方が……病室に戻るなら、車椅子、押しましょうか」

「そんなことをしてもらう権利はありません」

「だけど、怪我してるんですから」

「いいんです」

言い合いは、二人の間に漂う緊張感をにわかに高めた。辰巳は喉が激しく渇くのを感じ、缶を呷《あお》ったが、渇きを癒す役には立たなかった。

「今朝、彼女が十分先に家を出たんですよ」男が、唐突に明かした。

「一緒に住んでいたんですか？」打ち明け話に、つい反応してしまった。

「この秋に結婚する予定で……いつもは一緒に電車に乗るんですけど、今日は彼女は仕事の都合があって」

「ええ」

「駅に着いたら、電車が止まっていました。何がどうなっているのか分からなくて……でもすぐ、事故だと分かったんです。彼女は急いでいたんで、『急行に間に合うように行く』って言っていたのを思い出して」

辰巳は息をするのも忘れていた。この男はずっと立ち直れないのでは、と心配になる。何を感じ、考えているかはすぐに分かった――一緒に死ねばよかった。あるいはあの電車に乗っていたのが、彼女ではなく自分ならよかったのに。

「それから、彼女を捜しました。事故の現場にも行きました。でも、近寄れなくて……怪我人は一か所に集められたって聞いたんですけど、そこがどこかも分かりませんでした」

「私もそこにいました」

「あいつは……涼子はそこにいたんですか?」男が腰を浮かし、少しだけ近づいた。

「分かりません」辰巳は首を振った。「あそこにいた時のことは、よく覚えていないんです」

「そうですよね」男が意気消沈し、背中を丸める。「そんな大怪我をされたんじゃ、分かるわけがないですよね」

「いや」

「何か?」男がすがるような視線を投げかけてくる。

「いえ、何でもないです」告白しよう、と思ったのだ。しかし、いざとなると何も言えない。言ったところで、彼の苦しみが軽減されるとは思えなかった。

「そうですか……それからずっと、近くの病院を駆け回って。でも、誰が入院しているのか、教えてもらえないんです。僕は家族でもないし……」

「プライバシーを守るために、最近はそういう風にしている病院も多いですよ。マスコミが取材に来て、患者も病院も迷惑しますから」

自分自身が、そのマスコミの一員なのだが。ぺらぺら喋ってしまったことを、即座に後悔する。言葉がまったく軽く、嘘臭い。

「そうですよね……夜になってやっと涼子がここにいるって分かって。大丈夫だって、医者は言ってくれたんです。それなのに……」

声が涙でかすれ、嗚咽《おえつ》が漏れ出る。このままでは、この男は潰れてしまうのではないかと思った。誰か隣に寄り添ってくれる人がいるわけではなく、事実を全て一人で受け止めている。「俺の責任だ」という考えに凝り固まってしまうのも時間の問題だろう。

自分が盾になるべきではないか。生き残った自分が。

辰巳はゆっくりと深呼吸して、静かに話し始めた。急いで喋ると、興奮と後悔で過呼吸を起こしてしまいそうだった。

「僕は、あなたの彼女を助けられたかもしれないんです」

「え?」

男が、誰かにアッパーカットを食らったような勢いで顔を上げた。辰巳の腕を摑み、揺さぶりながら「どういうことですか?」と訊ねる。膝に鋭い痛みが走ったが、辰巳は泣き言を呑みこんだ。

「彼女と同じ車両に乗っていたと思います」

「それは、どういう……」男の顔に困惑が広がる。

「車両が転覆した時、僕は積み重なった人の一番上にいました。すぐ下に、彼女がいたんです。その時は、意識があったようなんです」

「それで？」辰巳の腕を摑む男の手に力が入った。

「何もできませんでした。窓が割れていて、僕はそこから引っ張り上げてもらったんだけど、その後気を失ってしまって……すいません」

「涼子、何か言ってませんでしたか？」

「何も」

「そうですか……」男は、辰巳がどうして涼子を知っていたのかについては、疑問を抱いていない様子だった。

「すいません。引っ張り出される直前、声はかけたんです」

「何て？」

「頑張れって」

男の目に、また涙が浮いた。がくがくとうなずくと、零れた涙が頰を伝う。

「……ありがとうございます」

礼を言われるようなことではない。困惑しながら、辰巳は男の顔を見詰めた。表情に怒りは感じられず、本当に辰巳に感謝しているように見える。戸惑いを感じながら、辰巳は男の次の言葉を待った。

「そう言ってもらえたから、涼子は少しだけ生きることができたんだと思います」

違う。言葉ではなく、物理的に助けることができたはずだ。そうすればこんなことにはならず、今頃二人は安心して再会できたかもしれないのに。なじって欲しかった。彼の苦しみと悲しみを受け止めたかった。

「僕は……このことを書こうとしました」

男がはっと顔を上げ、辰巳の腕を放す。恐る恐る手を引いて、真意を探るように、涙の幕の向こうから辰巳の顔を凝視した。

「僕は週刊誌の記者なんです。自分でこんな事故に遭って、その場面を書かなければいけないと……すいません。こんなことを考えるべきではなかった」

「でも僕は、知りたい。その時何があったのか……それにどうしてこんな事故が起きたのか」

「しかし……」

「マスコミの人なら、それができるでしょう？　調べて、書いて下さい。何で涼子が死ななくちゃいけなかったのか、教えて下さい」

「僕のせいです。僕が助けられなかったから」

男が一瞬、きょとんとした。それまでの緊張した雰囲気が嘘のような、子どもじみた表情だった。すっと表情を引き締め、辰巳の言葉を否定する。

「それは違うと思います」

「僕のせいです」

「馬鹿なこと、言わないで下さい。あなたも被害者なんですよ」


午前三時。

辰巳は一人ベッドに横たわり、依然として眠れないまま天井を見上げていた。男が告げた言葉が、頭の中で渦巻いている。「あなたも被害者なんですよ」。彼の前では、とてもそういう意識は持てない。生きているか死んでいるか——その差は果てしなく大きいのだ。記事を書け？　あり得ない。今の自分に、そんなことはできない。だが、被害者面《づら》して治療の中に逃げこむのもまた、卑怯な行為に思えた。だったらいったい、どうしたらいいのだ？

デジカメを取り出し、電源を入れる。やはり車両の中の様子は見ておくべきなのか……もしかしたらそこに、涼子が写っているかもしれない。だとしたら、恋人にも見せるべきではないか？

いや、そんな残酷なことはできない。

この写真は、なかったことにしよう。「書いてくれ」と男に言われても、あまりにも無惨な写真を晒《さら》すわけにはいかない。男のために何ができるか――記事を書くしかないのだ。ただし、事故当時の車内の様子ではない。どうして事故が起きたのか、それをはっきりさせるしかないのではないか。

被害者面して、隠れているわけにはいかない。俺には、あの事故の真相を人に伝える義務がある。そうやって飯を食ってきたのだ。

デジカメをしまい、パソコンを取り出す。新聞社のサイトには、そろそろ今日の朝刊に載るニュースがアップされているはずだ。事故原因に迫っている記事がないかどうか、確認しておかないと。

サイトを巡回しながら、辰巳はふいに強い気持ちが湧き上がってくるのを感じた。ジャーナリストとしての使命ではない。あれだけの事故に遭って生き残った人間は、語らなくてはならないのだ。声を上げなくてはならないのだ。それでこそ、死んだ人の魂に報いることができる。

人間として、やらなければいけないこと。

辰巳は途中まで書いた原稿を削除し、ひたすらニュースを追い続けた。新しい情報を、新しい原稿に反映させるために。

Day 2

1

滝本靖《たきもとやすし》は、目の上に置いていた腕を、ゆっくりと離した。まだ朝は遠く、独り占めにしている病院のロビーはひどく寒々しかった。

寝ていたような、起きていたような……自分の体のことなのに、自分でも分からない。口の中が苦々しく粘り、かすかな吐き気を覚えた。ゆっくりと立ち上がり、ロビーの一角でぼんやりと光を放っている自販機に近づく。ブラックの缶コーヒーを買い、額に押し当てたが、その冷たさも慰めにならなかった。体から全ての水分が出尽くし、普通に立ったり歩いたりできるのが不思議なほどだった。

手近なベンチに腰を下ろし、缶コーヒーのプルタブを開ける。口をつけたものの、かすかに漂うコーヒーの香りがさらに吐き気を誘い、慌てて離してしまった。開いた足の間の床に缶を置き、がっくりとうなだれる。

のように聞こえた。
涼子《りょうこ》、とぼそりとつぶやいてみる。自分の口から出た言葉なのに、他人が呼んだ名前
水野《みずの》涼子。
涼子。
結婚するはずだった女。
ゆっくりと、両の手を握り締める。いつも爪を深く切ってしまう癖が、今日ほど恨《うら》め
しく思えたことはなかった。爪が長ければ、もっと掌《てのひら》に痛みを覚えさせることができる
のだが……今の自分には痛みが必要だった。彼女を守ってやれなかった罰として。
滝本は缶を床に置いたまま、またふらふらと立ち上がった。本当は、こんなところに
いてはいけない。いたくない。しかし、埼玉の実家からやって来る涼子の両親を、待っ
ていなければならないのだ。夜中に容態が急変し、死亡が確認された直後に連絡を取っ
たので、間もなくこちらに着くはずである。事故に遭ってこの病院に運びこまれたこと
はとうに連絡してあったが、向こうには、すぐには来られない事情があったのである。
涼子の母親は元気だが、父親が胃を悪くして入院中なのだ。その手術を控えて、検査を
繰り返す毎日であり、母親が面倒を見なければならない。
しかし、死んでしまったら、来ないわけにはいかない。
あの両親は苦手なんだよな、と滝本は暗い気分になった。二、三度会っただけの人に

対して「苦手」もなさそうなものだが、どうにも気の合わない相手は、一瞬で分かるものだ。二人が同棲《どうせい》しているのが気に食わない様子で、特に父親の方は、まともに話してくれなかった。結婚した後のつき合いを考えると憂鬱だったが、それよりもはるかに大変な事態に直面しなくてはならない。

だいたい父親は……来ないだろうな。いくら何でも入院中の病院を抜け出してくるとは思えない。しかし母親は、車の免許を持っていなかったはずだ。夜中に知らせたとしても、埼玉から結局始発電車を待って来ることになるのではないだろうか。だとしたら、まだ時間はある。

少しだけ、病院から出よう。これ以上、消毒薬臭いこの場所にはいられない。肺一杯に詰まった嫌な臭いの空気を、入れ替えたかった。

ふらふらとロビーを離れる。非常口の灯《あか》りを目指して廊下を歩いているだけで、疲れで足が悲鳴を上げるようだったし、眩暈《めまい》もする。朝、事故の一報を聞いてから、涼子が運びこまれた病院を探して走り回った上に、昼も夜も食事を抜いてしまった。吐き気がするほど腹が減っているのだが、何か食べる気にはなれない。缶コーヒーさえ飲めなかったのだから、固形物を口にできるとは思えなかった。もしかしたら自分はこのまま、一生何も食べずに死んでしまうのかもしれない。

それも悪くない、か。

涼子のいない人生に、意味があるとは思えない。中途半端で、あちこちが欠けていた自分の人生を、人並みのものに変えてくれたのが涼子なのだから。やっとまともになったと思っていた人生は、彼女を失ったことで、以前よりひどくなるだろう。それを考えると、気持ちは深く沈みこんだ。涼子を失った悲しみよりも、自分の人生が崩れていく恐怖の方が大きい。こんな時に……情けない、と思いながらも、生まれてこの方、こんな恐怖を味わったことはなかったのだ、と自分を慰める。

緑色の光を投げかける非常口の照明は、地獄への入口かもしれなかった。この病院を出たら、日常が待っている。そして「日常」は、今の滝本にとって地獄と同義語だった。

夜中になると、さすがに空気はひんやりとしている。日中――昨日の日中降り続けた雨のせいで、五月だというのに気温は上がってこないようだった。滝本はスーツの前をかき合わせ、ゆっくりと歩き出した。冷たい空気が全身を覆い、自然に背中が丸まってしまう。病院の駐車場を抜け、街の方へ……人気《ひとけ》のない暗い住宅街を歩いているうちに、次第にスピードが落ちてきた。今にも立ち止まってしまいそうなほど疲れているのに、意地で歩き続ける。止まったら、そこで自分の人生も終わってしまうような気がした。

涼子との出会いを思い出す。ＩＴ企業で営業をしている滝本は、二年前、取り引き先の証券会社で涼子と初めて出会った。彼女はその証券会社でシステム構築の仕事をしており、外注先が滝本の会社だったのである。二歳年下だったが、滝本にとっては、大事な取り引き先の、頭の上がらない人間だった。とはいっても、声をかけずにはいられない相手だったのは確かで……やめよう、こんなことを思い出しても何にもならない。

余計な考えを頭から押し出し、ひたすら歩き続ける。体を蝕《むしば》むほどの疲れにもかかわらず、無心の深夜の散歩は次第にスピードが上がってきた。自分を追いこむため。罰を受けるため。

気づくと、息が上がっていた。いつの間にか、ほとんどジョギングのようなスピードになっており、額に汗が滲《にじ》んでいる。かなり気温は低いはずなのに、ワイシャツが濡《ぬ》れているのを感じた。立ち止まり、昨日の朝からずっとしていたネクタイを解いてスーツの胸ポケットに入れる。だらりと垂れた大剣が、ひどく間抜けな感じがした。

電柱に寄りかかって膝を折り曲げ、煙草《タバコ》に火を点《つ》ける。たぶん、十数時間ぶりに吸った煙草。煙が肺を満たし、頭がくらくらして吐き気がこみ上げる。胃を押さえてそれに耐え、足元に煙草を放り捨てた。乱暴に踏み潰して火を消し、ゆっくりと体を起こす。

空を見上げても、星は目に入らない。わずかに湿った空気が体にまとわりついて鬱陶《うっとう》しかった。

また歩き出す。ひたすら、灯りを求めて――しかし馴染みのこの街には、駅前にも大きな繁華街がなく、街全体が完全に眠りについているようだった。いつの間にかうなだれ、視界にはアスファルトしか入らなくなってしまう。ああ、会社――とふと思い出した。午前中、慌てて電話を入れた記憶はあるが、それから一度も連絡を取っていない。

歩きながら携帯を取り出す。着信を確認して思わず顔をしかめた。会社から、何十回と電話がかかってきている。同僚の携帯電話の番号もある……取り引き先の人間からの電話がないことに、少しだけほっとした。今は仕事のことなど、考えられない。そう思いながらも、会社に改めて電話して事情を話しておかなかったのはまずかったな、と悔いる。最初に「大変な事故なんです」と言っただけで、休むとも何とも説明していない。今日――昨日は無断欠勤になってしまったのだろうか。しかし、こんな夜中に会社に電話しても、誰かが出るわけではない。諦めて携帯をズボンのポケットに入れかけて、また開いた。

誰かの声が聞きたい。

昨日の午後、病院に着いてからは、医師と看護師、それにやはり事故に遭って運びこまれた男と話しただけだった。何を話したか、内容までは覚えていない。そういえば、車椅子のあの男は、盛んに謝っていた……謝りたくなる気持ちは分かるけど、どんなことを話したんだったか。まるで病院にいた時間だけが、すっぽり記憶から抜けてしまっているようだった。

灯りが見えてきた。コンビニエンスストアが無駄に闇を明るくする照明。それに惹《ひ》かれるように、ふらふらと近づいて行く。ほとんど無意識のうちに店に入り、ミネラルウォーター――いつも冷蔵庫に入れてあるのと同じ物だ――を一本だけ買って外に出た。先ほどのコーヒーとは違い、今度は何とか飲むことができた。最初の一口が静かに胃の中に落ち着くと、猛烈な喉の渇きを覚え、半分ほどを一気に飲んでしまう。それでだいぶ気持ちが楽になり、今度は煙草をゆっくりと吸い出す。立ったまま二本を灰にしてから、ぐらつくベンチに腰を下ろす。ひんやりとした感触が、ズボン越しに腰に伝わってきた。

携帯を取り出し、もう一度着信履歴を確認する。一番多いのは同僚――同期で隣のデスクの辻《つじ》からのものだった。出入りが多い会社の中で、ずっと頑張ってきた間柄である。営業成績を競い合う仲だが、最近は組んで仕事をすることも多かったし、食事や酒は何回つき合ったか、数え切れないほどだ。もしかしたら、仕事の関係で電話してきたのかもしれないが……しかしよく見ると、着信は午前中から日付が変わるまで、ほぼ一時間に一度、定期便のようにかかってきていたのだった。

左手首を返し、腕時計を見る。携帯電話はあっても、時間だけは腕時計で確認するのが滝本の癖だった。左手首には、つき合い始めてしばらくしてから涼子がプレゼントしてくれた時計が常にある。これからは、時刻を確認するたびに涼子のことを思い出すのだろうか……右手でそっと時計を覆うと、冷たい鉄の感触が伝わるのを感じた。

午前三時である。どうしたものか。何度も電話してくれた辻も、さすがにもう寝ているだろう。途中で着信に気づかなかったことを、心底悔いた。あいつはいつも朝早いから――毎日八時には出社している――この時間は当然、夢の中だ。起こしたら申し訳ないという気持ちと、早く声を聞きたいという欲望が戦い、後者が勝った。このまま一人で、闇の中を彷徨《さまよ》っていたら、どうにかなってしまいそうである。これからやらねばならないことが山積しているのに、こんな精神状態ではこなせそうになかった。こういう時は、親しい人間の声を聞いて安心するに限る。向こうは迷惑だろうが、頼む、ちょっとだけ手を貸してくれ。

呼び出し音五回で、辻が電話に出た。明らかに寝ていたと分かる、くぐもった口調。しかし彼の第一声は、「待ってた」だった。

「寝てたんだろう?」煙草に火を点けながら、滝本は言った。

「寝てないよ」強弁する辻の口調は、既にしっかりしたものに変わっていた。「待ってたんだ」

「ごめん。電話、かけられなかった」

「で?」

「ああ」

そうか、こいつも何がどうなったかは分かっていないに違いない。あの事故で死んだ人の名前は、公表されたのだろうか。それなら辻は、何があったのか気づいたはずだ。

辻も、涼子とは何回か会っている。

「亡くなった」

「マジかよ……」辻が絶句した。

「マジで」

「そうなんだ……今、どこにいるんだ？」

「病院の近く。ちょっと抜け出してきた」

「お前、大丈夫なのか？」

「大丈夫じゃない」

沈黙。何か話してくれ……頼む言葉すら出てこない。しかし数秒後、溜《た》めこんでおいた気持ちが言葉になって一気に爆発した。

朝、駅に行って事故を知り、涼子と連絡が取れなくなって、その電車に乗っていたらしいと気づいたこと。病院や消防、警察を走り回り、運びこまれた病院を何とか探し出したこと。容態は安定していたのだが、夜中になって急変し、あっという間に亡くなってしまい……自分でも呆《あき》れるほどに支離滅裂で、時系列も滅茶苦茶《めちゃくちゃ》な説明だったが、辻は相槌《あいづち》を打つだけで、滝本の言葉を全て受け止めてくれた。

話し終えると、呼吸が荒くなっているのに気づく。まずい。過呼吸で倒れたら……タイミングを見計らったように、辻が「深呼吸しろよ」と言ってくれた。ほとんど機械的に、携帯を耳に押し当てたまま、滝本は大きく息を吸って、吐いてを繰り返した。すぐに呼吸は安定し、胸郭《きょうかく》を叩《たた》くように激しく打っていた鼓動も静まる。もう一度深呼吸してから、「悪い」と謝った。

「会社の方は心配しなくていいから。こういう時だから、俺がちゃんとやっておくよ」

「だけど、ベス社の件、どうする？」

システム構築の改変期で、それまで使っていた会社を替えようとしていた「ベスト・ワークス社」への攻勢は、ここのところ、二人の一番の大仕事だった。

「それも俺が何とかするから。余計な心配するな」

「でも俺、休めないいんじゃないかな。就業規則、どうなってるんだろう」

「ああー」急に辻の口調が曖昧になった。「どうだったかな。忌引《きび》きは親で五日だったけど、配偶者は……」

「涼子とは結婚してない」冗談じゃないぞ、と思った。現状はともかく、結婚することになっていたんだ。葬式は俺がやらなくてどうする。

「分かってるよ。それだと、どうなるのかな……確か、配偶者は一週間だったと思うけど何とでもなるんじゃないか？　お前、有給も溜まってるだろう。それを使えばいいんだよ。その辺、俺が会社にちゃんと言っておくから」

「……悪い」

「いいから。そんなことより、寝てないんだろう?」

「寝てない」寝られるわけがない。ここはコンビニエンスストアの前のベンチだ。

「少し寝た方がいいよ。今、どこだ?」

「まだ病院の近くにいる」

「さっさと家に帰って寝ろよ」

「電車がない」

「タクシー、使えばいいじゃないか」

「そんなの、領収書で落ちないだろう」

次第に会話の箍《たが》が緩んできた。何が領収書だ。俺はいったい、何を言っているんだろう。

「飯、食ってるのか?」

「まさか」辻の質問は、ひどく唐突に聞こえた。

「何か食べておけよ。倒れちまうぞ」

「そうだな」言われて、急に空腹を覚える。このコンビニで何か買って食べるか、それとも、もう少し歩いたところにあった牛丼屋か。今の状態で、あんな重い物が食べられるとは思えないが、辻の言う通りで、何か食べておかないとエネルギーが切れる。

「とにかく、会社の方は気にするな」辻が念押しするように言った。「俺が何とかしておくから。お前は、お前がやるべきことをやれ。でも、できたら連絡くれよ。何がどうなってるのか、知っておきたいから」

「分かった……悪いな」

「いいから」

一応は謝れたことにほっとしながら、滝本は電話を切った。天を仰ぎ、凝り固まった首の筋肉をしばらく弛緩《しかん》させてやる。大きく伸びをして両肩の凝りを解《ほぐ》してから、もう一度水を飲んだ。喉の渇きが収まってくると、今度は空腹が気になりだす。そうだよな、今日もいろいろやることがあるはずだ。食べられる時に食べておかないと、倒れてしまう。俺が倒れたら、誰が涼子の面倒を見るんだ。

立ち上がり、駅の方へ向かってふらふらと歩き出す。やがて牛丼屋のオレンジ色の看板が見えてきた時には、本当に久しぶりの安堵《あんど》感を覚えた。

2

結局、滝本は病院に引き返した。あの事故で何人もの人が運びこまれて大騒ぎだったのだが、今は静かだった。マスコミの姿もないし、家族などの見舞い客もいない。もちろん、こんな時間に押しかけられても、病院も対応に困るだろうが。

誰にも見咎《みとが》められずに非常口から中に入った途端に、携帯が鳴り出した。慌ててもう一度外へ飛び出し、着信を確認する。見慣れぬ電話番号が浮かんでいたが、取り敢えず出た。

「今、どこにいらっしゃるんですか？」非難するような声が誰のものなのか、一瞬分からなかったが、涼子の母親、昭子《あきこ》だと気づいた。

「非常口の方にいます」

「ああ……」気の抜けたような声。「今、着いたところです。どこから入ればいいの？」

「どこにいらっしゃるんですか？」

「正面」

「今、行きます」

電話を切った滝本は、足早に歩き出した。この病院は相当大きく、滝本がいる非常口から正面玄関まではかなりの距離がある。途中、息が切れるのを承知で走り出した。

やっと正面玄関にたどり着くと、昭子が大きなバッグを持って、一人ぽつんと立っていた。黒っぽいスカートとジャケット。既に通夜が始まっているようなその格好に、滝本は激しい違和感を覚えた。髪にブラシは入れられているようだが、化粧っ気はほとんどなく、蒼白《あおじろ》い顔が闇の中で不気味に浮かび上がっていた。

滝本は彼女の姿を見つけてから、呼吸を整えるためにスピードを落とし、最後は歩いて近づいた。昭子も滝本に気づき、軽く頭を下げる。放心してしまったようで、表情は消えていた。

「すいません」何がすいませんなのか分からず、滝本は頭を下げた。

「会えるんですか」感情の抜けた声で昭子が訊《たず》ねる。

「病院の人に聞いてみます」

そう答えて非常口の方に戻ろうとしたが、昭子は動かない。仕方なく足を止めて向き直り、彼女が動き出すのを待った。両手でバッグを握り締めて固まり、かすかに吹く風に髪とスカートが揺れる姿は、彫像を見ているようだった。ひどく疲れており、目の下に隈《くま》ができているのに気づく。

「行きましょう」

「そうね」

ぽつりとつぶやく。気持ちの整理ができていないのは明らかだった。それを見て、自分がしっかりしなければいけないと、滝本の中にわずかに冷静な気持ちが蘇《よみがえ》った。そう、葬儀を行うにしても、涼子の親には任せておけないのだ。これだけショックを受けているのだし、病気で入院中の父親は来られない。自分が仕切ってやらなければ、涼子も浮かばれないではないか。

「会いに行きましょう」

昭子の体がぴくりと動く。会う、という言葉は合っていない。実際には、「会う」のではなく「見る」だ。しかし滝本は、強引に押した。

「会いましょう。綺麗《きれい》な顔してますから……」

「そうなんですか？」昭子がようやく、滝本に顔を向けた。

「ええ」

「あなたは会った……見たの？」

「はい」

「どうだった？　苦しそうにしてた？」

「いいえ」

思い出すと胸が詰まる。無表情……それが一番近い。病院に運びこまれてからずっと意識がなく、特に苦しそうにしていたわけでもないが、思い出してみれば最初から表情はなかった。もしかしたら、医者も見落としていた重大な怪我《けが》のせいかもしれない。ここに来た時、既に彼女の脳は死んでいたとか。頭を振《かぶ》り、滝本は何とか声を絞り出そうとした。

「あなた、どうしてそんなに冷静なの！」突然、昭子が感情を爆発させた。頰を涙が伝い、唇が震えだす。「あの子、死んだのよ！　あの電車に乗らなければ！　あんなところに住んでいなければ！」

自分に対する罵《のの》りを、滝本は甘んじて受けるしかなかった。世の中の全ての出来事が、有機的につながっているわけではない。どこにいても事故に遭遇する可能性はあるわけで、まるで自分と同棲していたことが事故の原因のように言われるのは心外だった。それでも彼女には、母親として、誰かに責任を負わせる権利がある。

「すいません」低い声で謝り、滝本は頭を下げた。「仰《おつしや》る通りかもしれません。僕と一緒にあんなところに住んでいなかったら、こんな事故には遭わなかったですよね」

突然、昭子が目を見開く。自分が理不尽で残酷な台詞《せりふ》をぶつけてしまったのに気づいた様子だった。

「……ごめんなさい」

「いえ」謝罪に返す言葉もなく、滝本は静かに言った。この辺が禁煙なのは承知の上で、煙草に火を点ける。これがまた昭子の神経を逆撫《さかな》でするのは分かっていた——彼女は極端に煙草を嫌うのだ——が、ここでは精神安定剤がどうしても必要だった。昭子がちらりとこちらを見て嫌そうな表情を浮かべるのは分かったが、無視して忙《せわ》しなく煙草を吸う。まるで麻薬だ——皮肉に思いながら、携帯灰皿に突っこんで煙草を消した。

「お父さんは……」

「来られません」

「具合、悪いんですか」

「病院の方から許可が出なかったんです」

「そうですか……」葬儀は、と聞こうとして慌てて言葉を呑《の》む。ここまで冷静になる必要はないんじゃないか？　まるでもう、涼子の存在を過去に置いてきてしまったようだ。いくら取り乱す昭子を慰めるためとはいえ、これはない。

「とにかく、行きましょう」

少しだけ気を取り直したのか、昭子の声には力強さがあった。そうだよな……ここで会っておかないと、区切りがつかない。誰かが死んだ時でも、人の気持ちと関係なく時間が流れていくことを、高校生の時に父親を亡くした滝本は知っていた。あの時も、悲しむ暇もなく通夜、葬儀と続き、父親がいなくなったと実感できたのは、亡くなってから一週間ほどしてからだった。

地下にある遺体安置所に、看護師が案内してくれた。迫田《さこた》という若い看護師で、ひどく疲れて見える。彼女も昼間から働き詰めで、朝を迎えようとしているのだろう、と滝本は密《ひそ》かに同情した。同情する自分が嫌だった。今は涼子のことばかり考えているべきなのに、何故か他人の気持ちに考えが向いてしまう。損な性格だなと思うが、昔からこんな感じなのだ。自分の悲しむ時間が終わったとは思わないが、どうしても、ほかの人のために気を遣いたくなってしまうのだ。

震えがくるほど寒い遺体安置所で、昭子が涼子の遺体を確認した。自分で白布をまくり、顔を凝視する。首から上に外傷はないので、ほとんど眠っているように見える。昭子が涼子の髪をゆっくりと撫でつけ、低い声で何か話しかけた。聞くべきではない、ここは母子の会話なのだから、出て行くべきではないかと思いながら、滝本は昭子の様子を見守った。

中腰になった昭子が発する切れ切れの低い声が、滝本の心をかきむしった。「痛かったでしょう」「可哀想《かわいそう》に」……。ふと横を見ると、迫田看護師が体を硬くしている。いくら看護師とはいえ、彼女はまだ若い。専門学校を出て一、二年というところだろう。こんな場面に出くわす経験はそれほど積んでいないはずで、まだ心が擦り切れていないはずだ。

音もなくドアが開き、白衣姿の若い医師が顔を見せた。もごもごとお悔《く》やみの言葉を告げ、昭子に向かって状況を説明する。いわく、最初に頭を打ったようだ。搬送されてきた時には容態は安定しているように見えたが、夜中になって急変した。調べてみないと分からないが、今のところ、脳内出血の可能性が疑われている。時間が経《た》ってから、そういうことが起きるケースもあり……。

「調べなくていいです」急に昭子が強い口調で言った。「調べるって、解剖したりするんですか?」

「それは、私たちが決めることじゃないんです」戸惑いながら医師が言った。「警察の方で……」

「警察にも言って下さい！」昭子が立ち上がり、言葉を叩きつけた。「死んでから、何で傷つけられなくちゃいけないんですか！」

「ええ……」医師が口籠《くちごも》った。「そういう風に仰られても、最終的には私たちでは決められないことなので。すいません」

「駄目です！　絶対に、これ以上涼子は傷つけさせません！」

滝本は黙って、昭子と医師の間に立った。昭子が殴りかかってくるとは思わないが、何かあったら面倒なことになる。彼女の感情の奔流《ほんりゅう》なら、自分が受け止めるべきだと思った。昭子が言った通りで、そもそも自分が涼子と一緒に住んでいなければ、こんな事故に巻きこまれることはなかったのだから。

昭子が鋭い視線で医師を睨《にら》む。往生した医師は、眉をひそめ、声も出せずに立ち尽くすだけだった。緊張感が極限にまで高まってきた瞬間、昭子の体からすっと力が抜けた。遺体の脇に置いてある椅子に、崩れるように座ると、がっくりとうなだれた。しばらく肩がゆっくりと上下していたが、やがてのろのろと顔を上げ「二人にさせて下さい」とつぶやいた。

医師と迫田看護師はすぐに出て行ったが、滝本の足は動かなかった。

「あの……」

「二人にさせて下さい。お願いします」

昭子が深々と頭を下げる。反論の余地のない態度で、滝本も、その場から下がらざるを得なかった。

廊下に出て、ドアを閉める。迫田看護師も医師も、とうにいなくなっていた。

二人の代わりというわけではないだろうが、一人の初老の男が、壁に背中を預けて立っていた。

3

「刑事さん、ですか」嫌な予感がする。遺体をどこかへ運ぶとか言い出したら……昭子を宥《なだ》めるのは、今の状態では不可能だ。ドアの向こうから低いすすり泣きが聞こえてきて、滝本は胸を締めつけられるような思いを味わっていた。

「刑事じゃないんだけどね、正確には」

高石《たかいし》と名乗った男が、穏やかな声で訂正した。制帽から覗《のぞ》く髪は白くなっており、顔にも皺《しわ》が目立つ。定年間近というところだろうか。

「外勤の人間ですから。こういう大事故だから、手伝ってるだけですよ」

「そうですか」滝本は、もらった名刺に視線を落とした。確かに、「港東《みなとひがし》署　地域課」

とある。地域課が何の仕事をする部署かは分からなかったが、制服を着ているのだから刑事ではないのだろう、ということぐらいは分かる。

「このたびは、ご愁傷様でした。病院から連絡を貰《もら》ってね……あなたは?」

「婚約者……一緒に住んでました」

「そうですか」高石が、ちらりと遺体安置所のドアを見た。「今、中にいるのは?」

「彼女の母親です」

「少し離れましょうか」

返事を待たず、歩き出す。ここで話しているのを昭子に聞かれたくないのだな、と思い、滝本は黙って彼の背中を追った。遺体安置所は地下にあるのだが、高石はかなり離れた非常階段のところまで撤退した。本当は上の階に上がりたいのだろうが、昭子が出て来たら、また彼女と話をしなければならないのだろう。こんな仕事は嫌だろうな、と滝本はまた同情した。そんなことを考えている場合ではないのに。

高石が壁に背中を預け、手帳を取り出す。警察手帳ではなく、市販品のようだった。今年になってまだ半分も過ぎていないのに、ページがよれて膨れ上がり、ぼろぼろになっている。開いたページは、後半三分の一ぐらいのところだった。水性ボールペン――いつも自分が使っているのと同じものだ――を構え、穏やかな笑みを浮かべて滝本の顔を見る。こんな時に笑って欲しくないと一瞬反発を覚えたが、不思議と気持ちは落ち着いてきた。この男がどんな人間かは分からないが、笑顔だけで人をリラックスさせることができるとしたら、大したものである。

「辛いところだけど、確認しておかないといけないから……少し我慢して下さい」

「はい」かすれた声で答える。

「亡くなったのは、水野涼子さん、三十歳。住所は……」

淡々と続く質問に、淡々と答えた。高石は忙しくペンを動かしていたが、質問が途切れることはない。一段落すると顔を上げ、もう一度小さな笑みを作った。

「ご結婚の予定は?」

「秋……九月ぐらいにと思っていました」

「そうですか。本当に、残念でした」

「ええ」

「うちも娘がいてね」ちらりと遺体安置所の方を見た。「ご両親が辛いのは、分かりますよ。ましてや、結婚直前だからね」

「あまり歓迎されてなかったみたいですけど」

「そうですか」

「特に、お父さんの方が」

「ああ、まあ——」高石が、ペンで耳の上を掻《か》いた。「父親ってのはね。そういうものです……今日、お父さんは？」

「今、埼玉の病院に入院してるんです。こっちへは来られないみたいで」

「そうか、それも大変だ」高石が大袈裟《おおげさ》にうなずく。

「一つ、聞いていいですか？」

「ああ、どうぞ」

あまり気乗りしない様子で高石が言った。言えることと言えないことがあるのだろう、と滝本は思った。

「解剖、するんですか」

「たぶん、しないと思う」

彼の言葉に、滝本はすっと頭が冷静になるのを感じた。よかった……昭子ではないが、死因をはっきりさせるためとはいえ、涼子が切り刻まれるのは陵辱《りょうじょく》である。静かに葬ってあげたい、という気持ちが急速に高まっていた。大きく深呼吸し、体の強張《こわば》りを何とか逃そうとする。

「解剖するには、いろいろ条件もありましてね。今回は、病院で亡くなっていますから、まず必要ないと思います」

雑談終わり、という合図なのか、高石が再びペンを構え、手帳に視線を落とす。顔を上げ、「昨日の朝の状況から話して下さい」と言った。

これから何度、同じ話をしなければならないのだろう。少しだけうんざりしながらも、滝本はできるだけ丁寧に答えた。高石は時折相槌を打ちながら、手帳にペンを走らせ続ける。何を書いているかは、こちらからは見えないが、細かい字が丁寧で読みやすそうなことだけは分かった。こういう人に任せておけば、事故の原因だって分かるかも——そう考えた時、突然怒りがこみ上げてくる。

「何でこんな事故が起きたんですか」

滝本の声の調子が変わったのに気づいたのか、高石が眉をひそめて顔を上げる。

「申し訳ないけど、それは今の段階では何とも言えないんだ。鉄道事故は、はっきりした原因を特定するまでに、結構時間がかかるんだよ」

「それじゃ、涼子が浮かばれないじゃないですか。あんな風に死んで、誰に責任を持っていったらいいんですか」

「気持ちは分かるけど、とにかく落ち着いて」高石が静かに言った。「こっちもきちんと調べるから」

それ以上文句の言いようがなく、滝本は唇を固く閉ざした。胸が激しく波打ち、呼吸が苦しくなってくる。いつの間にか息をしていなかったことに気づき、鼻からゆっくりと息を吐いた。死ぬのは簡単だ、とふと思う。こんな風に息を止めてしまえばいいのだから。そうすれば、すぐに涼子の側《そば》に行ける——いや、天国も地獄もないんだ。彼女は死んでいなくなった、それだけのことである。

自分に向けられる同情の視線に気づく。そんな目で見ないでくれ……高石を睨みつけようとしたが、何故か気力が削《そ》がれてしまう。

「あのな、一つ、聞いてくれるか」高石の口調は、やや砕けた感じになっていた。「こっちもね、ただの仕事でやってるわけじゃないんだ。何人亡くなったと思う？　八十人を超えているんだぞ。これからまだ増えるかもしれない。こんなこと、ただの仕事で片づけるわけにはいかないんだよ。これは、俺たちにとっても、一世一代の勝負なんだ」

「勝負？」その台詞に、滝本はかすかな違和感を覚えた。勝ちとか負けとか、そういうことじゃないと思うんだが……。

しかし、事故の責任者が誰かは知りたい。そいつを殺してやりたい。

滝本の顔を過《よぎ》った殺気に気づいたのか、高石がそっと滝本の腕に触れた。

「変なことを考えちゃ駄目だよ」

「考えてませんよ」

「誰かに責任を取らせるとか……そうしたい気持ちは分かるけど、特定の人間の責任を追及するには、時間がかかるんだ」

「電車を運転していた人間がいるじゃないですか」

事故の原因について、滝本は何も知らなかった。ただ「脱線転覆した」という事実が頭に入っているだけである。ニュースでは流れているかもしれないが、とても見る気になれなかった。今はまだ……これからも駄目かもしれない。いつかは向き合わねばならないだろうが、その「いつか」が来るかどうかも分からなかった。

「それはそうなんだが、運転士も亡くなってるんだ。だから、当時の状況を一番よく分かっている人間からは、話が聴けない」

「そうですか……」事故現場がどんな風になっていたかは知らないが、八十人以上も亡くなるような大事故なのだから、運転士が死亡したとしてもおかしくはないだろう。これでは本当に、原因は分からないままかもしれない。

「一つ、事故とは直接関係ないけど、情報を教えてあげるよ」言って、手帳に走り書きをし、破いて滝本に渡してきた。名前と電話番号。

「何ですか？」

「弁護士だ」高石が顎に力を入れる。「本当は、警察官の俺がこんなことをするのは筋違いだけど、この事故の後始末は大変なことになる。金の話はしたくないが、賠償の問題も当然出てくるだろう。この弁護士が、動き始めてるんだ。早く連絡を取った方がいい」

「弁護士を紹介するのは、確かに警察官の仕事じゃないですね」

滝本は苦笑した。苦笑できたのが奇跡的に思えた。

「そうなんだが、この弁護士は警察官の俺から見ても信用できる。中には悪い弁護士がいるからね。俺が言うことじゃないと思うが、遺族団ができて、集団訴訟になる流れじゃないだろうか。一人一人が会社を訴えるよりも、その方が裁判もやりやすい。いろいろ情報を知るためにも、弁護士とは早目に接触しておいた方がいいよ」

「すいません」滝本はもう一度メモを見た。自分が訴訟に加わる権利があるのだろうか、と訝《いぶか》る。結婚していないのだから、遺族でもないのだ。こういうのは、昭子に渡すべきではないのか。

「しばらく、辛いと思う」高石がうなずきかけた。「乗り越えられる人もいるし、そうじゃない人もいるかもしれない。こんなオッサンの言うことは信じられんかもしれないけど、一番いいのは誰かを憎むことだ」

「憎む？」

「ああ」真顔で高石がうなずいた。「これは、防ぎようがない自然災害じゃない。原因があって起きた事故だ。だから誰かに責任がある。その誰かを憎めばいい。恨《うら》めばいい。それが分からないうちは、俺を憎んだっていいじゃないか」

「あなたは警察の人じゃないですか」

高石が、ふっと寂しそうに笑う。滝本の肩を、気さくに二度、叩いた。

「憎まれて、誰かの気が楽になるなら、それはそれでいいんだよ。何のために高い給料を貰ってると思うんだ？」

「人に憎まれるためじゃないと思いますが」実際、目の前にいるこの初老の男を憎むことなど、到底できそうにない。人のよさそうな、同時に強い正義感を持った男。むしろ、「助けてくれ」とすがりたい。

「とにかく、早く弁護士に連絡を取った方がいい。裁判になるにしても、後から入っていくといろいろ面倒なようだからね……じゃあ、このたびは本当にご愁傷様でした」深々と頭を下げ、高石が階段に消えていった。

一人取り残された滝本は、メモを見た。石立《いしだて》。書かれた電話番号は二つ。一つは携帯で、もう一つは東京の番号だった。事務所は東京なのだろう。裁判になるのは間違いなく、高石のアドバイスは警察官の仕事の枠を超えた親切なものだったが、まだ電話する気にはなれない。気持ちが落ち着いてから……しかし、このざわついた胸が落ち着くことなどあるのだろうか。

遠くで、ドアが開く音がした。静かな、誰かに遠慮したような音。そちらに目をやると、遺体安置所から昭子が出て来たところだった。先ほどまでとは打って変わって、背筋をぴんと伸ばしている。近づいて来るに連れ、目が真っ赤に充血しているのが見えたが、大股で歩いてくるその姿は、娘を亡くしたばかりの人間とは思えなかった。滝本の数メートル手前で立ち止まると、軽く一礼する。ハンカチを目に当てて、しばらくうつむいていたが、やがて決然とした表情で滝本を睨んだ。

「お葬式はこちらでやります」

「はい。あの——」

「手配もするから。埼玉の家の方でやります」有無を言わさぬ口調だった。

「分かりました」

「あなたは……参列して下さいね」

参列。その言葉に強烈な違和感を覚え、滝本は奥歯をぐっと噛《か》み締めた。何なんだ、この他人行儀な言い方は。俺は涼子と結婚する予定だったんだぞ。一緒に住んで、今涼子のことを一番よく知っている人間なんだぞ。それを、まったく他人のように扱うとは。

娘が亡くなったことによる混乱は、波のようになって昭子を襲ったかもしれない。し
かし今の彼女は、葬儀をきちんと終えることに、全てを賭けているようだった。そうか
……娘との別れを終え、気持ちの区切りがついた——強引につけたのかもしれない。

ここで言い合いをしても始まらない。涼子は、自分よりも家族と長い時間を過ごしてきたのは間違いないのだから。それに、自分たちの悲しみは共通しているはずだ。何も、葬式の主導権をどちらが取るかで喧嘩《けんか》する必要はない。だいたい今の滝本には、そんな元気はなかった。まったく寝ていないので、体の底に疲れが溜まっている。

「分かりました」

静かにうなずき、手に握った紙に気づいた。これはどうするか……渡すべきだろう。しかし自分も知っていなければならない。背広の内ポケットから手帳を取り出し、弁護士の名前と二つの電話番号を素早くメモした。

「これを持っていて下さい」

「何ですか?」戸惑いながら、差し出されたメモを昭子が受け取る。

「弁護士の連絡先です。今回の事故で、今後のことについていろいろと面倒を見てくれるらしいです」

「弁護士なんて……」昭子の顔が一瞬紅潮した。こんな時に何だ、と思っているのは間違いない。

「警察の人に教えてもらいました。たぶん、裁判になると思います。その時のために、早目に連絡を取っておいた方がいいって」

「警察の人がそんなことを言うのは、何か変ね」

「そうですけど、気を遣ってくれたんだと思います」

「そうですか……」昭子がメモに視線を落とす。握り潰そうと手に力をこめたように見えたが、すぐに力を抜いてしまった。少しだけ皺が寄ったメモを、丁寧に折り畳んでバッグに入れる。

「連絡した方がいいと思います。僕が連絡してもいいですけど」

「その気になったら、私が連絡します」

拒絶。はっきりとした。自分は他人なのだ、家族になりきっていないのだと痛感する。昭子の言葉が胸に突き刺さり、傷を抉《えぐ》った。葬儀でも、普通の参列者の扱いにするつもりではないだろうか。冗談じゃない。俺は……俺は……。

気づくと、滝本はトイレに駆けこみ、激しく吐いていた。

4

夜が明けそめ、最初の光が街を照らし始めている。事故から二日目の朝。「後で連絡します」という昭子の言葉で病院を追い出され、滝本は駅へ向かう道をとぼとぼと歩いていた。疲労はピークに達し、歩きながら眠ってしまいそうだった。先ほど食べた牛丼を吐き戻してしまって胃は空っぽだったが、むかついて食欲はない。かすかな痛みが、腹の底から突き上げてきて、吐き気が襲う。

どこへ行けばいいのだ？　家へは帰れない。あそこには涼子の匂いが、想い出が詰まっている。一人であの部屋にいることを考えると、押し潰されそうな恐怖を感じた。自分の居場所はどこにもないのではないか。

駅までやってきた。始発電車が走り出すまであと少し。しかし、駅舎への入り口である階段――まだシャッターが閉まっていた――の外に置かれた黒板には、事故を思い出させる情報がチョークで書き殴ってあった。全線運休。昨日の事故の処理がまだ終わっていないのだ、と悟る。そうだよ、だいたい、この電車になんか乗れるはずがない。もしかしたら、一生。

また行き場をなくし、その場でぼんやりと佇《たたず》む。シャッターに、一枚の張り紙があるのに気づいた。

『このたびの事故では、利用者の皆様に多大なご迷惑をおかけし、まことに申し訳ございません。

ただいま、復旧に全力を尽くしておりますが、当面運休させていただきます。

利用者の皆様にご不便をおかけすることに謝罪し、一刻も早い復旧を目指します。

東京広域鉄道株式会社』

何が「申し訳ございません」だよ。そんなこと、本気で考えてないだろう。客を乗せて金を取る。商売ができなくなって、困ってるだけじゃないのか。本気で謝るつもりなら、一晩中でもここに立って、その辺を歩いている人たちに頭を下げ続けろ。

滝本は、シャッターを思い切り蹴りつけた。そんなことをしてもダメージを与えられるわけもなく、自分がよろけてしまう。勢い余って後ろ向きに倒れ、その場にしゃがみこんでしまった。冷たいアスファルトの感触が尻に伝わり、泣きたくなってくる。近くを自転車で通りかかった新聞配達の人間が、疑わしげな視線をこちらに送ってきた。どうせ酔っ払いだと思ってるんだろう。酔っ払えるものなら、こっちだって酔っ払いたいよ。だけど今酒を呑んでも、胃が受けつけないだろう。酔うこともできず、ただ吐くのを繰り返す——そんな様を想像して、ぞっとした。普通の人生は、いつになったら戻ってくるのか。

戻ってこないのだ、と気づく。俺の人生には、もう涼子はいない。これまでとはまったく違う人生になってしまうのは間違いないのだ。自分がそれに耐えられるかどうか、自信はない。たぶん、無理だろう。どうしようもないことも、世の中にはあるのだ。

5

何で自分がここにいるんだろう。

気づくと、滝本は見慣れた光景の中にいた。自分の会社の、自分のデスク。まだ誰も出社していない。SEたちの中には、毎日のように徹夜——というか生活サイクルが十二時間狂って夜中にしか働かない連中もいるが、彼らの仕事場は、営業や企画、総務の連中が詰めている品川の本社ビルではなく、新宿のデータセンターだ。

そうか、タクシーを拾ったんだ。夜勤明けで疲れ切った運転手に行き先を告げた瞬間、意識が飛んでしまったのだった。ふらふらとビルに入り、カードキーで営業部のドアを開け……自分の席に座った。腕の痺《しび》れは、そのまま突っ伏して寝てしまった名残だ。背中と肩が強張り、起き上がろうとするとばきばきと音を立てる。両手をデスクについて立ち上がり、大きく伸びをする。自席を離れ、窓際に歩いて行った。ブラインドを調節して、弱々しい朝の光をオフィスに満たす。ここのところずっと「節電」が言われ、オフィスの蛍光灯も三分の一は外されていた。滝本の席の上はちょうど蛍光灯が外されており、仕事に差し障《さわ》りが出るほどである。パソコンで作業している時はそうでもないのだが、書き物をしなければならない時は、窓際の打ち合わせスペースにまで移動していた。そういう時、自然光の恩恵を感じたものだが、今はいかにも頼りない。

ブラインドの隙間を指で押し開けて、外の光景を目に入れる。オフィスは高層ビルの二十五階にあるので、視界を遮る物は何もなかった。少し離れたところにある庭園が見下ろせる。隣のビルに隣接して作られたもので、昼飯時にサボって転寝《うたたね》するのにちょうどいい場所だった。今は雨に煙り——いつの間にか雨が降ってきていた——濃い緑は白く霞《かす》んでいる。窓も濡れ、雨の跡がガラスを汚していた。掌をガラスに押しつけると、冷たい感触に目が冴《さ》えてくる。

振り返り、壁の時計を見上げた。七時……どんなに早く出社してくる人間でも、あと一時間は姿を現さない。オフィスの隅にあるソファに視線がいった。あそこで寝転がってあと一時間だけ眠るか……いや、もう寝なくていい。わずかの間居眠りしただけなのに、もう眠気はすっかり消えていた。ほぼ徹夜して、一時間ほど寝ただけ。体調は最悪のはずなのに、眠くない。寝てはいけないとも思う。

取り敢えず、コーヒーだな。

病院で吐いたショックは収まり、今はかすかな空腹も感じていた。コーヒーと、それから何か柔らかい物を食べたい。ビルの一階にあるコンビニで何か仕入れてこよう。だけど、仕入れてどうする？　朝飯を食べるのはいい。そうしないと体力が持たないのだから。でも、その後はどうしたらいいのだろう。まさかこのまま、会社で仕事をするわけにはいかない。それに、上司から叩き出されてしまうかもしれない。「こんなところで何をしているんだ」と。葬儀を仕切りたがる母親に邪険にされ、病院から抜け出してきた──説明するのは簡単だが、そんなことを言ったら昭子を貶《おとし》めてしまうことにならないだろうか。

エレベーターで人気のないホールに降り、コンビニエンスストアに入る。百円だが、一応ドリップ式のコーヒーだ。サンドウィッチは、柔らかい卵。レジで金を払う段になって、横にある新聞のラックに気づく。反射的に目を逸《そ》らしたが、大見出しはいやでも目に入ってしまう。

「東広鉄道事故　スピード超過原因か」

スピードの出し過ぎ、ということか？　しかし、電車がスピードの出し過ぎというのは、どういうことなんだろう。電車は、綿密なダイヤに従って運行されているはずなのに。ラッシュ時に遅れるのは、変にスピードを出していない証拠ではないだろうか。

新聞を買うべきだろうか。いい加減、あの事故の状況を知っておくべきかもしれない。知っていることといえば、高石から聞いた「死者八十人以上」だけなのだ。大変な事故だということは分かるのだが、その中に涼子が含まれているという実感がない。まるで彼女は、あの事故とは関係なく死んだような感じがするのだ。まったく傷のない、綺麗な顔。事故どころか、病気で亡くなったような、あるいは寝ているだけのような……遺体安置所という特別な場所なのに、今にも彼女は目を覚まして「おはよう」と言いそうだった。そう、いつもの寝ぼけた声で、少し髪に寝癖をつけて。

結局、新聞は買わなかった。

知るのが怖い。

オフィスに上がるのが面倒で、一度外へ出て立ったままサンドウィッチを頬張る。最初は恐る恐るだったが、吐き気もなかったので、何とか全部食べ終えることができた。ブラックのままコーヒーを啜《すす》ると、胃の中がようやく落ち着く。煙草を取り出し、この辺が禁煙なのを無視して火を点け、ゆっくりと煙を吐き出した。雨粒は大きく、ぽつぽつと音を立てて歩道を叩く。少しだけ張り出した庇《ひさし》の下にいるので直接は当たらないが、思い切って外を歩き出してもよかった。濡れて叩きのめされ、その場にしゃがみこんで大声で泣きたかった。

――できない。たぶん、悲しみを発散するにもタイミングがあるのだ。涼子の容態が急変した時には取り乱したが、何もかも分からなくなったのは、あの時だけである。死亡を通告された時には、何も言えなかったが、ショックで言葉を失ったというより、短い時間で既に覚悟ができてしまっていたのだと思う。必死で生きようと闘う涼子には失礼な話だが、医師や看護師の態度を見ていると、何となく分かってしまうものである。

煙草をコーヒーカップに落とす。じゅっと短い音がして、嫌な臭いが漂った。間をおかず、もう一本。あと二本しかない。このコンビニでは煙草も売っているし、もう一箱買っておこうか……しかし、もう一度レジへ顔を出すのも面倒だった。

目の前で次第に強くなる雨を見詰めながら、ゆっくりと煙草を吸う。肌寒い日で、三月ぐらいに逆戻りしてしまったようだった。涙雨じゃないか……昨日、助け出されるまで、涼子はどうしていたのだろう、とふと考える。まさか、冷たい雨に打たれたまま、救助を待っていたんじゃないだろうな。

何で、俺は何にもできないのだろう。

もしも一緒にいたら、庇《かば》うとか、助けを呼ぶとか、自分でも何かができたかもしれない。しかし今の俺は、急に恋人と引き離されてしまった悲運を呪《のろ》うばかりで、何もできない。大事な人を奪われた人間は、誰でもこんな風に思うのだろうか。無力さを思い知らされること——対策がない以上、時の流れが癒してくれるのを待つしかないのか。

「何やってるんだ」声をかけられ、ゆっくりと顔を上げる。

「ああ」ぼうっとした口調で答えることしかできなかった。

辻が、困惑した表情を浮かべて立っている。「五月からネクタイはしない」と宣言して、毎年人より早くクールビズを実践しているせいで、今日もネクタイ無しのスーツ姿である。五百円のビニール傘はあまり役に立っていないようで、ズボンの裾《すそ》はすっかり濡れていた。

「何やってるんだ」さらに硬い口調で繰り返す。

「何って……」

「だから、どうしてこんなところにいるんだよ。病院にいたんじゃないのか」すっかり詰問口調になっていた。

「用なしになったみたいなんだ」

「用なし?」

辻は事情を聞きたがっていたが、とても説明する気になれない。というより、昭子の悪口は言いたくなかった。彼女も傷ついている。もしかしたら、俺よりも。

「向こうの母親が来たから。いろいろやるみたいなんだ」

「そうか」納得したようで、辻がうなずく。「だけど、何もここにいなくても」

「さっきまでオフィスにいたんだ」

「居場所がなかったのか?」

「ちょっと寝てた」まだ長い煙草を、もったいないなと思いながらカップに落としこむ。

辻は煙草を吸わないし、吸っている人間が近くにいるのも嫌うのだ。

「煙草、いいぜ」

「いいよ、いつもと違うこと言わなくても」

「こういう時ぐらいは、さ」

甘えて、煙草に火を点ける。しかし今度は、やけに苦い味しかしなかった。結局、すぐに消してしまう。吸殻が残ったコーヒーを吸って、ひどく汚らしい感じがした。

「朝イチで、課長には電話しておいた」

「そうなのか?　こんな朝早く電話したら、機嫌悪かっただろう、あの人」

「機嫌悪いっていうか、びっくりしてたよ。当たり前だよな」

「ああ……電話ぐらい、すればよかった」

「で、今日はどうするんだ」辻が傘を畳み、庇の下に入って滝本と並んだ。「会社にいなくてもいいじゃないか」

「分かってるんだけど、部屋に帰れないんだ」

「ああ……」辻の言葉が雨空に消える。「一緒に住んでたんだもんな」

「帰ると、いろいろ思い出すから」

「ホテルにでも行ったらどうだ？」辻の視線が、隣のビルに向けられる。オフィス街のこの辺には、いくつかホテルがあるのだ。隣のビルも、高層階はホテルになっている。

「そんな金、ないよ」

「金ぐらい貸すよ」

「いいよ、悪いから」辻は二番目の子どもが生まれたばかりで、自分の自由になる金はほとんどない。いつもそれで泣き言を言っているのを思い出した。「何とかするからさ」

「何とかって……どこへ行くつもりなんだ？」

「これから考える。ネットカフェにでも行って寝るよ」

「それじゃ、体が休まらないだろう」

「分かってるけどさ……」家がどれほど大事なものか、初めて思い知った。今住んでいるのはそれほど広くないマンションの部屋だし、どちらかというと涼子の趣味で家具などを揃《そろ》えたから、滝本にとっては居心地がいい場所ではないのだが、今の自分にとっては、あそここそが帰るべき場所なのだと思い知った。実家へ帰るかとも思ったが、北海道である。両親は既に亡く、兄夫婦が住んでいる家に行くのも気が進まなかったし、往復している間に、涼子の葬儀が終わってしまうかもしれない。友人の家……と思っても、こんな抜け殻のようになった男を受け入れてくれる人間がいるとは思えなかった。辻は「いい」と言うかもしれないが、小さな子どもが二人いる家では、申し訳ない。

「会社の休憩室は？」

「あそこ、煩《うるさ》いからな」営業マンたちが遅くなった時に泊まりこめるよう、二段ベッドをいくつか並べた部屋がある。時々サボって寝ている人間がいるのだが、営業部のすぐ隣にある部屋なので、打ち合わせの声が遠慮なく入ってきて、眠れるわけがない。

「じゃ、どうするよ」

「うん……」滝本は言葉を失い、その場にしゃがみこんだ。歩道を叩いて跳ね返る雨滴に目をやり、行き場のない自分の立場を考える。その場で足を伸ばしてしまいたかった。ここでいい。ここで、これから出勤して来る人たちを眺めながら、じわじわと雨に湿っていくのもいいだろう。

「取り敢えず、上、行こうか。何だったら、自分で課長に話をしてもいいし。これから会社の方どうするか、相談したら？」

「そうだな」コンビニエンスストアのガラス窓に背中を預け、ずるずると体を引き上げる。背中を這《は》う冷たい感触に、一気に目が覚めた。話せるかどうか……しかし、何かやっていないと時間が経たない。いつもは時間に追われて、一日三十時間あればいいと思っているのに、今日だけは持て余していた。「ちょっと、営業でもするか」

「それ、洒落《しゃれ》になってないから」

非難するように言う辻の言葉が、耳を素通りしていった。今の自分は、ひたすら連絡を待つだけしかすることがないのだ。あるいは連絡はこないかもしれないが。無視されたまま、勝手に事が進んでしまったら、どうしたらいいのだろう。そんなことにならないためには……やはり昭子に張りついているしかない。鬱陶しがられようが、怒られようが、彼女の側を離れてはいけない。

「行くわ」

「え?」辻が目を見開く。

「悪いけど、課長にはよろしく言っておいてくれないか? 俺、やっぱり病院に戻るから」

「病院って……」

「ああ、病院っていうか、どこか、いなくちゃいけない場所に」涼子の遺体はどこに運ばれるのだろう。すぐに葬儀の準備が始まるはずだが……それは病院側に聞けば分かるはずだ。何とか食らいついて、最後まで見届けないと。

「大変だな、葬式は」辻の声は、心底同情的だった。

「たぶん」

「場所と時間、分かったら連絡してくれよ。会社からも手伝いに行くし」

「邪魔にされるかもしれないけど」

「そんなこと、ないよ……じゃ」

辻が、少しだけ長く滝本の顔を見た。何か言いたいようだが、言葉が見つからないのだろう。こんな時、どんなことを言えばいいのか、分からないよな。滝本はうなずき、辻を解放した。ほっとするのではないかと思ったが、辻は真面目な表情のまま顎を引き締め、うなずき返すだけだった。

去って行く辻の背中を見送る。雨はますますひどくなり、辻の傘の上で雨粒が躍っているのがはっきり見えた。出勤してくる人たちの姿がぽつぽつ見え始め、滝本はこの場にいることにひどい違和感を覚えた。こんなところにいちゃいけない。どうしても涼子の葬儀に……しかし、彼女と最後のお別れをすることができるのだろうか。消えていく彼女をきちんと見送れるのか。

病気で亡くなる人がいる。長い闘病生活の果てに見送る家族と、今の自分と、どちらが辛いのか。長年看病しているうちには、「いつかは……」と覚悟もできるだろう。しかし自分は、いきなり全てを断ち切られた。普通に車で走っているうちに、突然目の前で道路が途切れ、崖に転落してしまったようなものである。しかもその崖は、どこまで続いているのか、転落先はまだ見えないままなのだ。

6

病院には、昨日のざわついた雰囲気は既になかった。昨日の午後、病院に着いた時には、何人もの負傷者が運びこまれて、慌ただしくなっていたのだが、その雰囲気は微塵《みじん》もない。ロビーには年寄りがいるばかりで、時間が止まってしまったようだった。音を低くしたテレビでニュースが流れている。たまたま、あの事故の続報を流しているようで、滝本は思わず目を背《そむ》けてしまった。早足で四階のナースセンターに向かい、涼子の遺体がどうなったか、聞き出す。既に葬儀社が手配し、埼玉の葬儀場に運ばれたという。通夜の時間も場所も確認できた。早く追いかけないと……しかし、一気に疲れが襲ってきて、すぐには動けなかった。ナースセンターの横のベンチに腰を下ろし、壁に後頭部を預けて目を閉じる。どうしようもない。行かなくてはならないと分かっているのに、立ち上がれなかった。

ふと誰かの気配を感じ、目を開ける。反射的に腕時計を見て、いつの間にか十分が経っていたことに驚く。駄目だ、こんなことじゃ……居眠りしている場合じゃないんだから。

「大丈夫ですか？」

「ああ……」気の抜けた声で、滝本は言った。昨日から何度も見かけた看護師の迫田である。何だ、この人もまだ解放されてないのか。病院っていうのは人使いが荒いんだな。立ち上がろうとしたが、体が言うことを聞かない。下半身が痺れているようだった。「寝てないから」

「少し休んだらどうですか？　空いている病室で眠れますよ」

「いや、行かないと」

「そうなんですか？」

「今日は、お通夜がね」

ぼそりと言うと、迫田看護師が悲しげにうなずく。化粧っ気のない顔には疲労が張りつき、今にも倒れてしまいそうだった。座れば、と言いそうになったが、言うだけ無駄だろう。彼女はまだ仕事中なのだ。

「まだ終わらないんですか」

「今日はいろいろ大変で」

「そうだよね」滝本は両手で思い切り顔を擦《こす》った。「病院も、こんな大変なことって、そんなにないでしょう」

「そうですね」大きく溜息《ためいき》。「何とか落ち着きましたけど」

「でも、ずいぶん長く仕事してるでしょう？　問題ないのかな」

「三十六時間連続勤務とか、よくありますから。最近人手不足なんですよ」

「ああ、そんな話、聞いたことがある」

滝本は欠伸《あくび》を噛み殺した。体の芯に疲れが居座り、自分の体をうまくコントロールできない。本当に、彼女が言うように、病室を借りて少し寝るべきだろうか。何も考えない八時間の睡眠……しかしそれが、悪夢の連なる時間になるのは分かっている。とにかく、通夜と葬式を何とか乗り切ろう。倒れるのはそれからでいい。会社なんか、どうでもいいと思った。俺が倒れて辞めることになっても、誰も困らないのだから。

そう、涼子とはそんな風に話していた。子どもができるまでは、涼子も今まで通りに働く。子どもが生まれたらしばらく専業主婦をして、様子を見てから仕事を再開してもいいいし、そのまま子育てに専念してもいい。滝本は、彼女は家に籠るのではないかと何となく思っていた。妻が専業主婦で子どももいれば、手当てが増える。今まで以上に一生懸命仕事をすれば、給料だって上がるはずだ。そう、これまではただ自分の達成感のためだけに仕事をしてきたのだが、これからは違うはずだった。誰かのために働く、そういう、新しいステージに入るはずだったのに……涼子がいなければ働く意味さえない。

今朝、遺体安置所で会った医師が通りかかった。滝本に気づいて足を止めたが、その顔には困惑した表情が広がっている。何か言いたいことがあるのだと分かったが、向こうから切り出す様子はなかった。滝本は立ち上がり、「何かあるんですか？」と自分から訊ねた。

「あの……」まだ若い医師は、明らかに経験不足で、嫌なことを告げるのに慣れていない様子である。

「何ですか?」滝本はかすかに苛立《いらだ》ちを覚えた。

「結婚されてないんですよね」

「一緒に暮らしてただけです」

「そうですか」両手をだらりと垂らしたまま、天を仰ぐ。ゆっくりと視線を滝本に戻し、目を細める。「妊娠されていたの、ご存じでしたか?」

「え?」

胸の中にどす黒いものが渦巻く。妊娠……そんな話、初耳だ。

「言おうかどうしようか迷ったんですけど、知らないままというわけにはいかないでしょう」若い医師の声は消え入りそうだった。

「そう……ですね」答えたものの、自分の言葉は空疎《くうそ》で意味がない。冗談じゃないぞ。

「残念なことでした」

「あの……何か月だったんですか?」

「九週ですね」

言われてみれば、思い当たる節がある。最近、何となく体調が悪そうだったのだ。もっと早く気づいていれば……いや、気づいたからどうだというのだ。危ないからずっと家にいてくれと頼みこむ？　無意味だ。涼子も仕事に関しては責任感の強い女である。少しぐらい体調が悪くても、仕事を優先してきた。

それにしても、彼女は妊娠に気づいたのだろうか。気づいていれば、少しは状況が変わっていたかもしれないのに。何がどう変わるかは分からないが、これ以上悪いことは起きなかったような気がする。

「大変でした」

「いえ」反射的に頭を下げる。別に、気の利いた慰めの台詞が欲しいわけではなかった。こんな場面で、一言で相手を慰めるのは、どんなベテランの医師でも無理だろう。それに自分自身、慰めてもらいたいとは思っていない。一時的には気休めになるかもしれないが、効果は長続きしないはずだ。結局最後は、自分で乗り越えるしかない。四段階の回復、というんだよな。第一段階、無感覚。第二段階、悲観。第三段階、絶望。そして最後の第四段階が再建・克服。自分は今どの段階にいるのだろう。第一段階は既に過ぎた。感覚は鋭く、誰かの一言や、たまたま見たことで心が大きく揺れ動いてしまう。空いた時間に頭に滑りこむのは、涼子の笑顔だけだ。絶望は……しているかもしれない。妻になる人と、生まれてくるはずの子どもを一気に失ってしまったのだから、これ以上の絶望を味わうことはないだろう。第二段階と第三段階の中間ぐらいだろうか。しかしこの先、きちんと再建・克服の段階に行けるのだろうか。

医師はまだ、滝本を慰める努力を放棄したわけではなかった。その場に立ち竦《すく》んだまま、両手で拳を握っている。結局言葉は実を結ばないまま、医師は黙って頭を下げ、その場を去って行った。迫田看護師がまだ残っている。少し距離を置いて滝本の横に立ち、じっと床を見下ろしている。

「参ったな……」こんな言葉しか出てこないとは。自分を呪いながら、滝本は頭を拳で叩いた。

「やめて下さい！」

突然、迫田看護師が叫ぶ。何でこんなにむきになっているのか分からないまま顔を上げると、急に頭に痛みが走った。どうやら、自分でも加減できないまま、拳で強く打ちつけてしまったようである。思わず頭を抱え、唇を噛み締めて痛みに耐える。

「辛いのは分かりますけど、自分を傷つけても何にもなりませんよ」

「……あなた、妊娠したこと、ありますか」

「いえ」低い声で迫田看護師が答える。

滝本は背中を壁に預け、崩れ落ちそうな体を何とか支えた。

「どんな感じなんだろうね。自分の体の中に別の命がいるのって」

「私には分かりません」

「そうだよな」

涼子も分かっていなかったのではないか、と思った。彼女は基本的に隠し事のできない人間で、特に心配事があると、何でもすぐに喋《しゃべ》ってしまう。今回はめでたい話で、隠すようなことでもないはずだから、分かればすぐに話していたはずである。ということは、自分でも分かっていなかった可能性が高い。

「参ったな……」両手で顔を擦ると、ひどく脂っぽい感じがした。顔を洗いたい。シャワーを浴びたい。しかし今は、汚れた体でいることが、自分に科された罰であるように思えた。

「大変でしたけど……」

「気を遣ってもらわなくていいよ」乱暴に言ってから、後悔した。俺は患者でも何でもない。慰めるのは、彼女の仕事ではないのだ。それなのに言葉をかけてくれて……疲れているのだ、優しい慰めを与えるのさえ面倒なはずなのに。

「すいません」しょげた声で迫田看護師が謝る。

「いや……ごめん。少し一人にしてくれませんか」

「本当に、休まなくていいですか？　部屋なら用意できますよ」

「いや、いいです」

迫田看護師がナースセンターに消えたのを見計らい、滝本は立ち上がった。何をするつもりもなく、廊下をふらふらと歩く。いつの間にか、昨日涼子が入院していた病室の前まで来てしまっていた。今は空室で、ドアが開いている。中に足を踏み入れると、湿った冷たい空気が体を包みこんだ。空気を入れ替えるために窓を開けているのだろうが、今日は雨である。かえって部屋の中がじめじめしてしまうはずだ。時折弱い風が吹き抜け、カーテンが頼りなげに揺れる。

部屋に足を踏み入れ、ベッド脇の椅子に腰かける。昨日の夕方も、一瞬だがここでこうやって、涼子の顔を見下ろしていたのだ。蒼白で、まったく血の気のない顔。意識もなく、胸が上下しているのが見えなければ、完全に死んだ、と思ったほどである。しかし滝本は、絶対に元気になると信じていた。涼子は典型的なスポーツウーマンで、学生時代は大学までずっとバスケットボールをやっていた。今も、空いた時間にはジョギングやヨガで体を鍛えている。体力には自信があるはずで、こんな事故では絶対に死ぬわけがないと、滝本は何度も自分に言い聞かせていた。目を開けてくれさえすれば……意識が戻れば……必ず今までと同じ日常が戻ってくると信じていた。

掛け布団の下に手を差し入れる。この下に彼女が寝ていたのか。当然だが温かみはまったくなく、ひんやりとした布団の感触が意識をはっきりさせてくれた。

彼女はいない。今頃、葬儀場に搬送されている頃か、それとももう着いたのか。携帯電話を取り出したが、着信はなかった。まさか昭子は、このまま俺を無視するつもりなのだろうか。いや、そうはさせない。葬儀場も、通夜の時間も病院側から聞きだしたから、嫌がられようが、絶対に押しかけてやる。叩き出されそうになってもしがみつき、涼子と別れの挨拶を交わさなければ。

むきになっている自分が急に恥ずかしくなった。昭子は、娘が妊娠していた事実を聞かされたのだろうか。知らないとしたら、このまま見送るのはまずいのではないか。しかし、自分が知らせる役目を負うのは避けたい。「実はお腹《なか》の中に……」と打ち明けた時、涼子の両親がどんな反応を示すかは、想像もできなかった。

ふと、ドアの方に気配がする。首を捻《ひね》ってそちらを見ると、車椅子に乗った男が室内を覗きこんでいた。その顔はあくまで暗く、親しい人間を亡くしたようだった。ああ……夕べというか今朝、ロビーで話をした男だ。週刊誌の記者。自分が何もできなかったと言って、落ちこんでいた。そんなことはないと否定したのだが、今になって怒りが溢れてくる。そう、この男が何とかしてくれれば、涼子は――二人は死なずに済んだはずなのに。

男は病室には入って来ず、こちらを見ているだけだった。その態度が鬱陶しく、滝本は荒々しく椅子を蹴って立ち上がった。男がそれに気づき、びくりと体を震わせる。駄目だぞ、絶対に暴力は駄目だと自分に言い聞かせながら、滝本は男の許《もと》へ向かった。

「入って下さい」

「いや……」男がふと目を逸らす。

「そこにいたら、変に思われますよ」

「もう、行きますから」

「いいから、入って下さい」

滝本は男の背後に回りこみ、車椅子を押してもう一度部屋の中に入った。ドアを閉めると、男が困惑と恐怖の入り混じった表情を向けてくる。

「彼女は妊娠していました」車椅子の前に回り、相手を見下ろす格好で、滝本は告げた。

「さっき、医者が教えてくれたんです」

「そんな……」男が目を見開く。

「二人、死んだんだ」滝本は冷たい声を叩きつけた。握り締めた拳に、かすかに痛みが走る。「どうして彼女が死ななくちゃいけなかったんだ」

男が黙りこむ。答えの出ない質問を発したことは、自分でも分かっている。慰めてくれる医師や迫田看護師に対しては、こんな怒りは覚えなかったし、夕べはこの男に対して、かすかな感謝の念さえ抱いたのを思い出した。意識のある涼子と最後に目を合わせた人間なのだから……しかし今は、憎しみの方が強かった。この男と会ってから起きた様々な出来事が、心の中を通り過ぎる。昭子に邪険にされたこと。涼子が妊娠していると分かったこと。自分の世界が急速に崩壊していくのを、滝本ははっきりと感じていた。

そしてそれは、明らかにこの男と出会った瞬間から始まったのである。

「教えてくれよ。何で彼女が死ななくちゃならなかったんだ」一層言葉を尖《とが》らせ、滝本は質問を繰り返した。

「それは……」何か言いかけ、男が口をつぐむ。

「あんたが助けてくれなかったからじゃないのか！」

大声で吐き捨て、ベッドを蹴飛ばす。足に痛みが走ると同時に、鈍い金属音が響いた。男がびくりと体を震わせ、車椅子のホイールを両手で握り締める。

「何でちゃんとやってくれなかったんだよ。自分のことだけ考えてたからだろう」

「気を失ってたから……」

男の言い訳が、滝本の怒りを膨れ上がらせた。一歩詰め寄り、いつでも手を出せる距離を保つ。動きを制約されている人間を殴りつけることにも、躊躇《ためら》いは感じなかった。

「ふざけるな！　あんたが涼子を殺したんだ！」

「滝本さん！」

ドアが開き、誰かが飛びこんでくる。相手が迫田看護師だと認識するのに、しばらく時間が必要だった。滝本はゆっくりと体の力を抜き、拳を開いた。全身の毛穴から、エネルギーが漏れていく感じがする。無意識のうちに体が崩れ落ち、その場にへたりこんでしまった。

「駄目ですよ、滝本さん」同情の感じられない、きびきびした口調での命令。「静かにしないと。病院なんですから」

「ああ……」言葉が漏れ出る。怒りは急速に萎《しぼ》み、自分のやっていたことの愚かさが実感できた。「すいません」

車椅子の男は、戸惑った表情のまま無言を貫いていたが、やがて声を上げる。

「立って下さい……本当に、すいませんでした。自分が悪いんだってことは、分かってます」

「いや……」床を見詰めたまま首を振る。

「そんなところで座っていないで」

車椅子の男が手を差し伸べた。そんなことをしても、手を借りるわけにはいかないのに。滝本はのろのろと立ち上がり、椅子に腰を下ろした。背中にベッドが当たっているので、それで何とか体を支えられる。

「辰巳《たつみ》さんも、こんなところでうろうろしてちゃ駄目ですよ。怪我人なんですから」迫田看護師が厳しい口調で言った。

「いや、俺は別に……」

「戻りましょう。大人しくしてないと、鍵をかけますよ」

「ちょっと待ってくれ」滝本は反射的に大声を上げた。この男——辰巳という名前だと初めて知った――とはまだ、話しておかねばならないことがある。誰を恨んでいいのか分からないこの事態の中で、たった一つ、純粋な怒りをぶつけられる存在について。「話したいことがあるんだ」

「駄目です」迫田看護師が怒ったように言い、辰巳の車椅子に手をかけた。

「頼む。ちょっとだけ、話したいことがあるんだ。あなたがここにいてもいいから」

「いいですよ」

うなずいて、辰巳が後ろを振り返った。迫田看護師は困惑した表情を浮かべていたが、辰巳本人が「いい」と言うのだから、無理に戻る必要はないと思ったようだ。ドアを閉めると、もう一度車椅子の後ろに控える。

「何ですか？」辰巳が慎重に切り出した。怒りを招かないようにと、ひどく静かに話しているのは分かる。

「事故の原因です」

「それはまだ……」辰巳が首を振った。

「何でですか？　調べて下さいって、頼みましたよね」ほとんど因縁だと分かっていながら、滝本は声を荒らげた。

「そう簡単には分からないことです。あれだけ大きな事故だと、単純な原因はあり得ない」

「分かったようなこと、言わないでくれ」

「大きな事故の取材経験は何度かあるんです」辰巳が首を振った。「だいたい、原因がはっきりするまでには、相当時間がかかる」

「スピードの出し過ぎじゃないかって」コンビニで見かけた新聞の見出しを思い出す。

「それは間違いないようです」辰巳がようやく顔を上げた。「あの辺は本来、八十キロで走る場所のはずだった。それが、百二十キロ出ていたのは間違いないです。記録に残っているから」

「何でそんなことを……」滝本は唇を噛んだ。車ではないのだから、スピード違反なんてあり得ないはずだ。

「それが分からないところなんだ」車椅子から、辰巳が身を乗り出した。「普通なら、そんなにスピードを出すことはない。特にあそこはカーブだから、普通よりスピードを落として運転しなくちゃいけない場所なんです。でも、運転士が死んでいるから、はっきりしたことは分からない」

「まさか」滝本は首を振った。「あんな大きな事故で原因が分からないなんてことが……」

「あるんです。珍しいことじゃない」

滝本はまた、怒りが膨れ上がるのを感じた。厳しい視線を辰巳に送ったが、背後に控える迫田看護師が首を振るのを見て、ゆっくりと深呼吸して気持ちを落ち着けた。

「じゃあ、いったい、いつになったら分かるんですか」

「それは、何とも言えない」

「調べてくれるって約束してくれましたよね」滝本は一歩を踏み出した。

「調べますよ。でも、この足じゃ……」辰巳が、ギプスで固められた足を見下ろした。

「その……あなたたちは、電話でも情報を取って記事にするんじゃないんですか」

「それができる時と、できない時があるんです。病室だと監視が厳しいんで」辰巳が寂しそうに笑った。後ろでは、迫田看護師が苦笑いしている。

「何なんだよ」

椅子から立ち上がり、距離を詰めた。辰巳は逃げようとするわけでもなく、悲しげな視線を送ってくる。

「何だか分からないから、こういう事故が起きるんです。普通は、事故は起きるものじゃないんだから。人が予想できないことがあったからこそ、事故になるんです」

「そんな理屈はどうでもいい！」意識して抑えていた気持ちが吹き飛んだ。「誰の責任なんだよ。誰があの事故を起こしたんだよ」

滝本はぎりぎりと歯を食いしばった。今の辰巳には答えようがない質問だと分かっていたが、何か言わずにはいられない。

「責任の所在は、必ず分かる」

「違うだろう。いつもうやむやになるじゃないか」

「そんなことはさせない」

適当なことを……という台詞が喉元まで出てきたが、言えなかった。何だかんだ言って辰巳は事故の当事者であり、ただ取材している立場とは気持ちも違うだろう。普段より力を入れて、真相を探り出そうとするはずだが、足が不自由な状態ではどうしようもないかもしれない。だが今の滝本は、彼に頼るしかなかった。

「絶対に分かりますか」音を立てて椅子に腰を下ろしながら、滝本は念押しした。

「分かります」

「どうして保証できるんですか」

「事故を起こしたのは会社だ。会社の中には、必ず真相を知っている人間がいる。そういう人を捕《つか》まえることができれば、絶対に真相を喋ってもらえる」

「捕まえられるんですか。会社だって、絶対に隠そうとするでしょう」

「今の時代では、そういうことは許されないんですよ」やけに自信ありげに辰巳が言った。「隠そうと思っても、必ずどこからか漏れる。警察より早く、絶対に真相に近づきますよ」

「信じていいんですか？」

「——自分のエゴのために取材するんじゃないんだ」言葉を切り、辰巳が大きく息を呑んだ。「普段だったら、ただの仕事です。でも今回は、俺は当事者なんだ。それ以上に、目の前で死んでいった人がいる……そういう人に成仏してもらうために、自分ができることは、一つしかない」

格好つけてるだけじゃないのか。白けた気分になりかけたが、彼の真剣な目つきを見て、滝本は背筋が伸びる思いだった。そう、当事者……意識のある涼子と最後に目を見合わせた人物。あの事故に、特別な思いを抱いたとしても不思議ではない。だが、信じていいのか？　この窮地から逃げ出すために、適当なことを言っているのではないのか。判断できない。人の心の奥底を覗くことなど、できないのだから。あるのは、信じるか信じないかという自分の決断だけ。今は、それに賭ける勇気がない。

「……しばらく、ここにいてもいいかな」

滝本は、迫田看護師の顔を見て訊ねた。彼女の顔に困惑が広がる。

「休みたいなら病室でって、あなたが言ったでしょう。この部屋で休みたいんだ」涼子の存在、その痕跡が残る最後の場所。彼女が最後の呼吸を終えた場所。

「分かりました」迫田看護師が部屋の奥に歩いて行って、窓を閉めた。静かなノイズになっていた風の音が止《や》み、今度は廊下のざわめきが部屋に入ってくる。滝本は辰巳にうなずきかけ——謝罪する気にはなれなかった——彼を解放することにした。

「何も思ってなければ、こんなところには来ない」

辰巳が言った。言い訳ではなく、説明。それも滝本には納得できるものだった。

「気持ちを忘れないために……俺は、涼子さんの葬儀には行けそうにない」辰巳がギプスに覆われた自分の足を見た。「行けないから、この部屋が……」

「分かってます」滝本は低い声で言った。「分かりましたから、少し一人にさせてくれませんか……自分でも支離滅裂なのは分かってます。だけど、首尾一貫して考えられない」

辰巳が顎に力を入れてうなずく。無言のまま車椅子を回転させ、ドアに向かった。先回りした迫田看護師がドアを開け、辰巳を通す。出て行く直前、彼女は一度だけ振り返り、滝本に向かってうなずきかけた。

ドアが閉まり、滝本は静かな空間に一人取り残された。ズボンのポケットに両手を突っこみ、閉まったドアをしばらく凝視する。ほどなく、目を開けているのにも疲れてきた。こんな病室が……こんな場所が自分のいるべきところなのか？　……しかし辰巳も、ここには涼子の気配が残っている、と言いたかったのだろう。

上着を脱いでロッカーにかける。ズボンを脱ぐのは何かまずいような気がして、そのままベッドに潜りこんだ。清潔そうな、洗剤と消毒薬の匂いが全身を包みこむ。頭の後ろに両手をあてがい、天井を見上げた。白い平面が眼前に迫ってくるようで、妙な圧迫感を覚えた。目を閉じてみたが、眠気は訪れない。眠っていいのだ。眠るべきなのだ。通夜は午後六時から。それまでに埼玉へ行けばいいのだから、時間はたっぷりある。何もすることがない辛さを紛らすためには、眠ってしまうのが一番だ。本当は家に寄って、黒いスーツに着替えてくるべきなのだが、まだあそこへ行く気にはなれない……あれこれ考えているうちに、意識が薄れた。

何も考えずに眠れるのはありがたい。少しの間、死んだように眠ることこそ、今の自分には必要なのだ。

かすかに、涼子の匂いを嗅《か》いだような気がした。

7

「——さん、滝本さん？」

誰かに起こされるのは久しぶりだな、と思う。涼子はとにかく朝に弱く、いつも自分が先に目覚めて彼女を起こすことになっていた。誰かに名前を呼ばれて、眠りから引きずり出されるのは……愉快なものではない。それだけ深い眠りで、意識がずっと奥底に沈んでいたのだ。

滝本は何とか目を開けて、目の前の状況を確認しようとした。聞き覚えのある声は、やはり迫田看護師のものだった。

「まだいたんですか」何時なんだ、と思いながら滝本は訊ねた。左腕を上げて時刻を確認すると、まだ午前十時である。寝てから一時間ぐらいしか経っていない。冗談じゃないぞ、睡眠はこれからが本番だっていうのに――しかし、迫田看護師の真剣そうな眼差《まなざ》しが、心の中に芽生えた文句を押し潰した。

布団を撥《は》ねのけ、上体を起こす。病室内にはひんやりとした空気が流れており、それを全身で浴びているうちに、意識が鮮明になってきた。

「私はもう帰りますけど、ちょっと……」迫田看護師の顔に困惑が浮かぶ。

「どうかしたんですか」声が嗄《か》れているな、と意識しながら訊ねる。

「会社の人が訪ねて来てるんですよ」

「会社？」辻がわざわざ探しに来たのだろうか、と困惑する。サイドテーブルに置いた携帯電話を取り上げてみたが、どこからも着信はなかった――昭子からも。それが苛立ちを加速させる。結局俺を無視し続けるつもりなのか。

「東広鉄道の人なんですけど」

「何で」頭の中が一気に混乱した。訪ねて来られるいわれもないはずだ。いったい何が……訳が分からないままベッドを抜け出し、上着を身に着ける。「俺に会いに来たんですか」

「滝本さんだけじゃないんですけど……この病院にいる事故の関係者に会いに来てるんです。入院してる人とか、亡くなった人のご家族とか」

「何のために」声が不機嫌なのは、自分でも分かった。「何でこのタイミングなんですか」

「詳しいことは聞いていないので」迫田看護師が唇を噛み締める。

「ああ、ごめんなさい」彼女を締め上げても何にもならないのだ、と滝本は反省した。「俺を探してるんですか？」

「関係者に会いたいと頼まれたので」

「会います」会って何ができるか分からなかったが、向こうが「会いたい」と言っているのだから、拒絶することもないだろう。もしかしたら昭子たちのところにも行っているかもしれないが、向こうが会うかどうかは分からない。両親は拒絶するのではないか、と滝本は想像した。「どこへ？」

「会議室を用意しましたから」

「病院も、そこまで面倒みるんだ」

「行きがかり上、ですね」面倒臭そうに迫田看護師が言った。そろそろエネルギーが切れかけているようである。

「あなたも早く帰って寝た方がいいですよ」

「そうします……取り敢えず、滝本さんのことが終わったら」

「そこまで面倒見てもらわなくてもいいけど」

「そうもいかないんですよ」力なく首を振る。

彼女に心配をかけてはいけないなと思い、滝本は勢いをつけて歩き出した。わずか一時間寝ただけだが、疲労感は薄れている。まだ、昨日の興奮の余韻で動いているだけのようではあったが、取り敢えず動けそうだ。

迫田看護師の案内で、二階上にある会議室に向かう。二人とも終始無言だった。滝本は足に疲れを感じたが、何とか気力を奮い起こして先を急ぐ。迫田看護師が「第二会議室」と札のかかった部屋の前で、足を止めた。ドアは細く開いており、中から低い声での話し合いが聞こえてくる。

「一人で行かないと駄目かな？」

「うーん」迫田看護師が首を傾《かし》げる。「私は、この件では関係者じゃないですから」

「そうですよね」誰かに一緒にいて欲しいとは思ったが、それを彼女に望むのは強引過ぎるだろう。ここは一人で対処しなければならないのだ、と自分に言い聞かせる。何の話か分からないが、要するに謝罪だろう。取り敢えず、謝る。補償問題などは、それから出てくるべき話だ。

ノックせずに部屋に入る。広い会議室には、二人がいるだけだった。スーツは制服のように揃いのグレーで、ネクタイも同じ濃い灰色である。何だか葬式に出るような格好で、滝本はまずそれが気に食わなかった。普通の格好で来ればいいのに……縁起でもない。二人が同時に立ち上がり、申し合わせたように頭を下げた。ぴたりと静止し、五秒後にまた同時に頭を上げる。あまりにも息の合った仕草に、滝本は怒りも忘れてしまった。

背の高い方の男が、デスクの脇をすり抜けるように歩み寄って来た。すぐに名刺を差し出す。「東京広域鉄道広報部　主任　御手洗正弘《みたらいまさひろ》」とあった。年齢は滝本と同じぐらい。すらりと背が高く、笑っていれば愛嬌《あいきよう》のある顔のようだが、今は苦渋に沈んでいた。目の下には隈ができ、唇はかさかさに乾いている。滝本は名刺を受け取り、右手で持ったまま、彼の言葉を待った。もう一人の男が背後に控えて、名刺を渡そうとするタイミングを計っていたが、動きが止まってしまった。

「何でしょうか？」滝本は自分から言葉をかけた。

「今回は、まことに申し訳ございませんでした」

御手洗が深々と頭を下げる。膝に頭がくっつきそうな勢いだったが、だからといって胸を打たれることもない。今は誰に何を言われても、ひび割れた感情が癒されることはないのだ。

「いや、あの……座りませんか」我ながら間の抜けた言い方だが、三人で突っ立っているだけでは、話は一向に進まないだろう。どうせ、通り一遍の「謝罪」をするだけなのだろうから、早く済ませてしまいたい。この謝罪に、どれほどの誠意が籠っているかは分からなかったが、とにかく面倒だった。

もう一人の男から名刺を受け取る。こちらも広報部の人間だったが、肩書きはない。御手洗が上司ということか。

三人は、テーブルの角を挟むようにして座った。正面に座ることもできたのだが、滝本は二人の顔を真っ直《ます》ぐ見る気にはなれなかった。斜めの位置なら、目を逸らしていても大丈夫である。

「このたびは、大変なご迷惑をおかけして、まことに申し訳ございません」

脚本に書いたような台詞を口にして、御手洗がまた頭を下げる。テーブルに頭がぶつかりそうな勢いだった。滝本は頭の中で数を数えてみたが、きっちり五秒だった。先ほどの立ったままでのお辞儀も五秒。こういうのもマニュアルに書かれているのだろうか、とぼんやりと考える。お辞儀は五秒。それ以上でもそれ以下でも誠意は通じない、とか。

「あの」滝本は、自分でも分からぬうちに間抜けな質問を口にしていた。「こういうことも、広報部の仕事なんですか？」

「はい？」御手洗が困ったような表情を浮かべる。

「いや、ですから謝罪とか……ちょっと違うような気もするんですけど」

「全社的に取り組んでおりますので」

人手が足りないというわけか。納得して、滝本は素早くうなずいた。こいつらだって、マニュアル通りに謝罪を済ませて、さっさとすぐ次に移りたいだろう。今日はほかにどんな仕事があるのか知らないが、これだけでお腹一杯になってしまうはずだ。今夜のビールは苦いだろう、と余計な心配までしてしまう。

「滝本靖《やすし》さん、でよろしいですね」御手洗が気を取り直して話を進める。

「はい」

「水野涼子さんの婚約者、ですね」

「そうです」

「今回は、会社として謝罪させていただくと同時に、今後の連絡のために、関係者の方の名簿を作っています」

俺が関係者かどうかは微妙なところだろうけどな、と滝本は皮肉に思った。昭子は認めないだろう。しかし八十人も亡くなっているとしたら、俺のような立場の人間がほかにいてもおかしくない。家族ではないが、恋人とか……それを家族が知らなかったとしたら、面倒な話になるのではないだろうか。

「ご連絡先をお教え願えると助かるんですが」

「涼子の家族には？」

「それが……」御手洗が舌を出してちらりと唇を舐《な》めた。乾ききった唇は、そんなことでは潤《うるお》いそうもなかったが。「埼玉のご実家の方はもう訪ねたのですが、会っていただけませんでした」

「それで、代わりに俺に？」

「そういうわけではありませんが、連絡が途切れるとまずいので」

御手洗は必死に言葉を選んでいるな、と思った。こちらを傷つけず、怒りを招かないような無難な言葉を。しかし「無難」が怒りを呼ぶこともあるのだと気づかないのだろうか。何もしていないのと同じなのである。

「申し訳ないですが、ご連絡先をこちらにお書き願えると助かります」

御手洗がＡ４判の用紙をこちらに差し出した。続いてボールペン。それを無視して、滝本は自分のスーツのポケットからペンを取り出した。名前、住所、連絡先電話番号、メールアドレスと次々と記入していく。何だか、街中で何かの勧誘に引っかかって書かされているようだな……だいたい、メールアドレスなんか必要なんだろうか。「東広鉄道からのお知らせ」などというメールが届いたら、嫌な気分になるに決まっている。迷惑メールに振り分けて、読まないようにしてしまう気がした。

「これでいいですか？」

記入を終えた用紙を差し戻す。御手洗が丁寧に読み返し、うなずいてブリーフケースにしまった。「ありがとうございます」ともう一度頭を下げたので、そこで彼の仕事は終わりなのだと分かった。俺が暴れないのでほっとしているだろうな、と皮肉に考える。

少し突《つつ》いてやるか。

「事故の原因は、何なんですか？」

「申し訳ありませんが、それはまだ調査中ですので……申し上げられません」

「スピードの出し過ぎっていう話がありますけど、電車でそんなこと、あるんですか？」

「それも含めて調査中です」御手洗の顔が強張った。

「そんなに時間がかかることなんですか？　会社の中の話でしょう」

「申し訳ありません。警察の方でも捜査しているので、余計なことは言わないように指示されているんです」

つまり、何か知っているわけだ。警察を隠れ蓑《みの》として責任逃れをしているだけじゃないのか？　滝本は怒りがじわじわと沸騰してくるのを感じた。いつもこうなのだろう。会社ってところは……最後は誰も責任を取らない。こちらの怒りが収まるまで、ひたすら頭を下げて「時間がかかる」「まだ分からない」と言い訳を続ければ、そのうち飽きると思っている。もしかしたら、自分の会社も同じかもしれない。取引先との小さなトラブルはいくらでもあるのだ。違約金、という話になることも少なくない。その場合、自分はどうしていただろう。できる限りの説明をした後は、ひたすら頭を下げ続けたのではないか。

しかし東広鉄道は、「できる限りの説明」すらしていない。ただ逃げているだけだ。

滝本は、頭に血が上るのを意識した。

「それだけですか？　皆さん、そういう説明で納得しているんですか」

「そういう風にお話しさせていただいています」

「そんなことで納得する人、いないでしょう。本当はもう、原因は分かっているんじゃないんですか。隠してるだけなんでしょう」

「現在、調査中です」御手洗の表情がさらに強張る。「しばらくお待ちいただかないと……」

「あのさ、あんたたち、少し調子に乗ってるんじゃないか？」滝本は丁寧さをかなぐり捨てた。「鉄道会社だから、公共的な企業だから、何をしても潰れないと思ってるんだろう。だからって、いや、だからこそ、ちゃんと説明して欲しいんだよな」

「すいません、今はこれ以上説明できるだけの材料がないんです」御手洗が頭を下げる。だが今度は、あっという間に顔を上げてしまった。マニュアルには載っていない突っこまれ方だったのかもしれない。

「話さないように言われてるんでしょう？　あなた、そこまで説明できる権限がないんでしょう？」

御手洗が黙りこむ。今の攻撃は急所を突いたのだなと分かり、滝本は嵩《かさ》にかかって攻め始めた。暗い喜びが湧き上がってくる。

「どうせ、このまま頭を下げ続けていれば、こっちが諦めると思ってるんだろうけど、そんな訳にはいかないんだ。あんたたちは、犯罪者……犯罪者集団なんだよ！　今すぐ原因をはっきりさせろ。分かっていることを全部言え！」

言葉を切ると、嫌な沈黙が部屋に満ちる。御手洗は呼吸さえしていないようで、じっと滝本を凝視するだけだった。滝本は言葉を呑みこんだまま、呼吸を整えた。言ってもどうしようもないことは分かっていたが、言わずにいられない。暗い喜びは、あっという間にただの怒りに変わっていた。目の前にいる二人を殴りつけたい。足腰が立たないほど痛めつけ、窓から放り出してやりたい。

滝本は立ち上がり、二人に覆い被《かぶ》さるように身を乗り出した。

「こんなことで逃げ切れると思ってたら、大間違いだからな。絶対、責任を追及してやる。責任者が自殺するまで追いこんでやる」

「申し訳ございません」御手洗がまた頭を下げる。

「申し訳ございませんって、それ以外に何もないのかよ。マニュアル通りに謝ってもらったって、死んだ人は帰って来ないんだ！」

「申し訳ございません」頭を下げたまま、御手洗が繰り返した。歯を食いしばっているような声だった。

それで滝本は切れた。こいつらは本当に、嵐が過ぎ去るのを待っているだけなんだ。いつかはこちらの怒りのエネルギーも切れると思っている。だけどな、エネルギーが余っているうちに、攻撃を仕掛けることはできるんだぞ。

気づくと、滝本は御手洗のスーツの襟《えり》を摑《つか》んで引っ張り上げていた。御手洗は背は高いが体重はさほどではなく、抗《あらが》おうともしない。乱暴に腕を振り回して御手洗を床に押し倒し、のしかかった。若い社員が滝本を引き剝《は》がそうとしたが、滝本は体重をかけて、御手洗の首を締め上げ始めた。御手洗の顔が真っ赤になり、滝本の手首を摑んで何とか縛《いまし》めから逃れようとしたが、滝本は絶対に放す気はない。生まれて初めて、はっきりとした殺意を感じて、もう止まらなかった。

「待て待て！」

誰かが叫んだ——この部屋にいた人間の声ではない。直後、滝本は体が浮くのを感じた。すぐに床に転がり、頭を少し打った。痛みに耐え、四つんばいになりながら、何とか状況を頭に入れようとした。御手洗は床に大の字になったまま、胸を上下させている。制服警官が彼の上にしゃがみこみ、「大丈夫か？」と訊ねた。御手洗が苦しげな息の下から「大丈夫です……」とつぶやき、その場で胡坐《あぐら》をかく。警官はしばらく彼の顔を観察していたが、大丈夫と判断したのか、手を貸して立たせた。椅子に座った御手洗はネクタイの歪《ゆが》みを直し、深呼吸をしていたが、落ち着くと立ち上がり、床にへたりこんだままの滝本に向かって深く一礼した。

「ふざけてるのか！」馬鹿にされたように感じ、滝本は立ち上がってまた御手洗に突っかかろうとしたが、警察官に割って入られた。

「馬鹿なこと、するもんじゃない」

高石だった。途端に怒りが萎み、傍《かたわ》らの椅子にへたりこんでしまう。

「ちょっと、出ようか」

言われるまま立ち上がり、彼の背中を追った。振り返って御手洗の顔を見る気にはなれない。

廊下に出ると、高石が制帽を取り、髪の乱れを直してから被り直した。何とか笑みを浮かべようとしたが、強張って奇妙な表情になってしまう。

「あんたね、気持ちは分かるけど、乱暴しちゃいけないよ」

すいません、という謝罪の言葉が頭に浮かんできたが、口にする気にはなれなかった。自分は悪くない。絶対に東広鉄道に責任を負わせてやるという気持ちは、微塵も揺るがなかった。

「こんなことがあるんじゃないかと思って、警戒してたんだよ」

「東広鉄道のやり方は、許せませんよ」滝本は言葉を叩きつけた。「あんな簡単な謝罪で、全部済ませようとしているんだから」

「今の段階では仕方ないんだぞ」

「何か分かっていて、隠しているんじゃないですか」

「それは、俺には分からないけどな」高石が首を振った。

「警察にも分からないんですか？」

「昨日の今日で、事故の原因がすぐ分かるわけじゃないよ。警察も一生懸命やってるんだぞ」

「それは分かりますけど、こっちはどうしようもないんですよ！」

「分かってる」高石が滝本の肩を叩いた。「でも、焦ったら駄目だ。きっちりやるから。それに東広鉄道も、何が何だかまだ分かってないんじゃないか？　取り敢えず頭を下げに来たんだから、謝罪は受け入れなさいよ。今そうしたって、これから先、手足を縛られるわけじゃないんだから」

「あんなの、謝罪じゃないですよ」

「弁護士には連絡した？」低い声で高石が訊ねた。

「……いや、まだです」

「早く連絡しなさい。今みたいなことがあると、よくないよ。個人で怒りをぶつけないで、皆でまとまって行動した方がいい。会社と戦うのは、弁護士に任せるんだ」

「あんな会社、自分の手で叩き潰してやりますよ」

「あんたがそんなことをしたら、俺はあんたを逮捕せざるを得なくなるよ」

逮捕、という硬い言葉に触れて、滝本はすっと怒りが引くのを感じた。そうだろうな。警察官としては、目の前で暴行事件があったら見過ごすわけにはいかないだろう。滝本は壁に背中を預け、そのままずるずると廊下にしゃがみこんだ。

「そんなことになったら、本末転倒だろう」高石が目の前で膝を折り曲げ、滝本と目の高さを同じにする。「ま、今日のことは見なかったことにしておくから。向こうも訴えたりはしないでしょう」

「何もできないんですか、俺は」

「戦えばいいんだよ」

「戦おうとしたらあなたが止める」

「あんな戦い方は認めないから。弁護士を頼りなさい。ほかの被害者の家族と話をしなさい。自分勝手に突っ走るより、その方が絶対にいいんだ。他人に悩みを話してみるのもいい」

「傷の舐め合いですか」馬鹿馬鹿しい。そんなみっともないことはしたくなかった。「一人一人、事情が違うんですよ。話したって、分かり合えるはずがない」

「何もしないうちから、そんなことを言ってどうするんだ。傷の種類は一つ一つ違うかもしれないけど、皆同じ悲劇を経験しているんだぞ。必ず何か、響き合うものがある」

　皆、どうやって乗り越えるのだろう。大きな事故。災害。一瞬にして家族を亡くした後、どんな風に日常を取り戻すのか。同じ経験をした人たちといくら語り合っても、何も生まれないような気がした。だいたい自分はまだ、あの事故の被害者遺族と会っていない。会ったところでどうなるとも思えなかったし、弁護士に相談して「被害者同盟」のようなものを結成し、その集会に参加している様も想像できなかった。

「とにかく、短気は駄目だ」高石が滝本の肩をぽん、と叩いた。今まで何度も繰り返された仕草。こういうコミュニケーションで、傷ついた人を何人も癒してきたのだろう。

「……分かりました」こんなところでいつまでも言い合いをしていても、何にもならないだろう。かなり早いが、もう埼玉に向かおうか。嫌な記憶の残る病院を離れ、とにかく涼子と最後の別れをしなければ。

「だったら、とにかく気持ちを落ち着けてな……そうだ」高石がまた手帳に何か書きつけ、破って渡した。「これ、俺の携帯の番号だから。何かあったら電話してくればいい」

「はあ」

　ここまでやるのは、警察官としての職務を逸脱しているのではないだろうか。滝本のそんな気持ちを読んだのか、高石が薄い笑みを浮かべて首を振る。

「普通は、自分の電話番号なんか教えたりしないんだがな。あんたは、何か危なっかしいんだよ」

「そうですか?」自分ではそんなことは思ってもいなかった。まったく普通のサラリーマン。何の波風も立てず、仕事をして、結婚を控え……全てが変わってしまったという事実が、徐々に心に染みてくる。

「よほどきついんだな。簡単には受け入れられないと思うけど」

「彼女、妊娠していたんです」

高石が口をつぐむ。目が細くなり、厳しい光が宿った。

「全然知らなくて……さっき、医者から初めて聞かされました。二人、殺されたんですよ。俺の子どもだったんですよ」

「そうか」高石がぽつりと言った。「残念だ。本当に残念だな」

その目に涙が光るのを、滝本は見逃さなかった。こんなの、警察官としてどうなんだろう。俺は単に、仕事上でかかわりができた相手に過ぎないはずなのに。警察官の仕事の中に、被害者の家族を慰めるようなことは入っていないだろう。

だが、その涙に滝本は間違いなく癒された。

8

弁護士と話すのは生まれて初めてだった。どんな難しい話が出てくるのかと緊張して電話番号を打ちこんだのだが、滝本は肩透かしを食った。「ほかの電話中なので、折り返し電話します」という事務員の淡々とした口調は、滝本の気力を削いだ。折り返しの電話——こんなことは、普通に仕事をしていれば珍しくもないのだが、今回ばかりは勝手が違う。一刻も早く相手と話し、何か有益なアドバイスを貫いたいと切望していた。慰めの言葉までは期待していなかったが、むしろ事務的にいろいろ説明してもらった方がありがたい。集団訴訟に参加するかどうかは別として——ほかの被害者家族と気持ちが通い合うとは思っていなかった——これからいろいろなことがどう動いていくのか、見通しだけでも欲しかった。目の前に霧がかかったようなこの状況に、いつまでも身を浸しているわけにはいかない。

病院の駐車場にあるベンチに一人腰かけていると、時間を潰すのが困難だと思い知る。普段なら、空いた時間にはすぐに携帯電話でニュースサイトにアクセスし、何か面白いことはないかと探すのが常なのだが、今はどうしてもニュースを見る気にはなれない。東広鉄道の事故は、依然として大きく扱われているだろう。もしかしたら、被害者の名前が出ているかもしれない。

覚悟は決めたつもりだったが、そこで涼子の名前を見たら……無機質なディスプレイの上で彼女の名前を確認した時、自分の精神状態がどうなるか、不安で仕方がなかった。とにかく今は、目から入る情報はシャットアウトしておこう。弁護士に聞かされた方が、いくぶんかましだ。その情報が完全に頭に入るかどうかは分からなかったが。

雨は上がっており、黒く重たげな雲が、低い空で動いている。この季節には似つかわしくない冷たい風が吹き抜け、思わず身震いした。濡れたベンチに指先で触れ、冷たい感触をじっくりと味わう。指先の冷たさはすぐに緩和され、体温が戻ってくるのだが……死について考える。当然、死んでしまった人間は、自分の体が熱いとか冷たいとか感じることはできないのだが、死にゆく時はどうなのだろう。次第に熱が奪われる感覚を味わうのか、それともそんなことは気にもならないのか。

馬鹿馬鹿しい。全てが馬鹿馬鹿しい。弁護士からの電話を待っているのも、意味がある行為とは思えなくなった。もう、行くか。通夜の席では、昭子と悶着《もんちゃく》があるかもしれない。どの席に座るか。焼香の順番は……。正式に婚約していたのに、家族として認められない寂しさに耐えられるとは思えなかった。かといって、昭子と抱き合って悲しむ自分の姿を想像することもできなかった。だったら、葬儀場の片隅で、一般の参列者に混じって無言で見送るのがいいのか……しかし葬儀の後には、涼子の遺品を片付けなければいけないだろう。二人で暮らした部屋に、昭子が足を踏み入れることを想像しただけで、不快な気分になった。もちろん向こうにとっては娘なのだが、自分には誰よりも大事な人なのだ。二人だけの想い出も当然あるわけで、それを踏みにじられるのだけは避けたい。だったら、先んじて大事な物は隠してしまおうか……そう考えたが、今はまだ、部屋に入る気になれない。

結局、何をどうしたいのか、自分でも分からないのだ。

立ち上がり、歩き始めたところで携帯電話が鳴る。先ほど自分がかけた弁護士事務所の番号が、ディスプレイに浮かんでいた。一つ深呼吸をしながら、歩き出す。ベンチに戻ろうかとも思ったが、体を動かしている方が楽だった。

「もしもし」

「滝本さんでいらっしゃいますか?」少し高い、よく通る声。弁護士としては大きな武器かもしれないが、今の滝本にとっては、神経を逆撫でされるようなトーンだった。どちらかといえば、低い、落ち着いた声を期待していたのだが。

「滝本です」

「弁護士の石立です。お電話いただきまして」

「はい」

探るような口調はそこまでで、石立はいきなりスピードを上げて喋り始めた。

「今回の事故で、婚約者の方を亡くされたと伺っています。大変残念なことでした。取り敢えずお悔やみを申し上げます。お悲しみのところ、余計なことを考える余裕はないかもしれませんが、同じような悲しみ、苦しみを抱えたご遺族の方がたくさんいらっしゃいます。今後、会社との交渉が問題になってきますが、ばらばらにやっていては、会社側から切り崩される可能性もあります。ここはぜひ、被害者同士集まって、一致団結して交渉に当たるのが、会社側に対する圧力にもなります。どうか是非とも参加していただいて、皆と一緒に戦いましょう」

一気にまくしたてた口調は、滝本を白けさせた。何なんだ、この弁護士は……結局、自分の商売を第一に考えているだけじゃないか。あるいは売名行為。こういう大事故が起きた時、会見に弁護士が同席してまくしたてる場面は、滝本もニュースで見たことがある。あれは、最高の宣伝になるんだろうな。無料でニュースに取り上げてもらって、名前を売れるんだから。

高石に対する義理もあって電話したのだが、気持ちはどんどん醒《さ》めていく。こんな風に事務的に進めたら、こっちが白けていくのが分からないのだろうか。弁護士なんて、所詮金儲《かねもう》けのことしか考えていないのか……このまま電話を切ってしまおうと、携帯を耳から離した途端、石立の甲高い声が突き刺さってきた。

「待って下さい」

思い直し、一つ深呼吸をしてから携帯を耳に当てる。

「今のは、言わなくてはいけないことなんです」

「どういうことですか?」

「弁護士としての業務を説明しなければならないから」

彼は意外に若いのではないか、と滝本は思った。声の調子が、若々しさを感じさせる。だからこそますます、任せておいて大丈夫だろうか、という気持ちになった。こういう時は、もっとベテランの、頼りがいのある弁護士が出てくるべきではないだろうか。

「今は、真面目に考えていただかなくて結構ですよ」

「私は真面目ですよ」むっとして滝本は言い返した。この弁護士は何が言いたいのだろう。歩道の先を睨みながら歩いていると、いきなり「ばしゃっ」という音がして頭から水を浴びた。クソ、車が水溜りに突っこんでいったのか。冗談じゃないぞ……と怒りがこみ上げたが、車は水を撥ね上げたことにはまったく気づかない様子で、スピードを落とさず去っていく。

「もしもし？」石立が甲高い声で呼びかけた。

「ああ、何でもないです」いい加減、不快感を通り越して滑稽な気分になってきた。どれだけ悪いことが降りかかってくるのか。これで、一生分の悪運が消えたのではないかと思った。それにしても、ひどく濡れた。体の右側がずぶ濡れになっている。これはやはり、服を着替えないと……部屋に足を踏み入れる恐怖はあったが、このままでは通夜に行けない。左右を見回し、ちょうどタクシーがやってきたのを見つけて手を上げた。家へ帰るなら東広鉄道を使うのが一番早いのだが、今はあの電車に乗る気にはなれない。絶対に乗るものか、と頑《かたく》なになる一方だった。そもそも、運転を再開したかどうかも分からないし。

タクシーに乗りこみ、携帯電話の送話口を手で押さえたまま、行き先を告げる。シートに背中を押しつけると、濡れたスーツの冷たさがそのまま体に響くので、背中を丸め、浅く座る妙な格好になってしまった。

「もしもし？　聞こえてますか」

石立の心配そうな声が鬱陶しい。金蔓《かねづる》を逃すのを恐れているのだろう。まったく、弁護士というのは、しつこいセールスマンのようなものだ。自分だって、営業電話をかける時はしつこくなるが、これほどではない。少なくとも、相手の声の調子を読んで、乗り気でない時には引く。

「ああ、すいません。今、タクシーに乗りました」

「大丈夫ですか？」

「踏んだり蹴ったりですね」

「はい？」

相手の疑問に答える気にもなれない。うんざりした気分が強まり、滝本は一層背中を丸めた。

「とにかく、今すぐ決めなくてもいいですから」

「さっきと言ってることが違うじゃないですか」

「早く参加した方が、いろいろと準備ができるのは間違いありません。ただ、こういう場合は皆さん、簡単に割り切れないものですからね。相手に損害賠償を求めるよりも、一人きりで傷を癒すことを選ぶ人も少なくないんです。実際私も、損害賠償という考え方に、全面的に賛成しているわけじゃありません。亡くなった人の価値を、金で決められるようなものですから。それが我慢できない方がいるのも、当然のことです。実際、原告団に参加しながら、途中で訴えをやめる方もいらっしゃるんですよ」

「すいませんが……」滝本は額を手で揉んだ。頭の奥を締めつけるような頭痛が、先ほどから襲ってきている。「何を仰りたいのか、よく分かりません」

「気持ちのままに、好きにしていただいていい、ということです。ただ、私はいつでもバックアップするつもりでいますから。困った時には、いつでも頼っていただいて結構です。力になれると思います」

「営業トークとしてはイマイチですね」そんなつもりはないのに、つい口に出してしまった。しかし、言ってから「しまった」という気にはなれない。今の俺には、あらゆる人間に毒を吐く権利があるはずだ。

「営業ではありません。仲間のためです」

「仲間？　あなたと話すのは、これが初めてですよ」

「種類は違うけど、私もあなたの仲間なんです」

「訳が分かりませんね」滝本はゆっくりと首を振った。もしかしたら自分は、あの事故以来、どこか別の世界に飛ばされてしまったのではないか？　いろいろな人が、好き勝手なことを言う。こちらの気持ちを慮《おもんぱか》っているようで、その実は適当な言葉を並べているだけだ。そんな態度が、どうしても許せない。本当に必要なのは、安全で暗い部屋で、一人閉じ籠ることではないのか。気持ちが落ち着くまで……落ち着くことなど、ないかもしれないが。

「私も、同じような訴訟に参加したことがあるんです」

「それは、弁護士だから当然じゃないんですか」

「いや、原告……被害者の家族として」

反射的に何か言おうとしたのだが、滝本が腹に抱えていた言葉は凍りつき、出てこなかった。咄嗟《とっさ》に浮かんだのは、「この男は嘘をついている」という疑念だった。こちらを丸めこむために、適当なことを言っているのではないか。

「薬害訴訟があったんです」石立が淡々と説明を始めた。滝本にも聞き覚えのある裁判だった。「薬の副作用で父親が亡くなりましてね……私が中学生の時でした。母親が働いて、何とか大学に入れてもらったんですけど、母親も働き過ぎで体を壊して、私が大学生の時に亡くなりましてね。その頃ちょうど、薬害問題が浮上して、製薬会社と政府に対する訴訟が起こされたんです。私も原告団に入って、裁判で戦いました。父親がいい加減な薬のせいで死んで、母親が亡くなった遠因もそこにあったわけですからね。その過程で、私は弁護士になろうと決めました。世の中には、同じ問題で苦しんでいる人がたくさんいるんです。でも、互いに連絡を取り合って、一緒に立ち上がる手段がない。だったら自分が、接着剤の役割を果たそうと思ったんです」

「そうですか」理屈は分かる。自分がこんな状況になかったら、少しは感動していたかもしれない。だが今は、彼の正義感を「金儲けの手段だ」と置き換えて解釈してしまうのだった。

「とにかく、世の中には同じ苦しみを持った人が必ずいるんです。そういう人たちと触れ合うことで情報も得られますし、癒しにもなります。馬鹿馬鹿しいと思うかもしれませんが、経験者の私が言うんだから、間違いないですよ」

「ええ」相槌を打つ声から、熱が抜けてくるのが分かる。石立の言葉に、素直に同意する気にはなれなかった。

「今すぐ、でなくてもいいんです。考えて下さい。いつでも都合のいい時に連絡していただいて結構ですから」

「分かりました」反論も喧嘩も面倒で、滝本は電話を切った。

タクシーは止まっている。目の前は踏み切りだった。東広鉄道のシルバーの電車が通り過ぎていく。運転が再開されたのか。もう何年も、毎日最低二回は乗る電車……生活の一部になった光景だが、今はその生活から抜け出したかった。

気づくと滝本は、ひたすら自分のズボンの腿《もも》を見詰めている。すぐ目の前を行く電車が一刻も早く通り過ぎて欲しい。今はそれしか考えられなかった。

9

通夜は、滝本が経験したことのない雰囲気のものだった。これまで出席した通夜や葬儀のことを考える。自分の両親のこともあったし、会社の上司の家族や取引先の部長ということもあった。

だが、これほど若い人間の通夜に出たのは初めてだった。参列者が全体に若いのが、異様な雰囲気をかもし出している。

そして滝本は、予想通り弾《はじ》き出された。昭子はあくまで、涼子を自分の娘として弔《とむら》うことに決めたようで、滝本を家族席に座らせるのを拒絶した。控え室でそのことを聞かされた時、滝本は思わず食ってかかった。

「もうすぐ結婚する予定だったんですよ」

「でも結婚してないんだから」

同じような会話が何度も繰り返された。滝本はあくまで食い下がったが、涼子の親族に取り囲まれてしまい、最後は折れざるを得なかった。自分は何も悪いことをしていないのに……釈然としない気持ちは残るが、仕方がない。結局、自分一人で、どこかで涼子を弔ってやるしかないのだ。だいたい、「まだ結婚してない」などという理由で、家族扱いしようとしない人間は、了見が狭過ぎる。そんな人間たちと同じ席に座って、参列者に挨拶するなんて、真っ平ごめんだった。後でいいんだ、後で。こんなことは単なる儀式に過ぎない。

そうやって自分に言い聞かせ、いったん葬儀場の外へ出る。喫煙所を探してうろつき回り、どう見ても隠しているのではないかとしか思えないほど目立たない場所にある喫煙所をようやく見つけ出した。ゆっくり煙草を吸いながら、何とか時間を潰す。いいんだ。向こうがその気なら、こっちもできるだけ素っ気なく振る舞ってやる。いずれ涼子の遺品を引き渡せと言ってくるだろうが、その時も淡々と応じてやろう。俺の胸の中だけで、想い出が残っていればいい。

――しかし、参った。

気づくと、その場にしゃがみこんでいた。疲労と眠気はピークに達し、立っていられない。煙草の灰を落とすために手を上げるのさえ、面倒臭くなってくるのだった。このままアスファルトの上に直《じか》に腰を下ろしてしまいたい。しかしさすがに、時折行き交う人の目が気になった。ただ煙草を吸っているだけで、そんなに人目を引いてしまったのではたまらない。

　壁に背中を預けながら、何とか立ち上がる。背中をぴたりと壁につけたまま、煙草の煙が立ち上るに任せた。すぐにフィルター近くまで燃えてしまい、指が熱くなってくる。手を上げて灰皿に煙草を捨て、すぐに新しい一本に火を点けた。何かしていないと、時間が潰せない。煙草を吸うぐらいしか、することもないのだが……。

「滝本」

　声をかけられ、のろのろと顔を上げる。黒いネクタイをした辻が、心配そうに立っていた。煙草を嫌う彼が、わざわざここへ……周囲の空気は薄《うっす》らと煙っているというのに。

「ああ」何とか言葉を返しながら、我ながら死人のようだな、と思う。せっかく声をかけてくれたのに、まともな返事もできていない。

「お前、大丈夫なのか」

「何とか」

　明らかに大丈夫には見えないだろうな、と思った。スーツだけは、完璧な新品だ。やはりどうしても家に帰る気になれず、量販店で真新しいスーツを買いこみ、その場でズボンの裾を直してもらったのだ。ついでに白いシャツと黒いネクタイも買い、参列者の服装を揃えた。だが、服が新品なぶん、疲労が染みついた表情や、体全体の動きが鈍くなっているのがはっきり分かるのかもしれない。

「少しは寝たのかよ」

「一時間ぐらい、かな」病院のベッドでの、ひどい睡眠だったが。しかも起きた後での東広鉄道とのやり取りで、さらなるダメージを受けた。何の心配もなくなっても、一週間ぐらいは眠り続けないと、このダメージは抜けないだろう。

「こんなところにいて、いいのか？」

辻が腕時計を見た。ごく薄いシンプルな三針式時計で、黒い革ベルトなのが滝本にはすぐに分かった。いつもこの時計をしていて、ひどくオッサン臭いと思っていたのは間違いだったと気づく。営業マンは、いつ誰の葬儀に出るか分からない。その時に、滝本がいつもしているようなゴツいクロノグラフをはめていたりすると、常識を疑われるだろう。この男は、自分なんかよりよほど、営業のプロなんだな、と改めて思う。そういえば、ストライプのスーツを着ているのを見たこともない。いつも濃いグレーか濃紺だ。これなら、ネクタイだけを変えれば、すぐに通夜にも葬儀にも参列できる。

「追い出されてさ」自分で言うと、ひどく胸が痛んだ。悪いことは一つもしていないのに、まるで犯罪者のような気分になる。

「どういうことだよ」辻が目を細める。

「俺はやっぱり、向こうの家には家族とみなされてないんだ」滝本は事情を説明した。話せば話すほど、気持ちが重く沈みこむ。「誰かに話せば楽になる」っていうのは、嘘だろう。紋切り型の慰めに過ぎない。こうやって誰かに話すことで、辛い事実を再確認し、悲しみが新たになるだけだ。冗談じゃない……しかし辻は、辛抱強く聞いてくれた。こんな話を聞いても、彼も辛いだけだろうに。

「で、お前はそれで納得したのか」

「仕方ないよ」滝本は肩を竦めた。「こんな席で騒いで、迷惑をかけたら申し訳ないから」

「そうだけど、それでいいのかよ」

「いいとか悪いとか、そういう問題じゃないだろう。騒いだら、涼子が悲しむ」

「そうか……」

辻が天を仰いだ。一度上がった雨がまた降りそうな天気になっており、しかも風が出てきている。荒れ模様の通夜は、あんな事故で亡くなった涼子とのお別れに相応《ふさわ》しい気がした。

「こんなこと言って慰めになるかどうか分からないけど、会社の人間、結構来てるから」

「そうなのか?」

「部長が張り切ってさ。張り切ってって言うのも変だけど、あの人、冠婚葬祭をすごく大事にする人なんだね。今度の件で、初めて知ったよ」

「そうか……じゃあ、挨拶しないと」この件では、直接の上司である営業部長にはまだまったく事情を説明していない。いくら何でも失礼に過ぎるだろう、と滝本は少しだけ反省した。

「いや、無理しなくていいから」辻が慌てて遮った。「部長も、『無理に話はしなくていい』って言ってたからさ。目が合ったら、挨拶ぐらいしておけばいいよ」

「何だかずいぶん、物分かりがよくなったんじゃないか？」

「なあ」辻の顔に薄い笑みが広がった。「営業に関しても、これぐらい物分かりがいいと、こっちもやりやすいんだけど」

「そうだな」さすがに今は、ジョークに笑う気にはなれない。

「で、どうする？」辻が、滝本の指先で燃える煙草を見ながら訊ねた。「もう行くか？　そろそろ斎場に入っていてもいい時間だろう？」

「ああ」通夜は六時から。あと十分で、涼子との別れの儀式が始まる。しかし、時間通りに行くことが、そんなに大事だとも思えなかった。

　今の自分には、大事なことは何もないのだと思う。こういう儀式で涼子に別れを告げようが、日々の仕事をこなそうが、何も変わらないのだ。ただ一つ分かっているのは、涼子は絶対に戻ってこない、ということだけである。何をしてもそういう結果しか回ってこないなら、真面目にやるだけ馬鹿馬鹿しい。適当に時間を潰して、後は成り行きに任せればいいだろう。

「後から行くよ。先に行ってくれ」

煙草を灰皿に投げ捨て、滝本は手を振った。辻が疑わしげに目を細める。

「本当にいいのか？」

「ああ、もう一本吸ってから」

「吸い過ぎは体によくないぞ」

「分かってる」煙草のパッケージを振ってみせる。これは緩慢な自殺だと分かっているし、今の自分には非常に相応しく思えた。ゆるゆる、死んでいく。死の可能性を高めるのが分かっていて、煙草を吸う。すぐに後追い自殺する勇気もない自分には、死ぬまで煙草を吸うのが相応しい行為なのだ。

辻は踵《きびす》を返して去っていったが、姿が消えるまでに二度、振り向いた。滝本を斎場の中に引っ張っていくのが自分の仕事だと思っていたのかもしれない。だったら、あいつには悪いことをしたな。同僚の厚意を無にするとは、俺は本当にどうしようもない男だ。

しかし、あいつと「同僚」でいる時間は、それほど長くないかもしれない。会社にいることに意味を見出せないし、今までと同じように働く自分の姿が想像できなかった。さっさと辞表を出して、お遍路の旅にでも出るのがいいのかもしれない。そうやって過去と向き合いながら、いつか心が晴れる日を待つしかないのか、と妄想する。

本当に妄想だ。この状態を乗り越えられるとは思えない。葬儀場の敷地内にいるだけで、自分の心と体がゆっくりと腐っていくような感じがしている。明日の葬儀が終わる頃には、このあたりで腐乱死体になっているかもしれない——馬鹿な想像だ。

とにかく、通夜には行かないと。一般の参列者として。家族席から昭子が鋭い視線を飛ばしてくるかもしれないが、無視しよう。淡々と、別れを告げればいい。その後で何が起きるかは分からなかったが、どうせ自分は、既に最低レベルに落ちているのだ。

これ以上落ちることはないだろう。

煙草を投げ捨て、斎場の方に向かおうとした瞬間、見知った顔に出くわした。

車椅子を自分で動かして、喫煙所に近づいてくる男は——涼子の父、水野保《たもつ》。

10

水野とは二回しか会ったことがない。最初が半年ほど前、結婚の挨拶に行った時だった。二度目が、検査入院するというので、その見舞いだった。一月ほど前だったが、水野本人の体調が悪いこともあり、会話が弾まなくて困惑したのを覚えている。現役の中学校の校長で、真面目一辺倒というのが、滝本とはどうにも合わなかった。向こうもこちらが嫌いだろうな、と感じてはいたが、取り敢えず愛想よく振る舞えたのは、営業として鍛えた対外折衝能力の賜物《たまもの》だと思っている。

一月前に比べて、明らかに痩せていた。自分で車椅子を動かせるぐらいの体力はあるようだが、顔が半分ほどになってしまったような印象さえある。髪もすっかり白くなり、この一か月で何歳か年を取ってしまったようだった。滝本は言葉を呑み、喉が強張るような感触を味わっていた。

「やあ」

「ご無沙汰しています」一か月でご無沙汰はないのだが、ほかに言葉が思い浮かばない。

水野が灰皿をじろりと見た。もともと煙草は吸わないし、嫌っているのだが、今は気にする様子もない。滝本以外に人がいないのも幸いだった。相当煙草臭い空気が流れているのだが……滝本は、手にしていた煙草のパッケージを、慌てて胸ポケットに戻した。

「涼子は、昨日はどうしていた」

「はい」元気でした、と言おうとして、慌てて言葉を呑みこむ。元気。この場に最も相応しくない言葉に思えた。「いえ、あの……普通に出かけて行きました」

「元気だったのか」

「ええ」

「そうか……」

水野ががっくりとうなだれる。その元気な娘がどうして、と思っているのだろう。昭子が見せたのとは違う静かな悲しみが、波のように伝わってくる。

「事故は事故だね」

「はい」

「避けようと思って避けられるものじゃない」

「はい」

「そうやって自分に言い聞かせても、どうしようもないことはあるな」

「はい」

「はい」しか言えない自分が嫌になる。水野だって傷ついているのだ。自分も闘病中で、その最中《さなか》、娘をあんな事故で亡くした。ショックがないわけがなく、病状が悪化することすらあるかもしれない。

「世の中、厳しいな」ぽつりと言って、車椅子のホイールを撫でる。

「はい」

「君にも迷惑かけた」

「とんでもないです」言って、唇が震えてしまう。「もしも、一緒に出勤していれば……」

「馬鹿なことを言うな。君も巻きこまれていたかもしれないじゃないか」

「死んだ方がよかったかもしれません」

「ここは怒るところだな」

滝本は、横にいる水野をちらりと見た。見下ろす格好になって、申し訳なく思う。もっとも水野は、何も気にしていないようだったが。庇の端から零《こぼ》れる雨粒をじっと観察しているだけだった。闇が迫る中、雨粒は黒く細い線にも見える。

「怒りたいところだが、人間、体調が悪いと怒ることもできない」

「そんなに――」

「癌《がん》、だろうな」

水野の言い方があまりにもさらりとしていたので、滝本は一瞬聞き逃した。遅れて「癌」という言葉が脳内で実を結ぶ。しかし、かける言葉がない。この憔悴《しょうすい》ぶり、それに急激に痩せたことを考えれば、相当の重症だと分かる。

「医者はまだはっきりしたことを言わないんだが、自分で分かるよ。たぶん、手術もできないと思う」

滝本は無言で唾を呑んだ。涼子はこのことを知っていたのだろうか。おそらく、知らぬまま逝《い》ったに違いない。知っていれば、彼女は絶対に打ち明けていたはずだ。

「どういう治療をするのか分からんが、無駄な延命措置はしないように頼むつもりだ。涼子が元気なら、頑張りようもあるんだがな……結婚式までは、とか、孫の顔を見るまでは、とか。節目節目まで頑張ろうと思うのが普通だろう」

「分かります」

孫の顔。その一言が、滝本の胸に重く沈みこんだ。孫はいたのだ。あんな事故がなければ、孫の存在が、水野の生きる糧《かて》になったかもしれないのに。

土下座したい、とふと思った。濡れたアスファルトに頭を擦りつけ、重圧を全て背中に受け止めたい。そうでもしなければ、水野が納得してくれるとは思えなかった。だが、水野からは憎悪の気配が感じられない。誰かに責任を押しつけたいだろうに、自分の中に悲しみを封じこめてしまっているようだった。もしかしたら、怒りまくることさえできないほど、体力が衰えているのかもしれない。

「親より先に死ぬのは一番の親不孝だ、とよく言うな」

「はい」

「だけどね、涼子を責める気にはなれないんだよ。ほんのわずかな差だったんだから」

「でも、私が気をつけていれば」

「何に気をつけるというんだ?」純粋な疑問のようだった。「虫の知らせで、行かないように言うとか? そんなことは誰にもできないだろう」

「はい」

「まだ、いろいろなことを整理する気にはなれないな。私も、君もだが」

「ええ」

「時間をかけて、ゆっくりと……私には、それほど時間は残されていないだろうが」水野が両手で顔を擦る。あらゆる感情をこそげ落としてしまったように、手を離した時には完全に無表情になっていた。「どう考えていいのか分からないが、悲しいことは確かだけど……困ったな。いい年をして、自分で自分をコントロールできない」

「それは私も一緒です」滝本は壁に腰を押し当て、足を前に投げ出すようにして、少しだけ姿勢を低くした。顔の高さが一緒になるわけではないが、多少は近くなる。見下ろすように喋るのが嫌だったが、少しだけ気が楽になった。「自分ではどうしようもなかったことは分かっています。だけど、何かできたはずだったとも思うし……何なんでしょうね。情けないです。自分で自分の気持ちが分かりません」

「女房が、迷惑をかけたんじゃないか」突然、水野が話題を変えた。

「いえ……」否定するしかない。「そんなことはないです」

「あんなに取り乱した女房を見たのは初めてだよ」水野が溜息をついた。「まったく、な……何十年も一緒に暮らしてきても、夫婦の間には分からないことがあるんだな」

自分はどうだったか。涼子のことなど、何も分かっていなかったに等しい。わずか二年のつき合い。一緒に暮らし始めてから、事故の日まででちょうど七か月。どれだけ会話を交わしたことだろう。休みの前の日など、夜が更けるのも忘れて、意味のある話、ない話と延々と喋り続け、翌日は二人ともガラガラ声になっていたこともある。だが、どれほど言葉を交わし合っても、互いの心の奥底に触れることができたのかどうか。

それでも、彼女が自分に向けてくれた笑顔だけは本物だと思う。そして、自分にだけ与えてくれたものだと信じたかった。それを失ってしまった今、自分の心には大きな暗い穴が空いている。たぶん、一生かかっても塞《ふさ》ぐことのできない穴が。もしかしたら、これからまた恋をし、結婚するかもしれない。だがその相手は、俺が心に穴を持ったまま生きていることを理解し、許してくれなければならない。そんな女性がいるのだろうか。仮に逆の立場だったら、自分がそれに耐えられるとは思わない。

「誰かが責任を負わなくちゃいかんだろうな」

「それは、私が……」

「違う」水野が首を振る。細い首は、それだけで折れてしまいそうだった。「家族は、責任を取れない。だから苦しいんだが……東広鉄道はどうなんだ。あの会社こそ、責任を負うべきだろう。事故を起こした張本人なんだから」

「今日、弁護士と話しました」

「そうか」

「真面目そうな人でしたけど、今はまだ、裁判がどうとか、考えられません」

「だろうな」

水野が、車椅子の背に体重を預けた。ぎしりと音がして、車椅子が少しだけ動く。黒い靴の先に雨粒が飛び散りそうになり、滝本は車椅子の背後に回りこんで、少しだけ後ろに下げた。

「ああ、どうも」

さりげない言葉。しかし滝本にとっては、水野からかけられた、初めての普通の言葉だった。これまで二度——今日で三度目の出会いで交わされた言葉のどれにも増して、肩肘張らない一言。

「何でこんなことになっちゃったんですかね」溜息とともに、滝本は言葉を押し出した。

「それは、東広鉄道に聞いてくれ。事故には絶対に何か原因があるんだ。それが分からないことには、誰も満足できないだろうな」

「お父さんも……ですか」

「このままでは死ねないよ」

水野が左手を持ち上げ——スーツの袖口《そでぐち》から覗いた時計がずり落ちて音を立てるほど痩せていた——左肩に添えた。慢性の肩凝りに悩まされているように、ゆっくりと揉む。ここで肩揉みをしたら喜んでもらえるだろうか、と滝本は場違いなことを考えた。いや、場違いではないかもしれない。滝本はずっと、父親の影を追い求めていたのだと、今になって気づいた。早くに亡くした父親。親孝行もできぬまま、結婚相手も紹介できずに……。

「いつか、マッサージしてもいいですか？」

「何だね、いきなり」水野が面白そうに言った。この場に来てから初めて、明るい感情を感じさせる口調だった。

「マッサージ、得意なんですよ。高校の頃柔道部にいて、先輩に散々やらされたんです」

「まあ、今は肩も凝らんがね」言いながら、今度は左手で右肩を揉む。「全身から力が抜けていく感じなんだ。昨日からは、特にそうだな。生きてるのか死んでるのか、分からん。死んでいる方がありがたいと思うよ。それなら、娘の葬式になんか、出なくていいんだから」

「そんなこと、言わないで下さい！」

思わず大きな声が出た。水野がゆっくりと滝本の顔を見上げ、不思議そうな表情を浮かべる。沈黙がその場を覆い、アスファルトを叩く雨粒の音だけが聞こえる。話しているうちにすっかり暗くなり、互いの顔もぼんやりとしてきた。

「私は……」滝本は拳を握り締めた。「新しい家族ができると思ったんです。でも、それが駄目になった。普通に妻がいて、そのご両親がいて……全部なくなったんです」涼子が身籠《みごも》っていた、とは言えなかった。その事実を告げるのは、あまりにも辛過ぎる。

「ああ」しわがれた声で水野が言った。「君は、ご両親を亡くされたんだったね」

「ええ」

「涼子が気にしてたよ」

「そうなんですか？」初耳だった。その事実にショックを受けた。彼女と、そんな話をした記憶は一切ない。もちろん、自分が早くに父親を亡くしたことは、つき合い始めて早い時期に打ち明けていたが、彼女はその問題について深く突っこんで訊ねようとはしなかった。

「私が無愛想にしていたから、心配になったんだろうな。君が、新しい家族ができるのを楽しみにしているんだって、何度も言われたよ……実は、一昨日も」

滝本は言葉に詰まった。涼子は、入院している父親に、わざわざ電話をかけたのだろうか。俺のために……新しい家族の架け橋になるために。喉の奥から何かがこみ上げ、視界が揺らぐ。

「申し訳なかったな」水野が謝罪の言葉を口にした。「子どもは娘一人だったから、結婚すると言い出した時に、どうすればいいのか分からなかった。教員失格だと思うよ。君ぐらいの年の子を教えていた時期もあったんだから」

「いえ」

「あれが、涼子の遺言になった」

暗くてはっきりしなかったが、水野は薄く笑ったようだった。

「遺言は、守ってやらなくちゃいけないだろうな」水野が手首を突き出して腕時計を確認する。「君、家族席に来なさい」

「いや、それは……」昭子の冷たい態度を思い出し、つい腰が引ける。

「女房のことを気にしているなら、そんなことはどうでもいい。車椅子を押して行ってくれないか？　それで、知らん振りして家族席に座ってればいい」

「それでは申し訳ないです」

「君は、涼子にとっては家族だったんじゃないかね。ということは、私にとっても家族だ」

水野が首を捻り、滝本の顔を見上げた。目が落ち窪《くぼ》み、首には皺が寄って、老いと病魔を同時に感じさせたが、言葉はしっかりしていて、力強い。

「もちろん、これから先、どうなっていくかは分からない。私も長くないだろう。だけど今日だけは、家族席で見送る権利があるんじゃないか……見送って欲しいんだ」

滝本は無言で、車椅子の背後に回った。一度力を入れれば、拍子抜けするほど軽く押すことができた。今日だけの家族。明日のことは分からない。しかし滝本は、今日という日をしっかり噛み締めておこう、と思った。

明日からは、正体がはっきりした敵を相手にした、戦いの日々が始まる。

Day 3

1

「……高《たか》さん、高石《たかいし》さん」

　体を揺り動かされる感覚に、高石一朗《いちろう》はゆっくりと眠りから引きずり出された。いかんな、こんなことじゃ。若い頃は、名前を呼ばれただけで瞬時に反応し、跳ね起きていたのに。

　必死で目を開けた。まだ薄暗い。何時だ……臨時の宿泊所になっている道場の様子は、ぼんやりとした闇に溶けこんで見えない。カーテンが閉まっているのか。左腕を上げて顔の前に持ってくると、蛍光の針が八時近くを指しているのが見えた。

「いかん！」思わず声を張り上げ、上体を起こした。間もなく当直交代の時間である。霞《かす》む視界をはっきりさせるために目を擦《こす》ると、苦笑する若槻《わかつき》の顔が視野に入った。署の近くの交番に勤務するこの男が、何でこんなところにいる？　そうか、非常動員体制で、派出所や交番で手の空いている人間は全員召し上げられたのだ、と思い出す。この男も昨日、臨時に署に泊まっていたはずだ。

「何でこんな時間なんだ」

「よく寝てましたから。起こすの、悪いなと思って」

「馬鹿、遅刻じゃないか」

文句を言いながらも、高石は傍《かたわ》らに置いてあった制服を慌てて身につけ、布団を畳んで道場の隅に持っていった。ゆうべここに泊まった連中が使った布団が、既に積み重ねてある。馬鹿が……積み木をやっているんじゃないんだから、こんな、手の届かない高さまで積み上げる必要はないのに。高石は床の上に直《じか》に布団を置き、大きく背伸びした。どうやら、飯を食べている暇はなさそうだ。せめて顔を洗って歯を磨いて、頭をはっきりさせないと。

「起こしてくれてもいいだろう」道場を出ながら、高石は若槻に文句を言った。

「いやあ、さすがの高さんもお疲れみたいでしたから。無理すると、体壊しますよ」

「馬鹿言うな」高石は意識して大きな声で吠《ほ》えた。年を取ったのは、他人に指摘されるまでもなく分かっている。何しろ間もなく定年なのだ。

「今日も、このまま勤務に入るんですか」

「当たり前だ。今、休みを取ってる暇なんかないだろう」

「そうですねえ」

若槻が欠伸《あくび》を噛《か》み殺す。高石は一瞬立ち止まって、彼の脇腹を拳で小突いた。若槻が呻《うめ》き声を上げ、両手で脇腹を押さえて体を折り曲げる。

「また太ったんじゃないか」

実際、制服のズボンはベルトの位置がだいぶ下がっている。ベルトは丸い腹に隠れて見えなくなっているほどだった。

「そりゃあ、体質の問題ですよ。年も年だし」

三十五歳で「年」と言ったら俺はどうなるんだ。高石は憤然としながらまくしたてた。

「お前の場合、体質の問題だけじゃないだろう。楽してるから、太るんだよ。もっと身を入れて仕事をしたらどうだ」

「やってますって」

若槻が顔をしかめて抗議する。こういうところが、まだ子どもっぽいのだ。そろそろ警部補の昇任試験を受けて、管理職を意識してもらわなくてはならない頃なのに。

「先に行っててくれ。顔を洗ってくる」

「分かりました」

憮然《ぶぜん》とした表情を浮かべ、若槻が大股で廊下を歩き去った。朝で、なおかつあの大事故から二日しか経《た》っていないせいか、道場のある四階にも人は多い。高石はトイレに入り、冷たい水で乱暴に顔を洗った。ハンカチで拭《ぬぐ》う前に顔を上げ、鏡を覗《のぞ》きこむ。疲れた男の目が見返してきた。定年まであと少し……高石が送り出した先輩たちも、定年間際には、一様に疲れた表情を浮かべていたものである。疲労のせいで年を取り、顔には深い皺《しわ》が刻まれる。髪は量か色を失い――時には両方――同年代のほかの職種の人間に比べれば、老けて見えるのが普通である。俺も、何度か電車で席を譲られそうになったことがあるからな、と高石は苦笑した。背筋は若者のようにしゃんと伸びているのに、顔は六十歳を超えているように見えるらしい。

「ま、仕方ないよな」

つぶやいてから、乱暴に歯を磨き、何とか意識を鮮明にさせた。新しい一日。事故の記憶はまだ脳に焼きついており、簡単には消えそうにない。

歯を磨き終え、腕時計を見る。女房に電話している時間はないだろう……後で、タイミングを見て連絡するしかない。まあ、いいだろう。臨時の手伝いも、昨日までの約束なのだ。今日からは平常営業。ということは、ある程度は時間に余裕が持てる。交番や派出所を統括する地域課は、さほど忙しいわけではないのだ。服の乱れを直し、鏡に向かって歯を剝《む》き出しにする。よし、これでいい。普通の生活に戻れる。

それでいいのか？

内なる声が告げた。

俺は、昨日、一昨日と多くの死を見てきた。三十年以上警察に勤めてきて、そのほとんどを外勤畑で過ごしてきた以上、死体とかかわるのは日常の一部だったと言っていい。交番や派出所は警察の最前線であり、何かあった時に真っ先に現場に駆けつけるのが仕事なのだから、当然、死体とも対面することになる。血だらけの殺人現場、遺体の形すら残っていない鉄道事故の現場――普通の人だったら接することもできない不慮の死に、何度も直面してきた。

しかし今回の事故は、今までの経験全てを吹き飛ばすほどの衝撃力を持っていた。最初に呼び出されて出動した現場……転覆した車両、助けを求める人たちのか細い声、泣き叫ぶ子どもの声は、ほかの泣き声を呼び、現場の湿った空気を震わせるようだった。次々と救助される人たち――あるいは運び出される遺体。ボランティアで現場に入った、近くの製菓会社の社員たちの蒼褪《あおざ》めた表情。救急隊員たちの怒声。上空を飛ぶマスコミのヘリコプターの爆音。

そして何より、病院で出会った被害者たち。あの青年――滝本は、無事に葬儀に出席できただろうか。ちゃんと弁護士と連絡を取ったのか。憔悴《しょうすい》しきり、取り乱した彼が、きちんとやっているとは考えにくい。誰か、隣にいてやればいいのだが。せめて会社の人間でもいい。彼がたった一人で婚約者の死と向き合わねばならないとしたら、あまりにも残酷過ぎる。あの事故が、残された人たちに与えた衝撃は、自分の想像を超えているだろう。

あるいはあの雑誌記者――辰巳。彼は運良く、一命を取り留めた。しかし、マスコミの人間として、客観的に事故に取り組める日が来るかどうか。紙一重の差で命を拾ったのだから、人生が一変してしまってもおかしくはない。

俺は、彼らの人生に一瞬交錯しただけなのか。あの時、何と声をかけた？　「ただの仕事でやってるわけじゃない」「きっちりやるから」。あれは、その場を取り繕《つくろ》うための台詞《せりふ》だったのか？

違う。

高石は外勤の警察官として、常に現場の第一線にいた。刑事たちのように事件を解決するわけではないが、まだ熱い現場で被害者の話を聞き、宥《なだ》め、何とか力になろうとしてきた。それこそが警察官――交番や派出所で勤務する「町のお巡りさん」の仕事だと思っていたから。

だったら今回の事故は、自分の警察官人生の集大成のようなものではないのか。出しゃばりと言われるかもしれないが、被害者のために何かしてやれるはずだ。

顔を洗う前に比べて、気持ちが少し膨らんだ気がする。高石は意識して胸を反《そ》らしながら階段を駆け下り、自分の職場である一階の地域課に入った。部屋では自分より年下の地域課長、竹末《たけすえ》が既に席に着き、書類に目を通している。高石が音を立てて座ったのに気づき、顔を上げる。

「高さん」

「遅くなりまして」

「お疲れですね」

「まあ、年も年なんで」ノートパソコンを開け、電源を入れる。

「お疲れのところ悪いけど、シフトの組み替えをやってもらえますか」竹末が遠慮がちに切り出す。「昨日、一昨日の二日間で、シフトが滅茶苦茶《めちゃくちゃ》になってるんですよ」

「ああ」高石は気の抜けた声で答えた。

「二日続きでほとんど徹夜の連中もいるし、少し休ませながら……」

「まだ上の手伝いは必要なんでしょうね」高石は人差し指を天井に向けた。捜査の主体になる刑事課は、二階にある。

「何しろ被害者が多いから。聞き取りも一回では済まないですしね」竹末が、右手をぱっと広げた。「刑事課の方で、五人ほど人を貸してくれと言ってきてるんです。若い連中を中心に応援部隊へ組み入れて、その上でシフトを調整してもらえますか」

「分かりました」ＯＳが立ち上がっていたので、共有フォルダに入っている派出所や交番の勤務シフトを呼び出す。この署の外勤警察官は、それほど人数が多いわけではない。その中から五人を手伝いに割り振るとなると、やりくりはかなり面倒だ。「期間は？」

「取り敢えず、今日から一週間」

「誰を貸すかは決めたんですか」

「若槻、田代《たしろ》、花井《はない》、池内《いけうち》……」指を四本折ったところで、言葉に詰まる。「すぐ使えそうなのは、この四人ぐらいなんですよね。交番に入ったばかりの若い奴を出すわけにはいかないでしょう。こういうデリケートな事故の時は、ある程度経験を積んだ人間じゃないと」

「そうですね」高石は、表計算ソフトを睨《にら》んだ。この四人を外すとして、何とか穴が空かないように調整するには……本署の地域課の人間をうまく割り振るしかない。非番はそれぞれ、一日潰すことになるだろう。あとは交番勤務を上手《うま》くやりくりして……顔を上げ、「課長、ちょっと提案があるんですが」と切り出した。

「何ですか？」

「その捜査、私も入れてもらっていいですかね」

「いや……」

竹末が言い淀《よど》んだ。刑事課が欲しがっているのは、使い減りしない若い奴なのだろう、と想像がつく。高石は拳を握り締め、真剣な表情で身を乗り出した。

「私も、昨日まではずっとお手伝いをしてたんですよ。事情も分かってます。がんがん使ってもらっていいですから」

「高さん、そんなに入れこむと——」

「大丈夫です」高石は、竹末の言葉を遮った。「この事故は特別なんです。もしかしたら、卒業前の最後の仕事になるかもしれない。やらせてもらえませんか」

「——分かりました」

竹末の喉仏が上下する。ロートルを押しこみやがって、と刑事課の連中に言われるのを恐れているのだろう。申し訳ない、と高石は胸の中で手を合わせた。オッサンの我儘《わがまま》だが、ここは黙って聞いてもらいたい。死者のため——そして生き残った人のため、自分に何ができるのか、挑戦してみたかった。

2

「まさか、高さんと組むことになるとはね」

「そう言うな。こっちだって驚いてる」

私服に着替えた高石は、覆面パトカーの助手席に座っていた。組まされた相手に驚き、眠気や疲れは吹っ飛んでしまっている。県警捜査一課の巡査部長、沖川《おきかわ》。高石より二十歳以上年下の後輩だ。沖川が最初に配属させられた交番に高石も勤務していて、つき合いはそれ以来になる。沖川にすれば、いつまでも頭が上がらない、面倒な先輩という感じだろうか。

「沖さんよ、こんなでかい事故の捜査、経験あるかい？」

「ないですねえ。列車事故は結構見てきたけど……十年ぐらい前、三人死んだ事故があったの、覚えてます？　トラックが踏切で立ち往生しちゃって、特急列車と衝突した事故」

「ああ」高石はその捜査に参加したわけではなかったが、ニュースで大きく扱われたので記憶にあった。

「でかい鉄道事故っていうと、それ以来かなあ。とにかく、やりにくいんですよ」

「どうして？」

「最近は、電車は全部コンピューター制御でしょう。プログラムがどうのこうの言われても、こっちは分からないことばかりだから」ハンドルを握る沖川の手に力が入る。ごつごつした手は、岩を彷彿《ほうふつ》させた。柔道三段、本格的に続けていれば、かなりの腕前になっただろうと言われている。本人は刑事として現場に入ることを望んだが、選手生活の名残が、太い肩や腕、潰れた耳などに明確に残っている。

「一課には、そういうことの専門家もいるだろう」

「若い、生意気な奴がね」沖川が鼻を鳴らした。「一日中パソコンの前に座って、あれこれやってる奴が何人もいますよ。俺らの若い頃には考えられなかったけどなあ。部屋にいると、叩《たた》き出されたもんですよ」

「今、そんなことをやったら大問題になるだろうな」若い奴らといっても、高石から見れば沖川も十分若い。何といっても、まだ三十代なのだから。

「時代は変わるってやつですか」

沖川が溜息《ためいき》をつく。昔から愚痴が多い男だが、今日は特にひどい。ほとんど徹夜で二日間働き続け、肉体的、精神的にダメージを受けているのだろう。それに比べれば、自分はまだましだ。昨日は家には帰れなかったものの、道場でそれなりに眠れたのだから。朝飯を抜いてしまったので、腹が減っていることだけが気がかりだった。

渡されたファイルを開く。これから事情聴取に行く相手は川田由紀江《かわだゆきえ》、三十二歳。東京の会社に勤めるＯＬである。横転した先頭車両に乗っており、重傷を負ったが命に別状はない、ということだった。昨日、ほかの刑事が簡単に事情聴取したのだが、取り乱すこともなく、きちんと応じたという。ただし記憶が混乱していた感じで、実のある内容ではなかった。

だが特捜本部では、今後得られるはずの川田由紀江の証言を重視している。先頭車両の一番前――運転士の背中が見える位置に立っていたというのだ。

高石は、ファイルに添付された下手クソな見取り図を確認した。先頭車両の一番前は、中央付近がガラスの入ったドアになっている。その辺りに立っていれば、左側にある運転席がよく見えることは、高石も経験的に知っていた。もちろん、満員電車で揉《も》まれている時に、運転士の様子を見ている人間などいないだろうが……逆に、見ていた可能性もある。満員の通勤電車は苦痛で暇なだけで、それ故《ゆえ》、人は本を読んだり、携帯電話をいじったりする。しかし、あまりにも混雑しているとそれすらできず、ひたすら圧力に耐えているしかない。そんな時、見るともなく運転席を見てしまうのは、いかにもありそうな行動だ。

「事情聴取は、高さんにお任せしましょうかねえ」沖川の声には、少しだけ意地悪そうな響きがあった。刑事でもないのに捜査に参加させてくれ、と言ってきた高石を、煩《わずら》わしく思っているのかもしれない。普段は頭の上がらない先輩として立ててくれるが、腹の底では何を考えているか、分からない。刑事はプライドが高いのだ。外勤警察官など、馬鹿にしきっているかもしれない。

「そこはプロの沖さんに任せるよ。お手並み拝見といこうか。俺はメモ取りに徹するから」

「先輩の前で、というのは怖いですねえ」沖川が軽く笑う。ふいに真顔に戻り、「あ、時間か」と言うと、ワイシャツの胸ポケットから小さなラジオを取り出し、高石に差し出した。

「高さん、聞いておいてもらえます？　ＮＨＫの定時のニュースの時間なんで」

「ああ」高石はイヤフォンを耳に差しこみ、ラジオのスイッチを入れた。結構ちゃらんぽらんなところのある男だが、情報収集だけは怠らないようだ。もしかしたら、暇な時には競馬の中継でも聞いているのかもしれないが。

『――次に、東広鉄道の事故関連のニュースです』

最初のニュースは聞き逃したのだと気づいたが、ちょうどいいタイミングだった。

『死傷者合わせて三百人以上を出した東広鉄道の事故で、会社側が今日午後、記者会見を開いて事情を説明することになりました。東広鉄道はこれまで、事故直後に原田《はらだ》政則《まさのり》副社長が謝罪会見を行っているだけで、事故そのものについて会社が公式見解を示すのは、これが初めてとなります』

会社側は何を話すつもりなのか。このタイミングで会見というのは、何を狙っているのか。ニュースはその辺の事情を明らかにしてくれるかもしれないと思ったが、その後は事故の概要を繰り返すだけで終わってしまった。イヤフォンを抜き取り、沖川に「東広鉄道が会見するそうだ」と告げる。

「何の会見ですか?」

「事故の状況について、公式見解を発表するって言ってるぞ」

「なるほど……」沖川が拳を固め、顎に押し当てた。「何を狙ってるかな」

「その辺の事情、分からないのか」

「何とも言えないですね」ハンドルを両手で握り直し、首を振る。「直接の原因については、スピードの出し過ぎだったのは分かっています。あのカーブ、八十キロまで落として走行することになっていたのが、百二十キロ出てましたからね。明らかに出し過ぎです。そりゃ、事故も起きますよ」

「問題は、どうしてスピードが出たか、だ」

「そこなんですよねえ」沖川が溜息をつく。「これがなかなか難しいところなんです。俺は、簡単には分からないと踏んでるんですけどね」

「じゃあ、どうして会社が会見するんだ？」

「たぶん、世間の圧力に負けて。あれだけの大事故なのに、副社長が一回顔を出して喋《しゃべ》っただけじゃ、世間は納得しないでしょう」

「勝手に喋られると、警察としてはまずいな」

「たぶん、実になる話は何も出ませんよ」沖川がまた鼻を鳴らした。「これは想像ですけどね、うちの上の方から警告がいってるはずですよ。会見をするのは構わないけど、事故原因について余計なことは言わないようにって。捜査に支障が出ますからね」

「ああ」脅しをかけたわけか、と高石は納得した。捜査に支障が出るというか、警察が知らない事実を勝手に話されたら、恥をかくと思っているのではないか。面子《メンツ》の問題にこだわっている場合ではないのに……。

「あまり気にしない方がいいですよ。下手なことを言ったらまずいことになるのは、東広鉄道側だって分かってるはずですから」

「そうだな」それにしても、会見の様子は見たい。おそらく、後でニュースで流れるだろうが、東広鉄道の幹部がどんな顔をして釈明するのか、見てみたかった。これだけの事故で、謝罪会見が今まで一度だけというのも、異例である。会社側は、頰かむりをすることで沈静化を狙っていたのかもしれないが、そう上手くはいかないだろう。今はネットで、すぐに噂《うわさ》が流れてしまう時代だ。ネット上を流れる罵《ば》詈《り》雑《ぞう》言《ごん》を恐れて、会見で鎮めようとしているのかもしれない。

だが、そんなに簡単にはいかないだろう。無責任な「世間」はともかく、心に深い傷を負った遺族は、会社側が下手な説明をしたら攻勢に転じるはずだ。その怒りを鎮める術《すべ》は、おそらく一つとしてない。

川田由紀江が入院しているのは、市内で一番大きい総合病院だった。ここには、事故による怪我人《けがにん》が二十人以上運びこまれている。一昨日、それに昨日の午前中くらいまでは大変な混乱ぶりだったであろうことが、容易に想像できる。沖川は特に気負った様子もなく、欠伸を嚙み殺しながら病院に入って行った。場慣れということか……刑事はこういうものだろうが、被害者に会う時は少し気を遣ってやれよ、と高石は心の中で思った。

川田由紀江は個室に入っていた。ほかの病室が空いていなかったということだが、あれだけの事故の後、一人きりになるのはまずいのでは、と高石は心配になった。誰でもいい――それこそ入院患者でも――少し人の気配があった方が、気が紛れるのではないだろうか。

二人が病室に入って行くと、由紀江がノートパソコンから顔を上げた。ケーブルが壁のジャックにつながっている。最近の病院はインターネット完備なのかと、高石は妙に感心した。由紀江が少し照れたような表情を浮かべ、パソコンを閉じる。先に沖川が、続いて高石が挨拶すると、軽い調子で頭を下げた。顔には傷一つないが、右足がギプスで完全に固定されているのが痛々しい。高石は、沖川に座るよう促し、自分はベッドの反対側、窓際に回りこんだ。両側から挟む格好になるが、二人が顔を揃《そろ》えているよりはプレッシャーを感じずに済むだろう。

「怪我の具合はどうですか」沖川がさりげなく切り出す。

「大腿骨《だいたいこつ》の骨折なんで……」

「うわ、それは痛そうだな」沖川が顔をしかめる。

「でも、全然分からなかったんです。事故の直後から気を失っていて、気がついたら手術も終わって、この病室にいましたから」

快活そうな娘だな、と高石は思った。大腿骨骨折だと、下手をすると社会復帰に半年はかかる。まだ痛みもあるだろうに、ごく普通の口調で喋っていた。化粧こそしていないものの顔の血色はよく、顎の下で丸まった髪にも、綺麗《きれい》にブラシが入れられている。

「大変なところ申し訳ないんですけど、事故当時の様子をもう一度聴きたいんです」沖川がさっそく本題に切りこんだ。「事故が起きた時、先頭車両の一番前に乗っていましたよね」

「はい、乗り換えが一番前なんで」

「もしかしたら牛川《うしかわ》駅ですか?」

「そうなんです。あそこでJRに乗り換えなんで、いつもすごく混むんですよ。牛川駅はホームが狭いから、階段の近くで下りないと、渋滞しちゃうんです」

やけに快活で饒舌《じょうぜつ》だ。高石はふと、彼女が両手をきつく握り合わせているのに気づいた。喋ることで、恐怖を押し潰そうとしている。沖川は気づいているだろうか、と心配になった。調子に乗って喋っていたら、由紀江は何かの拍子に事故の恐怖を思い出してしまうかもしれない。

「あそこで乗り換える人、多いでしょう」

「ええ。だからいつも混んでるんですけど、仕方ないです」

「パソコンは?」

「はい?」由紀江の目が細くなる。

「いや、そんなに混んでて、事故もあって、よく無事でしたね」

「ああ」由紀江の表情が緩んだ。銀色のパソコンをそっと撫《な》で、微笑《ほほえ》みに近い表情を浮かべる。「本当に、そうですよね。ちゃんと動いたんで、びっくりしました。てっきり……」

由紀江がいきなり、拳を口に押し当てた。みるみる涙が盛り上がり、左の頰を伝う。ハンカチを差し出してやるべきかと高石が迷っている間に、由紀江がサイドテーブルに置いてあるティッシュを一枚抜き取り、目元に当てた。

「すみません。何か、急に涙が出る時があるんです」

「仕方ないですよ」同情をこめて沖川が言った。「あれだけの事故です。こんな大怪我もされたんだから」

「でも、私はしっかりしないといけないと思って。亡くなった方だってたくさんいるんだし、私は……」由紀江の声が震え始める。感情は決壊寸前という感じだったが、何とか踏《ふ》み止《とど》まった。もう一枚ティッシュを抜き取り、両目にきつく押し当てる。それで悲しみを封印してしまったようだった。「そんなこと言っても、何にもならないんですよね」

「大きな事故や災害の後は、そういう風に考える人も多いようです。でも今は、精一杯生きればいいじゃないですか」

「死んだ人の分も……」

「そんな風に考えなくてもいいんですよ。あなただって、大変な目に遭ったんだから。今は、怪我を治すことだけを考えていればいい」

高石は、由紀江を慰める沖川のやり方に、内心舌を巻いていた。相手をリラックスさせながら、話ができる方向に持っていこうとしている。由紀江がもう一枚ティッシュを抜き取り、盛大に洟《はな》をかんだ。照れ笑いを浮かべてティッシュを丸めると、傍らのゴミ箱に放りこむ。

「ストライク、ですね」沖川が大きな笑みを浮かべる。

「元バスケ部ですから」

「ああ、なるほど。昔取った何とやらだ」

「そんなに昔でもないですよ」

二人の間に暖かな空気が流れ出すのを、高石は敏感に感じ取った。なかなかやるな……しかし瞬時に、空気が変わる。沖川が、本格的に本題に切りこむつもりなのだと分かった。

「ゆっくりやりましょう。きつかったら、休みながらでもいいですよ。足は痛むんですか？」

「それは、痛いですよ」由紀江が顔をしかめる。「でも、我慢できない痛みじゃないですから」

「女性の方が、痛みに対する耐性があるって言いますしね……さて、先頭車両の状況を聴かせて下さい。かなり混んでましたね」

「いつも通りでした」ラッシュで押される痛みを思い出したのか、由紀江の表情が暗くなる。

「となると、新聞も広げられないぐらいですね？　東広鉄道のラッシュはひどいからなあ」

「新聞どころか、文庫本でも無理ですよ。とにかく体が痛くて、息もできないぐらいで……」

「事故が起きる直前、何か異常はありませんでしたか？」

沖川は、曖昧な質問をすることで、具体的な答えを引き出そうとしている。速度超過の話は由紀江も知っていそうだが、そのことにも触れなかった。

「いつもより……あの、橋にかかる前のところ、カーブしてますよね？　あそこでずいぶんスピードが出ていたような感じでした」

「それは、ラッシュで身動きが取れない状況でも分かるぐらいに？」

「ええ、何となくですけど。でも、外の光景は全然見えませんでしたから、どれぐらいスピードが出ていたかは分かりません」

「前も、ですか？」

「前？」

「あなたはここに立っていた、と昨日話していますよね」沖川がフォルダから一枚の紙を抜いて彼女に示した。昨日の証言を元に作った見取り図である。車両の一番前が、真ん中の三分の一だけ薄いグレーのラインになっている。ここが窓つきのドア部分なのだ。進行方向に向かい、ドアの右側に黒い丸が描かれている。「この丸が、あなたの位置です。昨日の証言ではそういうことになっていました」

「ええ……」

由紀江が両方の頰を手で押さえた。歪《ゆが》んだ顔。目にはまた涙が滲《にじ》む。感情の起伏がかなり激しくなっているようだ、と高石は心配になった。あまり無理はできまい。

「間違いないですか？」

「間違いない……です」言葉が頼りなく揺れた。

彼女の上に屈《かが》みこむようにしていた沖川が、すっと身を引き、助けを求めるように高石の顔を見た。高石は首を振り、ここはお前の仕事だと無言で告げる。まだ事情聴取が行き詰まってしまったわけではないのだ。質問者が頻繁に変わると、由紀江も混乱するだろう。

「記憶が、ちょっとあやふやなんですね」半分諦めたように沖川が言った。

「すみません。昨日話したのは覚えてるんですけど、何だか自信がなくて」

「ショックが残ってるんですかねえ」沖川が首を捻《ひね》る。「まあ、ゆっくり思い出してもらえばいいですから。焦らなくていいですよ」

由紀江がうなだれる。両手はきつく握り締め、腹のところに置いていた。こめかみを汗が一筋流れ、唇が震えだす。パニックの前触れか、と高石は身構えた。沖川も声をかけていいかどうか迷っている様子で、まったく動けない。

「暑いですね」考える間もなく、高石は立ち上がっていた。窓を大きく開け、五月の風を病室に導き入れる。かなり強い風が吹きこみ、汗で顔にへばりつきそうになっていた由紀江の髪をふわりと揺らした。手にしていた紙が煽《あお》られ、沖川が慌てて押さえる。由紀江が肩を上下させ、小さく溜息をついた。強張《こわば》った笑みを浮かべ、高石に向かって頭を下げる。

「すみません」

「少し空気を入れ替えてもいいでしょう。病室の空気っていうのは、どうも体に悪いような感じがする」

由紀江が噴き出し、口元に拳を押しつけた。

「それじゃ、病院の意味がないじゃないですか」

「ああ、そうか」

高石は頭を掻《か》いた。少しはリラックスしてくれたようだとほっとする。沖川が柔らかい笑みを浮かべてうなずきかけた。助力に感謝、というところか。

「あの、そこに立っていたのは間違いないと思います」由紀江が静かな声で告げた。

「そうですか」沖川も静かに言って、手元の紙に何かを書きつけた。顔を上げずに質問を続ける。「どっちを向いていましたか？　車両の後ろの方か、前か、横か……」

「前、というか斜めです」

「斜め」静かに繰り返して沖川が顔を上げる。「斜め前方、ということですね？」

「はい」由紀江の声は、再びしっかりしていた。

「斜めどちら側？　右ですか、左ですか？」

「左、ですね」由紀江が体を左側に捻った。「ドアに押しつけられてて、動きが取れなくて」

「分かります」沖川がまた、紙に何か書きこんだ。「つまり、運転席側を向いていたんですよね？　運転席は、進行方向に向かって左側にあるんです」

「はあ」

由紀江の声から力が抜けた。どうも、この辺りになると記憶が曖昧なようである。それはそうだろう、と高石は思った。よほどの鉄道マニアでもない限り、運転席には注目しない。ましてや由紀江は、ラッシュに揉まれ、肉体的な苦痛に耐えていたはずで、運転席に注目する余裕などなかっただろう。

「運転席、見ませんでしたか。運転席というか、運転士」

「いや……どうでしょう」由紀江が目を伏せる。「ちょっとよく……覚えてません」

「そうですか」沖川が小さく溜息をついた。「見てないんじゃなくて、覚えてないということですか？」

「いや、あの、その辺はちょっと……すみません、よく分かりません」

由紀江が、掌《てのひら》のつけ根をこめかみに当てた。記憶が混乱しているのだろうか、と高石は懸念した。大きな怪我を負っているのは足だが、頭を打っている可能性もある。一時的な記憶の混乱は、頭を打った時によく見られる症状だ。そうでなくても、あれだけの事故に巻きこまれて、大き過ぎるショックを受けているはずである。はっきり思い出せ、という方が無理なのだ。実際、高石が話を聴いたほかの被害者も、だいぶ記憶が混乱していた。特捜本部の方で、証言をつき合わせて事故の前後、そして瞬間の様子を再現しようとしているが、かなり時間がかかるのではないだろうか。

「沖川、また後にしよう」

「始めたばかりですよ」沖川が、不満そうに唇を捻《ね》じ曲げる。

「無理しない方がいい」高石は首を振った。「川田さんも、話していると疲れるでしょう。まだ怪我もよくなってないんだし」

「ええ……そうですね」

最初この病室に入ってきた時に比べても、由紀江の顔は蒼白《あおじろ》くなっていた。明らかに疲れており、無理はさせられない状況だった。

「パソコン、あまり見ない方がいいですよ」高石は忠告した。「事故のこと、無理に思い出そうとすると、辛くなるかもしれない」

「そうかもしれません」

「時間はあるんですから。ゆっくり治して、調子がいい時に話を聴かせてもらえばいいんです」

高石はさっさとドアに向かった。沖川はまだ椅子に座ったまま体を捻り、高石に鋭い視線を送ってくる。余計なことしやがって、と言いたそうな雰囲気だった。

3

ロビーに下りると、沖川が空いたベンチに音を立てて腰を下ろした。不貞腐《ふてくさ》れた表情で煙草《タバコ》を取り出したが、当然こんな場所で吸うわけにもいかず、苛立《いらだ》たしげに背広のポケットに戻す。

「少し早いけど、昼飯でも行くか」高石は、わざとのんびりした口調で言った。

「高さん……」沖川がぴしりと音を立てて腿《もも》を叩く。隣に座る、腰の曲がった老婆が驚いたように彼を見た。「ちょっと撤退が早過ぎたんじゃないですか。もう少し粘れば、話を聴けたと思いますよ。向こうも何か思い出したかもしれない」

「無理させたら駄目だよ。彼女は、見た目ほど元気じゃないぞ」

「俺には元気に見えましたけどね」

「刑事と、街のお巡りさんの視線の違いかもしれんな……とにかく、飯を食おうよ。俺は朝飯も抜いたんだ」

「しょうがないですね」大儀そうに立ち上がり、腰に両手を当てて体を伸ばした。「つき合いますよ。どうせ、次の事情聴取もこの病院なんだ」

「効率がいいことだな」

「効率だけで仕事してるわけじゃないですけどね」

沖川の言葉は上滑りしていた。効率を求めていたのは彼の方である。できるだけ短時間で、より多くの情報を引き出すために、由紀江に無理を強《し》いた——刑事の感覚では「無理」の部類に入らないかもしれないが、高石としては止めざるを得なかった。話を聴くことに集中していた沖川は気づかなかったかもしれないが、由紀江はかなり無理して話していたのだ。言葉の調子、顔色、そういうものを観察すれば、表に出ない本音は読み取れる。

二人は病院の近くの蕎麦《そば》屋で早めの昼食を取り、昼前に戻って来た。この病院に今も入院している十数人の被害者に次々と話を聴いていく。しかし、由紀江ほど運転士の近くにいた人間はいなかった。その由紀江の記憶がはっきりしない以上、事故の瞬間の様子は分からない。

沖川は飽きずに事情聴取を続けていたが、高石はすぐに疲れてしまった。慣れない仕事——こういう事情聴取につき合う機会はあまりなかった——と寝不足のせいで、頭痛がしてくる。

午後になって四人目の事情聴取を終えたが、沖川はまったく疲れを見せなかった。ちらりと腕時計を見下ろしたので、休憩にするつもりかと高石は思ったが、沖川は意外なことを言い出した。

「テレビ、観《み》たいですね。ロビーに行きましょうか」

「何でまた」

「東広鉄道の会見、どこかでやってないですかね」

「生中継はしないだろう」会見のことは、すっかり忘れていた。

「だったら、ＮＨＫの定時のニュースで。会見をやっていれば、必ず触れるはずですよ」

高石に反論を許さず、沖川は非常階段の方に早足で歩いて行った。五階から階段で降りるつもりか……確かにこの病院のエレベーターは少し反応が鈍いようだが、それにしてもせっかちだ。それ以上に、タフさには舌を巻く。年齢差、警察官としての経験の違いを思い知らされる。自分たち外勤の人間は、比較的時間に正確に動く。当直勤務になれば徹夜も当然なのだが、勤務時間が終われば原則的に解放され、非番になる。しかし刑事は、勤務時間という考え方に縛られず、必要だと思えばいつまでも動き回るのだろう。

高石は、沖川にかなり遅れてロビーに到着した。情けないことに、息が上がっている。階段を上るのではなく、下りるだけでこんな風になるとは……定年が近いこの時期に考えても意味がないことだが、もう少し体をケアしておけばよかった。定期的にトレーニングをするとか、手はあったはずである。

沖川はテレビの前に陣取り、身を乗り出すようにして画面に見入っていた。ちょうど三時のニュースが始まったところで、高石も横に腰を下ろす。トップニュースが、東広鉄道の会見だった。

『――犠牲者八十人以上を出した東広鉄道の事故で、東広鉄道の坂出真《さかいでまこと》社長が先ほど記者会見し、事故原因について「速度超過」だったと、会社として初めて認めました』

画面が切り替わり、ストロボの光に浮き上がる坂出社長の姿が映し出された。長い一礼の後、立ったまま話し始める。

『まず、今回の事故でお亡くなりになられた方、怪我をされた方、並びにご家族についても、この場でお詫《わ》び申し上げます。誠に申し訳ありませんでした』もう一度、テーブルに頭がつきそうなほど深く頭を下げる。顔を上げた時には、アナウンサーの声が被《かぶ》さっていた。

『会見で坂出社長は、事故があった現場のカーブで、車両が時速百二十キロを出していたことを認めました。このカーブは、運行マニュアルでは八十キロ以下で通過するように定められている場所です。坂出社長は、スピードの出し過ぎが事故の直接の原因になったことは認めましたが、規定のスピードを五十パーセント以上上回るスピードで走っていた原因については、なお調査中としています』

「何だよ、これじゃ全然前へ進んでないじゃないか」沖川が吐き捨て、顔を歪めた。

「まあ、今の段階じゃこれぐらいしか言えないだろうなあ」

「何だか苛々しませんか？　会社の方は、何か摑《つか》んでるんじゃないかな」声を潜めながらも、強い調子で沖川が言った。「それで、警察には隠そうとしてるとか」

高石は、唇の前で人差し指を立てた。どこで誰が話を聞いているか分からない。用心に越したことはないのだ。

「あっちにはあっちで、いろいろ都合があるんだろう」

「高さん、甘いなあ」沖川が舌打ちする。「会社なんてね、自分に都合の悪いことは絶対に隠そうとするんですよ。それが後からばれて、いつもえらい騒ぎになるんだから」

「会社、じゃなくて組織と言うべきじゃないか。俺たちだって似たようなものだ」

「ああ、まあ……」沖川が咳払《せきばら》いして立ち上がった。「続けましょうか」

「そうだな。自分のやるべきことをやらないと」

先に立ち上がった沖川が、複雑な表情を見せた。先輩だから立てなければならないが、刑事の経験もない、定年間際の男に説教されたらたまらない、とでも思っているのかもしれない。

手元にリモコンがあったので、高石は無意識のうちにチャンネルを替えた。この時間だと、民放ではワイドショーをやっている。会見をニュースとしてインサートしているのではないかと思ったのだ。案の定、会見の様子が映し出されている。沖川も気づき、もう一度腰を下ろした。

今度は、アナウンサーの説明ではなく、坂出社長自らが語る様子が延々と映し出されている。坂出は綺麗な銀髪が目立つ端整な顔立ちで、緊張のせいか、額に汗が滲んでいる。ほとんど黒に近いグレーのスーツに、それよりやや色の薄い灰色のネクタイ。通夜にでも出るような格好だったが、それも当然だろう。ワイシャツの袖《そで》からは、薄い、銀色の時計が覗いていた。ベルトは黒の革。格好を見た限り、叩かれる材料はどこにもない。テレビカメラの前で謝罪、説明するには、それに相応《ふさわ》しい格好があるのだ。

坂出の声はやや甲高く、早口のせいで聞き取りにくい。緊張しているのは一目瞭然で、高石はかすかに同情を覚えた。

坂出が早口で説明を終えると、質疑応答になった。記者たちの質問は、やはり「どうして速度超過が起きたのか」に集中する。その都度、坂出は、「調査中です」と繰り返した。額の汗は玉のようになり、途中でハンカチを使わなければならなかった。まるで吊《つ》るし上げだな、と高石はますます同情を深める。ちらりと横を見ると、沖川は険《けわ》しい表情を浮かべていた。

会見の様子がカットされ、画面がスタジオに戻る。ゲストたちが無難なコメントを並べ始めるのを見て、沖川は今度こそ本当に立ち上がった。歩き出すのを追いながら、高石は先ほどの番組の何かが脳裏に引っかかっているのに気づく。何だったのか……ああ、画面の隅に、顔を知った男がいたのだ。吊るし上げられる社長を助けることもできず、ただ見守るだけ。御手洗《みたらい》……そう、広報担当の御手洗正弘《まさひろ》だ。昨日、病院で被害者の遺族——正確には元婚約者の滝本《たきもと》に謝罪していた。いきなりぶち切れた滝本に摑みかかられたのを、慌てて自分が引き剝《は》がしたのだ。

彼も大変だな、と心の底から同情する。被害者への謝罪をしながら、社長会見の面倒も見なければならない。あれでは休んでいる暇もあるまい。逆に言えば、本来は会見の仕切りをしていればいい広報の担当者が、被害者家族への謝罪をも担当しているということは、全社挙げて対応に回っている証拠なのだろうが。

「高さん、いいですか？」

呼びかけられ、はっと顔を上げる。沖川が、怪訝《けげん》そうな表情を浮かべて立っていた。いつの間にか立ち止まって考えていたのだと気づく。いかん、こんなことでは……頭《かぶり》を振り、小走りに沖川に追いついた。志願して捜査に協力しているのだから、きちんと仕事をこなさないと。

次に事情聴取したのは、やはり先頭車両に乗っていた野口《のぐち》という男だった。手元のデータによると、四十四歳。やはり出勤途中で、折り重なった人の下敷きになり、肋骨《ろっこつ》を三本骨折、それに加えて右膝の靱帯《じんたい》を損傷している。ベッドに腰かけているだけでも大変そうで、顔面は土気色だった。看護師からは、事前に「五分以内で済ませて下さい」と注意を受けていた。

入院してから、髪を整えている暇もなかったようで、少し白髪が混じった髪は脂っ気もなくぼさぼさだった。顔には疲れが窺《うかが》え、二人に挨拶する声にも力がない。沖川は「五分」を律儀に守るために、すぐに事情聴取を始めようとしたが、高石はこのままでは五分も話せないだろう、と判断した。椅子に腰を下ろして話し始めようとした沖川に対して「ちょっと待て」とストップをかける。

「野口さん、横になった方がいいんじゃないですか。肋骨を骨折してると、起き上がってるだけできついでしょう」

「ああ、いいですか」

助け舟に、野口が露骨にほっとした表情を浮かべる。高石は彼を助けて、ベッドに横にならせた。一つ溜息をつき、野口が高石に向かって頭を下げる。

「すみませんね。肋骨を折っただけで、こんなに痛むなんて……」

「骨折なんだから、大事にしないと」

言って、高石は沖川に視線を送った。沖川がうなずき、事情聴取を始める。最初はお決まりの確認事項。名前、住所を訊《たず》ねられた途端に、野口がうんざりした表情を浮かべるのに高石は気づいた。何度も同じ質問をされ、いい加減面倒になっているのだろう。だが、この作業は省くわけにはいかない。自分たちにとっては、あくまで初めて会う相手なのだから。

「電車で、どの辺の位置にいたのか確認させて下さい」

沖川の質問は、既に何度も繰り返し聞かされたものだろう。野口は面倒臭そうに、「先頭車両の真ん中付近」と答えた。高石は、すっかり覚えてしまった車両の図を、頭の中で再確認した。事故を起こした電車の扉は左右に四枚ずつ。「真ん中付近」ということは、中の二枚の扉の中程ということだろうか。正確にどの辺か——沖川も当然、そこには疑問を持ったようで、すぐに突っこんできた。

「前から何番目のドアのところだったか、覚えてますか」

「二番——いや、三番目です」

「間違いないですか」

「何で間違うんですか」睨みつけるような表情で野口が言ったが、寝たままなので迫力はない。

「単なる確認です」

「毎日乗ってますからね。同じ時間に、同じ場所で。でも、あの日はちょっと違う場所になったから、逆に覚えてるんです」

「ええ」沖川が軽く相槌《あいづち》を打つ。

「いつもは一番前のドアを使うんです。でも、あの日はホームに並ぶのがちょっと遅れて、そこが一杯だったんで、二つ後ろのドアから入りました」

「なるほど……事故直前ですけど、どんな様子でした？」

野口の答えは、それまでほかの被害者に聞かされたものとほとんど同じだった。カーブに差しかかったのにまったくスピードが落ちず、逆に上がったように感じた。ドアに顔を押しつけるように立っていたのだが、急に圧力がなくなり、後ろに引っ張られるように倒れた。

野口の喋り方はしっかりしていたが、声は頼りなかった。痛みや疲労のせいもあるだろうし、事故の恐怖がまだ心を蝕《むしば》んでもいるはずだ。

「後ろ向きに倒れたんですね」沖川が手元の紙に視線を落としたまま訊ねる。

「だと思います。でも、よく覚えていないんですよ」

「カーブに入る直前、何かおかしなことはありませんでしたか？」

「スピードを出し過ぎてる感じはありましたけど、今までもそういうことはありましたから」

「そうですか？」沖川が顔を上げた。

「ええ。だから、あの時も遅れ気味になってるのかな、とか思ってましたけど」

「でも、今まで事故はありませんでしたよ」

「そう、ですね」

「車内のアナウンスはなかったですか？」

「それは……あまりよく覚えてないけど、ないと思います」

「その前に、停車したり徐行したりしませんでしたか？　前の電車が詰まっていると、そういうこともよくあるでしょう」

「ないと思います」

沖川が何を懸念しているのか、高石にはすぐに分かった。ダイヤは綿密に組まれているが、朝のラッシュの時間帯は大抵乱れる。乗客が多過ぎて、駅での乗り降りに時間がかかるからだ。その遅れを取り戻すために、途中で制限速度を無視してスピードを上げる――いかにもありそうな話ではある。

「事故当日はなかったんですね？」沖川が念押しをした。

「あの日はなかったです……なかったと思います」自信なげに野口が言った。やはりあれだけの事故だ、状況を完全に記憶している人間など、いないのではないだろうか。結局こういう証言を拾い上げて、共通している要素をピックアップし、会社に対する事情聴取内容とつき合わせて、その瞬間の様子を再現するしかない。気が遠くなりそうな作業であり、疲れも見せずそれに従事する沖川の粘り強さには、頭が下がる思いだった。刑事のプライドが高いのは、根拠のない話ではない。

結局、新しい話は出ないまま、事情聴取は打ち切らざるを得なかった。横になったせいか、野口の顔から苦しそうな表情は消えたものの、疲労の色は濃い。約束の五分を過ぎてもまだ会話は成立していたが、急に言葉に力がなくなっていた。沖川がちらりと腕時計を見て、「これで終わりにします」と告げた。野口があからさまにほっとした顔つきになり、布団に顎《うず》を埋めたまま小さくうなずく。

それからさらに、ほかの被害者に対する事情聴取が続けられたが、目新しい話は出てこなかった。今は捜査の停滞期かもしれない、と高石は思った。事故直後は、どっと情報が溢れ出てくる。だがその後、肝心な事実を思い出したり、意を決して話そうと思うようになるには、それなりに時間が必要なはずだ。

「この病院は終わりだね」高石はリストを見ながら言った。事情聴取の内容に濃淡はあったが、全体としては決して上手《うま》くいったとは言えないだろう。何より、由紀江からきちんとした話が聴けなかったのが痛い。

「川田由紀江は、もう一回攻めたいですけどねえ」ナースセンターの前で立ち止まった沖川が、顎を撫でた。

「一日に二回は無理だろう」

「いや、足の怪我ですから、それほど気を遣う必要はないでしょう」

「やめておけよ」高石は素早く忠告した。「一日に二回も刑事が訪ねてきたら、胃潰瘍《いかいよう》になるぞ」

「こっちはそれが仕事なんですけどね」沖川の声は冷たく、内心の冷静さを感じさせる。

「しかし、どうも上手く進まないな……」

「お前さんは、どう思ってるんだ?」

「俺は平の刑事ですよ」沖川が肩を竦める。「全体像なんか、見えるわけないでしょう
……車に戻りましょうか」

何か話したいことがあるのだ、と高石は分かった。人目につく場所では話したくないのだろう。車に戻ると、沖川がすぐに口を開いた。自分に言い聞かせるようにつぶやく。

「運転士について、もっとちゃんと調べないと駄目だな」

「どうして?」

「速度超過は、間違いなく運転士のミスですから。どうしてスピードを出したのか、それが分からないとどうしようもない」

「しかし、本人が亡くなってるからなあ」高石はがしがしと頭を掻いた。「周辺を当たるにしても、限界があるだろう」

「そこは何とでもしますよ。どうも、このまま被害者に事情聴取を続けていても、話が進まないような気がする」

「勝手に動くわけにはいかんだろうよ」

「今夜の捜査会議で進言します。会社を調べている連中も、もっと運転士に関して集中して突っこむべきだと思う」

それでいいのか?　高石はふと疑問を感じた。沖川は、事故の原因を運転士の個人的な責任にまとめようとしているのではないだろうか。捜査が始まったばかりの段階での決めつけは危険だ。

「こういうのは、会社全体の問題があるんじゃないのかねえ」

「どうでしょう」沖川の声には力がない。さすがに、そろそろ疲れてきたのかもしれない。

「世の中、複雑になる一方じゃないか。電車一本動かすにも、どれだけの人がかかわってるか……システムだって複雑だろう。そのどこかに原因があるんだろうけど、一つに特定するのは難しいんじゃないか？」

「まあ、高さんの言う通りかもしれませんね」沖川が溜息をつく。「それでなくても、もともと列車事故の捜査は難しいんですよ」

「それは分かってる」彼がこれから苦労するだろうことを考え、高石は慰めの言葉をかけようとした。が、次の瞬間、視界の隅に気になるものを見つけ、車のドアに手をかける。

「どうしました？」面倒臭そうに沖川が訊ねる。

「いや……ちょっと待っててくれ。知り合いの東広鉄道の社員がいるんだ」

4

御手洗は、ちょうど車を降りたところだった。また被害者の見舞いに来ているのだろうか。先ほどまで会見に出席していたのに、今度はこの病院へ……彼の忙しさは、常軌を逸している。まだ若い——三十代前半というところだろうか——のに苦労しているな、と高石はまたも同情を覚えた。

「御手洗さん」

高石は走りながら声をかけた。ドアを閉めようとしていた御手洗が、ぎょっとしたように振り向く。一瞬、高石が誰なのか分からない様子だった。

「お疲れ様。昨日、病院で会いましたよね」

「ああ……はい」思い出した様子だったが、表情は暗い。警察官とは話もしたくない様子だった。

「会見、ご苦労様。テレビで見てましたよ」

「私は何もしていないので」御手洗が苦笑した。

高石は名刺を取り出し、彼に渡した。御手洗はしばらく、その名刺を凝視していたが、ほどなくサラリーマンとしての常識を思い出したのか、自分も名刺を差し出す。高石はうなずきながら受け取って、「ご苦労様」と繰り返した。御手洗の顔に、一瞬だが苦笑が浮かぶ。相当苦労しているのだな、と高石は確信した。

「会見は大変だったみたいですね」

「ああいうのは……やっておかないとマスコミも納得しませんからね。でも、やればやったでまた突っこまれるんですよ」

ずいぶん率直な物言いだ、と高石は意外に思った。ほぼ初対面の警官に愚痴を零《こぼ》すとは……あるいは、精神的にかなりダメージを受けて、誰かに愚痴を聞いてもらわないとやっていけないとでも思っているのかもしれない。

「ああ、あの、昨日はすみませんでした。病院で……」

「ああ、気にしないで」高石は顔の前で手を振った。「ああいうことも、仕方ないでしょう」

「申し訳ないことをしたと思っているんです」喋りながら、御手洗の目にみるみる涙が盛り上がる。「ああいうことには慣れてなくて……怒らせてしまいましたね。私の言葉が悪かったんだと思います」

「そんなに責任を感じるべきじゃないですよ」この若者の肩を叩いて励ましてやりたい、と思った。だがそれは、警察官の職分を越える行為だろう。代わりに言葉で慰める。「ああいう時、被害者の気持ちはずたずたになってますからね。何を言われても傷つくんだ。私も、彼の扱いは大変でしたよ」

「話、されたんですか？」

「仕事だから。あまりいい気持ちはしなかったけど」

「そうですよね」御手洗が深く息を吐いた。そうすることで、全身の毒を抜こうとでもするように。「でも、力不足でした。納得してもらうのは無理だとしても、もう少し力づけてあげられれば……」

「それは、誰がやっても難しいでしょう。今日は？　また被害者の方に謝罪して回っているんですか？」

「ええ。お会いするたびに、自分が情けない男に思えてならないんですけどね」

「そんなことはない」

高石は、自分でも驚くほど大きな声を出してしまった。御手洗が、びっくりして顔を上げる。

「いや、まあ……大変だろうけど、頑張って下さい」

「ありがとうございます。警察の人にそんな風に言われると、少しは気が楽になりますよ」

「そうですか?」

「それはやっぱり……」御手洗の視線が泳いだ。「本社の方、大変なんです」

「ああ、事情聴取が厳しいんだろうね」

「それも当然かもしれませんけど」溜息をつき、ゆっくりと首を振る。「あれだけ大変な事故が起きたんだから、追及も厳しくなりますよね」

「あの、こんなことを言うのも変だけど、ちょっとお茶でも飲みませんか?」

「はい?」御手洗が目を見開く。

「あなた、死にそうな顔をしてるよ。私も同じかもしれないけど……お互いに、少しカフェインを入れた方がいいんじゃないかね。このままだと、二人ともぶっ倒れる」

「いや、でも、入院している方とお話をしなければならないので」御手洗が腕時計に視線を落とす。社長の「謝罪時計」とは違い、ワイシャツの袖が閉まらなくなりそうな、分厚いクロノグラフだった。人に謝る時は、目立つ物はできるだけ身につけない方がいいよ、と忠告しようとして言葉を呑《の》みこむ。余計なお世話だろう。怪我を負って入院している人たちは、東広鉄道社員の服装やアクセサリーまで気に食わないかもしれないが……警察官がそこまで口出ししたら、明らかに職務をはみ出すことになる。

「座るのが嫌だったら、缶コーヒーでも」

「そうですね」御手洗が苦笑した。「確かに、ちょっとへばってます。甘い缶コーヒーがいいかもしれません」

「じゃあ、ちょっと自販機を探しますか……建物の方に行っていて下さい。いつまでもこんなところで立ち話しているわけにもいかないから」

言い残して、高石は車で待っている沖川に声をかけにいった。近づいていくと、沖川が運転席の窓を開ける。高石は、少し屈みこんで、彼と話した。

「何ですか？」沖川は不機嫌な表情を隠そうともしない。

「今の男と、ちょっと話をしたいんだ。悪いけど、先に次の病院に行ってくれないか？後から追いかけるから」

「いいですけど……相手は誰です？　東広鉄道に知り合いがいるんですか？」沖川が、身を乗り出すようにして駐車場の中を見回した。

「広報担当の社員だよ。昨日も会ってるんだ」

「勝手に事情聴取はまずいですよ」沖川の目が険しくなる。

「いやいや、そんな大袈裟《おおげさ》なものじゃないから」高石は苦笑しながら顔の前で手を振った。「顔をつないでおくというかな……そうしておけば、いざという時、何か役に立つかもしれないだろう」

「まあ、そうかもしれませんね」まだ納得していない口調で沖川が言った。「じゃあ、先に行ってますけど、丸めこまれないで下さいね」

「まさか」

「高さん、人がいいから。東広鉄道の連中だって、自分の身を守るのに必死なはずですよ。上手く言いくるめて、警察官を味方につけようとするかもしれない」

「俺はそれほど素直じゃないさ」実は素直なんだがな、と思いながら高石は言った。「簡単には人を信じないよ」

「それならいいですけど」溜息を零してから、沖川が車のエンジンをかけた。「じゃあ、先に行ってますからね」

「悪いね、すぐに追いつく――」高石の言葉が終わらないうちに、沖川は車を発進させていた。

誰も彼もが焦り、苛立ち、苦しんでいる。車を見送りながら、高石は首を振った。この事故では、八十人以上が犠牲になっただけではない。苦しみもがく人たちは、その何十倍もいるのだ。遺族——昨日、御手洗に突っかかって行った滝本のような——や、直接事故には関係ない東広鉄道の社員、そして捜査を担当する自分たち。全てあの事故に引き寄せられた人間たちである。本当は、こんな形で出会うべきではなかったのに。

御手洗の姿を捜して駐車場を見回すと、彼は自分の車に戻って来たところだった。両手に一本ずつ、缶コーヒーを持っている。高石は早足で、彼の許《もと》へ向かった。

「何だ、自分の分ぐらい払いますよ」

「これぐらいだったら、賄賂《わいろ》にならないでしょう」自分の冗談に、引き攣《つ》るような笑いを浮かべながら御手洗が言った。「雨、降りそうだし、車の中で話しませんか?」

「ああ」言いくるめる——沖川の言葉が思い出された。相手に影響力を行使しようとする一番簡単な方法は、自分の土俵で勝負することである。容疑者に話を聴く時も、相手の家よりも取調室を使った方がはるかに効果的だ。気をつけなければ、と自戒する。

社有車のようで、車内は素っ気なかった。しかし、一人で大丈夫なのだろうかと心配になる。昨日は、もっと若い社員と二人だった。高石は御手洗が差し出した缶コーヒーを受け取り、財布を引き抜こうとする。

「やめて下さいよ」強張った口調で御手洗が言った。「百二十円ぐらい、本当に賄賂にはなりませんから。それに、声をかけていただいて助かったんです」

「どうして?」

「実際、へばってましたから。言われないと気づかないもんですね」

「ああ、そういうことはあるよね」

御手洗がコーヒーに口をつけるのを見て、自分も飲み始めた。甘ったるい液体が喉を滑り落ちる感触は、あまり心地好《ここちよ》いものではなかったが、それでも体にエネルギーが満ちてくる感じはある。

「本当は、少し時間があるんです」

「そうなんですか?」

「お見舞いには、一人では行きません。必ず二人組なんです。ここで落ち合うことになってるんですけど、相棒が遅れてましてね」

「ああ、なるほど」確かに一人では無理だろう。何かトラブルが——昨日のようなことが起きた時に、対処しきれまい。「今まで何人ぐらい、会ってるんですか?」

「二十人……三十人近いですね。いろいろ大変です」愚痴を零して、腹の上で缶を抱えこむ。「本当は、こういうことが仕事じゃないんですよ」

「広報なら、確かに違うでしょうね」

「でも、大事故なんで、人手が足りない……」御手洗の声が頼りなく消えかかった。

慰めの言葉も無用かと思い、高石は無言で窓の外を見た。「雨、降りそうだし」という御手洗の言葉は、早くも現実のものになっていた。最初の一粒が窓ガラスに落ち、小さな王冠のような模様を作る。見る間にそれは広がり、車体を叩く、眠気を招くような音が大きくなってきた。そういえば一昨日、事故当日も雨が降っていたのだと思い出す。梅雨にはまだ早いのに。

「被害者の方と話して、どうするんですか？」

「今のところは顔つなぎです。いざという時のために、ご家族についても知っておかないと」

「気が遠くなるような作業ですな」高石は、先ほどの会見の様子を思い出していた。全部が中継されたわけではあるまいが、あの中では「補償」という言葉が一度も出なかったような気がする。その疑問を、そのまま御手洗にぶつけてみた。

「今の段階で補償のことなんか言ったら、逆に叩かれますよ」御手洗の話し方は、ひどく自虐的だった。「事件を収束させるつもりなのかって。無視しているわけにはいかないけど、切り出すタイミングは難しいです」

「被害者のご家族も、今はまだ金の問題なんかは聞きたくもないだろうし」高石はうなずいた。

「ええ。でも、いずれ金の問題は必ず出てくるんです。一家の働き手を失った方もいらっしゃるわけで……」突然、御手洗が言葉を切った。見ると、左手で缶コーヒーを持ったまま、右手で両目を覆っている。涙こそ流れていないが、嗚咽《おえつ》が零れ落ちていた。手を離すと、ヘッドレストに頭を預け、鼻をぐずぐず言わせる。「すみません」

「いや、辛い仕事なんだから、仕方ないですよ。泣いてストレス解消になるんだったら――」

「違うんです」御手洗が激しい口調で否定した。「そうじゃない。そういうことじゃないんです」

予想外の激しい言い方に、高石は思わず黙りこんだ。御手洗は肩を上下させ、ゆっくりと呼吸している。過呼吸にはならずに済んだようだが……言葉をかけても何の効果もないだろうと、高石は彼が落ち着くのを待った。コーヒーを一口飲み、窓に目をやる。雨はにわかに激しくなり、大きな雨粒がガラスにぶつかっては砕け、滑り落ちていった。

「――すみません」ようやく御手洗が口を開く。

「何か心配なことがあるなら、話してみたらどうですか？　相談に乗るとは言わないけど、話すだけで楽になるもんだよ」

「妹が、怪我したんです」

「今度の事故で？」高石は、声が上ずらないように注意した。反射的に空いた左手を握り締めてしまう。

「ええ。大したことはないんですよ。横転した車両じゃなくて、もっと後ろに乗っていたんで……」

「どこを怪我したんですか」

「足です。右の足首を骨折して」

「それは大変じゃないか」足首だったらしばらく動きようがないな、と高石は同情した。

「今、大学の四年で……就職活動中なんです。まだ決まらなくて、焦ってるんですよ。そんな中で、あの事故ですから」

「そうですか……」

御手洗の苦悩は、手に取るように分かった。年の離れた妹が、一生懸命に就職活動を続けている……最近は、三年の秋から就職活動がスタートし、翌年のゴールデンウィークにはほぼ内定が決まるのではなかったか。今がまさにデッドラインの時期であり、まだ決まっていないとしたら、焦り始めるのも理解できる。怪我で歩けなくなったら、この先苦労するのは目に見えていた。

「大したことはないんです」御手洗が震える声で繰り返す。「亡くなった方がいるんです。あの程度の怪我で済んだんですから、むしろ感謝しないと……」

「そうだねえ」高石はわざとのんびりした口調で言った。「就職活動も、大丈夫じゃないんですか。会社側だって、こういう事情は考慮するでしょう。チャンスはまだありますよ」

「そうかもしれませんけど……自分の気持ちを説明できない」御手洗が髪を掻きむしった。

心が掻き乱されるのも当然だ、と高石は思った。御手洗は、被害者への謝罪という重い仕事を背負わされている。当然、会社へのバッシングも耳に入っているだろうし、どこへ行っても、関係ない人からも罵声を浴びせられるような状況ではないか。その一方で、妹の怪我の具合も気になる。今の御手洗は、加害者にして被害者という、微妙な立場にあるのだ。何とも思わない方がどうかしている。

どう話を転がしていっていいか分からず、高石は彼の妹の話を聴いた。これが刑事なら、回りくどいことをせずに、事件について話題にするのだろうが、悩んでいる人間を目の当たりにして、高石にはそんなことはできなかった。刑事の真似事《まねごと》をして、捜査の手伝いをしようと思ったのは無意味だったのか、と思わず苦笑したが、今は話を聴くことで、彼の苦しみを和《やわ》らげてやりたかった。

御手洗の妹、華絵《はなえ》は、御手洗とちょうど十歳、年が離れているという。自分よりよほど優秀で、と御手洗が自嘲気味に言ったが、妹を自慢に思っているのはすぐに分かった。

「怪我の具合は？　ひどいんですか？」

「ギプスが外れるまで八週間、その後もしばらくは松葉杖《まつばづえ》が必要みたいです」

「じゃあ二か月以上、動きようがないわけだ。大変ですね」

「就職活動には、完全に乗り遅れですね。今年はもう、諦めるしかないかもしれない。来年巻き返した方が、有利じゃないかな。事故に遭ったことも、面接で売りになるかもしれないし」

「そういうことは、言っちゃいけないんじゃないかな」

途端に御手洗が萎《しぼ》んだ。背中を丸め、腿の間に両手を挟みこんでうなだれる。高石は慌てて言い添えた。

「いや、ほら、そんな形で同情を引かなくても、優秀な人なら十分勝負できるでしょう」

「そうなんでしょうけど……一年を無駄にするのは可哀想《かわいそう》なんですよ」

「分かりますよ」高石は静かに、しかし力をこめて言った。「でも、きっと大丈夫だから。あなたが言うように優秀な人だったら、一年ぐらい回り道しても、きっと自分がやりたい仕事ができるようになりますよ。優秀な人ほど、努力するものだしね」

「ええ……」

慰めはあまり役に立たなかったな、と高石は反省した。四十年近い警察官としてのキャリアも、これだけの大事故を前にすると、無意味だ。「街のお巡りさん」として多くの人に声をかけ、落ちこむ人を助けたことも何度となくあるが、あまりにも大きな事態に関して、人間ができることには限りがある。傷ついた人を癒すのは、優しい一言ではなく、時の流れしかないのかもしれない。

残った缶コーヒーを一気に飲み干し、ここから先、何を話そうかと迷う。遅れているという御手洗の相棒に早く来て欲しい、と願っている自分に気づいた。結局何もできないのだったら、時間切れタイムアウト、ということにしたい。意気ごんで彼に話を聴こうと思った自分の調子のよさに、自分でもうんざりし始めていた。

「警察も、大変ですね」溜息をつくように御手洗が言った。

「いや、これは仕事だから」

「私たち、どうなるんでしょうね」

「それは……どうかな」探りを入れてきているのだ、と分かった。気をつけないと、沖川の言うように言いくるめられてしまう。親切心で警察官が近づいて来たのをいいチャンスだと思い、捜査の状況を知ろうと考えるのは、会社員としては自然なことだ。もっとも高石は、捜査全体の流れを知るような立場にはないのだが。

「あれだけの事故だと、会社も刑事責任を問われるんでしょうね」

「今までのケースだと、そういうことが多かったね」

「民事訴訟もあるでしょうし、会社、大丈夫なのかな」

「公共企業だからね。東広鉄道さんがないと困る人は大勢いるんだから、潰れるようなことはないだろう」

「でも、どうなんでしょうねえ」御手洗が溜息をついた。「潰れるはずがないって言われていた会社が、今までにいくつも潰れているじゃないですか。今回も、ネットにあれこれ書きこみされていて、そういうのを見ると精神的に参りますよ」

「そうなるのは分かってるんだから、見なければいいだけの話でしょう。いくらネットに書かれたって、実害が出るわけじゃないから」

「でも、株価が下がってきてますから……書きこみを見て、影響が出てきてるんでしょうね」

「実害もあるわけか」

「あることないこと書かれてますけど、困ったもんですよ」

「で、実際のところ、どうなの？」高石は本筋に切りこんだ。自分は刑事ではなく、聞き込みも事情聴取も上手くない、と意識した上での行動である。何のために自分がここにいるか考えろ、と自分を鼓舞した。「さっきの会見でも、あまり突っこんだ話は出てきませんでしたよね」

「それは、会社の方でも一生懸命調べてますけど……」御手洗が口を濁した。「そう簡単には分からないんじゃないですか」

「速度超過の原因だけどね」高石は順番に指を折っていった。「遅れを取り戻すためとか、徐行のサインを見逃したとか……」

「その辺はまだ、はっきりしていないんです」御手洗が首を振った。「朝の運行ダイヤは、実はかなり余裕を持たせているんです。どの駅で乗降にどれぐらい時間がかかるかも、統計的に分かってますから、その辺も織りこんでダイヤを作っているんですよ。ですから、事故や車両故障がない限り、ある程度の遅れも計算のうちなんです」

「そのわりに、よく遅れるよね」東広鉄道の場合、終点に着いた時に五分、十分の遅れがあるのはごく普通なのだ。首都圏では一、二を争う混雑路線というせいもあるのだろうが……。

「ええ、すいません。いつもご迷惑をおかけしてます」真面目な顔で、御手洗が頭を下げた。「でも、首都圏のお客様は、大人しいですよ。十分ぐらい遅れるのはよくあることだと思って、予定を合わせてくれますから。関西の方は、もっと大変らしいです」

確かに。十分遅れたからといって、駅で暴動が起きた話など、聞いたこともない。大人しいというより、遅れを見越して一日の行動パターンを組み立てる、首都圏の人間の生活の知恵ということなのだろう。

御手洗の携帯が鳴り出した。馬鹿丁寧に「失礼します」と断って電話に出る。

「はい、御手洗です……はい？　また会見ですか？　ええ、それは大丈夫ですけど……じゃあ、本社に戻ればいいんですね？　分かりました。すぐ向かいます」

携帯を閉じて、首を捻る。高石に顔を向けて、「申し訳ないんですが……」と告げた。その顔には、困惑の表情が浮かんでいる。

「また会見？」

「ええ。夜にやるそうなんですけど、何か変だな」

「変って、何が？」

「それは……」

うつむき、御手洗が携帯をいじった。答えあぐねているのは、機密にかかわることだから、と高石にはすぐに分かった。

「会見する材料がないのに会見するから？」

「分かります？」

「何か、そんな感じでしたよ」

「顔に出ちゃ駄目ですね」御手洗が右手で顔を擦った。手を離すと、苦笑が浮かんでいる。「とにかく、会見の準備をしないと」

「広報本来の仕事だね」高石はドアに手をかけた。結局彼と会ったのも、単なる時間潰しになってしまったな、と悔《く》いながら。ふと思いついて言ってみた。「ネットなんかであれこれ書かれてるんだったら、それを打ち消すための会見なんじゃないの？　社長が顔を出せば、重みが違いますよね」

「そうかもしれませんけど、事情がよく分からないので」御手洗の口調は、急に歯切れが悪くなっていた。

「何か困ったことがあったら、電話して下さいよ。相談に乗るぐらいはできるから」

「でも、警察の人に相談っていうのも変な感じですよね。私は、言ってみれば容疑者みたいなものでしょう?」

「会社は捜査の対象だけど、個人個人に責任を負わせるわけにはいかないでしょう。困っている人がいたら助けるのが、警察官の仕事なんですよ……ちょっとさっきの名刺を貸して下さい」

差し出された名刺の裏に、自分の携帯電話の番号を書きつけて、御手洗に戻す。

「何でもいいんですよ。困ったことでも、泣き言でも。私にできることは、何でもするから」

「……すいません」頭を下げた御手洗の顔には、戸惑いの表情が浮かぶだけだった。

雨が降る中、高石は彼の車が駐車場を出て行くのを見送った。一日に二回の会見……事態が動いているわけでもないのに、これは少し異常ではないだろうか。無意識のうちに携帯電話を取り出し、捜査本部に連絡を入れていた。

5

「その会見は、間違いなくネット対策ですよね」次の病院で合流した沖川が、あっさり言い切った。

「そうだと思うよ」

「実際、かなりひどい書かれようなんですよ。ほとんどが無責任な噂なんですけどね。だけど噂を一々否定するわけにはいかないから、調査中ってことをもう一度強調するんじゃないですか？　それで収拾するとは限らないけど、何もしないよりはましかな」

「噂って、どんな噂なんだ？」

「それは、いろいろですよ」ハンドルを握ったまま、沖川が肩を竦めた。「遅れを取り戻すために、日常的に速度超過で運転してるとか……それを、運転席のすぐ側《そば》で何度も目撃している、とかね。鉄道好きな人はいるから、わざわざ先頭の車両の一番前に陣取って、運転席を覗きこんでても不思議じゃないでしょうけど」

「そんなの、簡単に見えるものかね」

「今回事故を起こしたL３０００系の車両がそうじゃないですか。でも高さん、お手柄じゃないですか。貴重な情報ですよ」

「会見をいつやるかなんて、いずれ分かる話だ」高石は白けて言った。「それに、捜査には直接関係ないだろう」

「いや、そうでもないかもしれない……会社側とは、必ずしも上手くいっていないんですよ。東広鉄道は、肝心のところで非協力的なんで」

「そんなものか？　あれだけの大事故を起こしておいて？」

「あれだけの大事故だから、です」沖川が言い切った。「下手すると、会社が潰れますからね。会社として一番困るのは、組織ぐるみの犯行だった、という結論が出ることです。日常的に速度超過が行われていて、会社がそれを黙認していたとか、ダイヤを守るために奨励していたとか分かったら、えらいことでしょう？」

「ああ」

「だから、どうやって会社を守るか、今必死になってるはずですよ」

「しかし、我々が捜査しているわけだから――」

いずれ明るみに出るはずだ、という高石の台詞は、沖川の冷たい言葉に掻き消された。

「全社を挙げて証拠隠滅しようと思えば、できないことはないでしょう。警察なんて、証拠を隠されたり、証言を捏造《ねつぞう》されたりしたら、弱いものだから。個人が相手の場合は、じっくり調べていけば何とかなるかもしれないけど、相手が大きな組織の場合はね……えっと、このマンションですね」

沖川がブレーキを踏みこむと、高石の体に軽くシートベルトが食いこんだ。車から降りると、いかにも高級そうなタワーマンションが目の前にそびえ立っている。東京の湾岸地区にでもありそうなマンションだが、最近はこの辺でも大流行なのだ。

「えらく豪華なマンションだねえ。どんな人が住んでるんだ？」

だけだったのだ。

「軽傷で済んだ人だね」

奇跡と言っていい。熊井紀華は一番前の車両に乗っていたのだが、手首を挫《くじ》いただけだったのだ。

「熊井《くまい》紀華《のりか》」

「勤めてるんじゃなかったか？」高石は自分の手帳を開いた。

「会社は休んでるそうです。怪我は大したことないけど、精神的なショックでね」

「まあ、それは仕方ないな」高石は音を立てて手帳を閉じた。二十四歳……あれだけの事故に遭遇したのだから、通勤するのも苦痛だろう。日常に紛れることで、日常を取り返すことができる人もいるのだが。

「とにかく、行きましょうか。貴重な生き証人なんで」

「ちょっと待て」

高石は、歩き始めた沖川の肩を後ろから摑んだ。怪訝そうな表情で沖川が振り返る。

「何ですか？」

「生き証人とか、言葉が悪いぞ」

「ああ……」沖川が力なく首を振った。「すみません。でも、一々気にしないで下さいよ。刑事なんて、こんなもんですから」

「口は悪いが、腹の中は清らかってことか」つい、皮肉が口をついて出る。

「関係者の前では、こんなことは言いませんから。心配ご無用です」沖川が少し冷たい視線を投げてきた。

余計なことを言ったか、と高石は後悔した。荒っぽい現場で鍛えられている刑事が、口が悪くなるのは自然かもしれない。一々気にしている自分の方が、警察官としては甘いのだろう。

熊井紀華は小柄なほっそりとした女性で、二十四歳という年齢よりもずっと若く見えた。制服でも着せれば、高校生といっても十分通用しそうな感じである。化粧っ気はまったくなく、顔は蒼白かった。怪我は手首だけのはず――包帯が痛々しい――だが、もっと重傷のように見える。精神的なダメージも大きいようで、二人と目を合わせようとしなかった。

事情聴取には、母親が付き添った。二人がけのソファに、ほとんどくっつくようにして座っている。母親はずっと眉間《みけん》に皺を寄せたままで、口を出そうとはしなかったが、さっさと帰って欲しいという雰囲気を露骨に発し続けていた。

「怪我、大したことなくてよかったですね」沖川が切り出す。

「はい……」心配そうに、包帯の巻かれた手首に手を添える。

「痛みますか？」

「痛いです」辛うじてうなずいたが、今にも泣き出しそうに唇が震えていた。

「早く済ませましょう。怪我しているのに、申し訳ないですからね」

「はい」

一瞬言葉が途切れると、冷たい沈黙が部屋を満たした。高石はその沈黙に耐え切れず、窓に目をやった。雨は激しくなっており、空に無数の細い線を描いている。ややあって、沖川が口を開いた。

「事故の時、どの辺りに乗っていましたか？」

「よく覚えてないんです」

高石は反射的に、正面に座る紀華の顔を見た。嘘《うそ》をついている様子ではなく、本当に覚えていない感じだった。

「いつも同じ場所に乗るんじゃないんですか？」

「はい、三両目に」

「その日はどうして、一両目に？」手元のメモに視線を落としながら沖川が訊ねる。

「あの、遅れて」

紀華がいつも東広鉄道に乗るのは、家の近くの青羽《あおばね》駅からだろう。あの駅は、と高石は構内の様子を思い浮かべた。橋上駅で、改札はホームの東京寄りのところにしかない。品川方面行きの上り電車に乗るなら、階段を下りて一番近いのは一両目の車両だ。

「ああ、普段は三両目に乗っているけど、ぎりぎりになったから、階段に近い一両目の車両に乗ったんですね？」沖川が、紀華の説明を補足した。

「はい、そうです」

「ぎりぎりだったら、一両目の一番前のドアではないんですか？」

「最初は……でも、あの日はすごく混んでて、どんどん中の方に押されていったんです。だから、事故が起きた時はかなり奥にいたんですけど、どの辺だったかは……とにかく、すごく混んでたんです」

「身動きできないほどに？」

「はい」

この程度の怪我で済んだのは奇跡だ、と高石は驚いた。自由に、自分の意志で動けさえすれば、ある程度怪我を避けることはできる。しかし、すし詰め状態だったら、何があっても逃げられなかったはずだ。たまたま運が良かったとしかいいようがないが……紀華は、命にかかわる重傷を負ったかのように、ずっと手首を摩《さす》っている。

「では、事故が起きる直前、どんな感じだったのか、覚えてますか？」

「それはちょっと……本を読んでました」

「本を読めるような状況でしたか？」

「吊革に摑まって、何とか」

小柄な紀華では、吊革を摑みながら本を読むのはかなり大変だったのではないか、と高石は思った。

「それで、事故が起きた時は？」

「覚えてません……」

沖川は簡単には諦めず、手を替え品を替え質問を続けた。しかし、紀華の答えは常に同じ、「よく覚えていない」。

大事故を経験すると、人間は様々な反応を見せる。怒り、焦り、悲しみ……全ての感情が、事故のショックを乗り越えるために使われる。紀華の場合、意識してかそうでないのか、記憶をシャットダウンすることで、何とか正気を保っているようだった。あるいは本当に何も覚えていないのか……突然事故が起き、とにかく怪我しないように、死なないようにと必死で踏ん張っている時に、周りの状況を見るような余裕はあるまい。

三十分ほども押したり引いたりの問答を続けた――ほぼ一方的に沖川が喋っていただけだが――末、事情聴取は打ち切りになった。沖川は表面上は平静を装っていたが、やはり相当かりかりしているようだ。マンションの外に出て車へ戻ると、思い切りタイヤを蹴飛ばす。

「クソ、話にならない」

「まあまあ」高石は宥めにかかった。車に八つ当たりしても仕方がない。「こういうこともよくあるんだろう？」

「だけど、貴重な証人なんですよ。一両目に乗っていた人からは、まだほとんど事情聴取できていないんですから」

「分かるけど、焦っても仕方ないだろう。彼女、相当参っている様子だったぞ」

「それは分かりますけどね……」

沖川が天を仰ぎ、嘆息した。大粒の雨が顔に降りかかるが、気にする様子もない。高石は濡れるのを嫌って、早々と車に入った。たっぷり一分ほども経った後、沖川が運転席に滑りこむ。スーツの肩が黒く濡れ、髪にも水滴がついていた。

「風邪《かぜ》ひくぞ」

「大丈夫です」エンジンを始動させたが、すぐには車を出そうとしない。ハンドルを両手できつく握り締めたまま、ぎゅっと目を閉じていた。

「ベテランの刑事さんでも、困ることがあるのかね」

「そりゃあ、ありますよ。ここまで大きな事故の捜査は、初めてですから」

「確かになあ」高石は顎を撫でた。これはめぐり合わせとしか言いようがないが、大事故の捜査を経験せずに刑事人生を終える人間も少なくない。殺人事件の捜査などとはまた違うテクニックが要求されるはずだ。

「とにかく、今のは失敗でした。そのうちもう一度事情聴取するかもしれないけど、俺は勘弁して欲しいですね」

「相手が多いから、大変だな」

「そうなんですよ」沖川が目を見開き、食いついてきた。「これが殺しなら、被疑者一人を相手にすればいいんですから。そこだけに突っこんで、深く掘り下げれば済みます。でも、こんなに関係者が多くちゃ、どうしようもないですよね……まったく、自分がただの歯車になったみたいだ」

「まあまあ、そう言わずに……そうだ、ちょっと気になる人間がいるんだけど、会ってみないか？」

「リストには載っているんですか？」

あの電車の乗客は、可能な限りリスト化されている。もちろん、怪我を負わずにそのまま立ち去った人たちもいるわけで、全員の名前は把握できていないが。

「どうだろう。ちょっと見せてくれないか」

沖川が、背広の内ポケットから折り畳んだ紙を取り出した。Ａ５判の紙に書かれた名前は、一枚あたり五十人。それが十枚あった。あいうえお順に並べられているので、すぐに目当ての人間を見つけ出す。辰巳吾朗《たつみごろう》。事故当日に会った、雑誌の記者だ。彼なら少しは、冷静に状況を覚えているのではないだろうか。高石はほとんど、事故のことについて話を聴いていないのだが……二日経っているから、話を聴くタイミングとしても適当だろう。

ほとんどの被害者の名前の前には、チェックマークをつける欄がある。「○」が事情聴取済み——既に二つついている被害者もいた——で、「×」が現在接触不可能。怪我がひどく、話もできないということだろう。「△」は、本人が事情聴取を拒絶している、という意味だ。「△」は結構ある。

辰巳には「○」が一つだけついている。これは一昨日、事故当日に高石が会った時のことだ。当日だったので、あまり詳しく話は聴いていない。比較的元気で——怪我は足の骨折だけだ——理性的に対応すれば、きちんと話をしそうなタイプではある。

「この、辰巳吾朗という男なんだがな」高石は、彼の名前のところを指で押さえながら、沖川に示した。

「ええ」

「一度、俺が話を聴いたんだ。東庸社《とうようしゃ》に勤めてる男なんだが」

「出版社ですか？」沖川の眉がくいっと上がった。

「そう。週刊タイムスの編集者だそうだ」

「面倒そうな男じゃないですか」沖川が唇を歪めた。「雑誌の人間なんて、興味本位で書きたてるだけでしょう」

「しかし今回は、被害者でもあるからね。事故当時の記憶も、はっきりしている。俺が会った後、誰も話を聴いてないみたいだから、行ってみないか？　何か新しい事実を思い出してるかもしれない」

「だけど、勝手に行くわけには、ねえ」

沖川の口調は歯切れが悪い。俺に主導権を握られるのは嫌だ、とでも思っているのだろうか。高石は下手《したて》に出て、「俺が特捜本部に確認しよう」と言った。

「いや、しかしですね」

「特捜本部がゴーサインを出せば、問題ないいんじゃないか？　この際だから、チャンスがありそうなところには、遠慮なく突っこんでみようよ」

「じゃあ……高さんが話して下さいよ」

沖川の機嫌は直らないようだった。いくら先輩とはいえ、所詮外勤のお巡りさん。興味本位で刑事の仕事に首を突っこまれたらかなわない、とでも内心憤っているのだろう。

「やっていいんだな？」高石は念押しをした。自分の図々しい申し出で、後輩が嫌な思いをしているのは分かっている。こちらとしては、少しでも被害者の心を和らげ、事件の真相を究明するために、慣れない仕事であっても手伝おうとしているだけで……悪意はない、と分かってもらいたかった。

「そりゃあ、高さんは大先輩ですから」

「刑事としては、あんたには到底敵《かな》わないよ。でも、一度会ってる人だから、向こうも気を許しているかもしれない」

「じゃあ、お任せしますよ。入院先は……」沖川がリストに目を通した。「車で二十分ぐらいかかりますから、その間に特捜本部を説得して下さいよ」

「分かったよ」

高石は携帯電話を取り出した。特捜の実質的な責任者——港東《みなとひがし》署の刑事課長か、県警捜査一課の管理官だ——と話すことを考えると、さすがに緊張する。高石は署内でも最高齢の一人だから、普段話す時は、刑事課長あたりは気を遣ってくれるが、今はあくまで手伝いをしているだけである。それも頼まれてではなく、自分から進んで、だ。白けた思いで見られていてもおかしくはない。もちろん、これだけの大事故である、人手が足りないのは間違いないのだが。

緊張感を抱えたまま、高石は呼び出し音を聞いた。特捜本部が立ち上げられている特殊な事態なのだから、呼び出し音一回で反応しろよ……心の中で文句を言いながら、高石はひたすら待ち続けた。

6

辰巳は病室にいなかった。左膝の骨折で、車椅子を使ったとしても、まだ満足に動き回れないはずである。高石はナースセンターを訪れ、彼の居場所を確かめた。迫田友美《さこたともみ》という若い女性看護師が応対してくれたが、ひどく疲れた様子で、盛んに目を瞬《しばたた》いている。

「病室にいないんですか？」友美が不審気に目を細める。

「いませんよ」

「じゃあ、また外に出てるんでしょう」

「外って、一人で？」

「だと思います」

雨脚はまだ強い。辰巳は何のために外へ出たのだろう。まだ安静が必要なはずだし、車椅子にも慣れていないだろうに。

「何してるんですか、彼は？」

「さあ」友美が肩を竦める。「それは、辰巳さんに直接聞いていただかないと。治療以外のことは、ここでは分かりませんから」

「どの辺にいるんだろうか」

「たぶん、屋上ですね」

高石は首を傾《かし》げた。屋根があるところならともかく、屋上では雨ざらしではないか。いったい何を考えているのか……沖川に告げると、彼はそそくさと腕時計に視線を落とした。

「ちょっと連絡しなくちゃいけないんで、車に戻ってます。一人で大丈夫ですよね？」

「ああ」面倒なのだろう。無理を言ってここまでつき合ってもらったのだから、これ以上不快な思いをさせたくなかった。本当は、聞き漏らしをしないために、事情聴取は二人ワンセットで行わなければならないのだが、この際、仕方がない。何か新しい話が出てくれば、その時に改めて事情聴取すればいいのだ。辰巳にとっては面倒だろうが、警察には警察のやり方がある。

一人で屋上へ出る。雨脚は強く、コンクリートの床で雨粒が白く跳ねるほどだった。非常口を出た途端、煙草の香りに気づく。辰巳が、苦笑を浮かべてこちらを見ていた。慌てていない振りをして煙草を携帯灰皿に入れて揉み消したが、すぐに煙草の香りが消えるわけでもない。高石は、鼻先に薄《うっす》らと漂う香りが、いつまでも残っているように感じた。

辰巳は、非常階段の出入り口の小さな庇《ひさし》を雨よけにしていた。車椅子に乗っていてぎりぎり雨が防げる程度で、実際にはサンダルを履いた爪先はかなり濡れている。膝の上にはノートパソコン。左手で、携帯電話を握り締めていた。

「怪我人の自覚が足りないんじゃないですか」高石はからかう口調で彼に忠告した。

「まあ、病室にいると、いろいろ……煙草も吸えないし、電話もかけられませんから」

「ロビーは？」

「あそこも携帯禁止なんですよ。公衆電話はあるけど、誰に聞かれるか、分かったもんじゃないでしょう」

「そんなに慌てて仕事をする必要があるんですか？」

「事故のことを記事にまとめないと」

「何か分かった？」高石は目を細めた。

「いやいや、そういうわけじゃなくて」辰巳が慌てて手を振る。突き出した右手が、雨のカーテンを切り裂いた。「事故当時の様子を記事にまとめようと思いましてね」

「乗り合わせた客として？」

「まあ、そういうことです」

辰巳の口調は歯切れが悪かった。記者根性と被害者の心の痛み――二つの感情の狭間《はざま》に陥っているのではないか、と高石は想像した。無理して……確かに、ああいう現場に居合わせることは、ジャーナリストとしては千載一遇のチャンスだろうが、この男だって命を落としかけたのだ。精神的なショックも大きいだろう。何も無理しなくても。

「週刊誌は締め切りとの戦いなんですよ」辰巳が、ノートパソコンを一撫《ひとな》でした。

「それは分かるけど、無理しない方がいいんじゃないの？　今は、わざわざ辛いことを思い出さなくても」

「どうせ、ずっと忘れられないんですよ。だったらきちんと字にして、自分の中で消化したい」

「立派だねえ」

視界を白く染める雨を見やりながら、高石がつぶやいた。聞きつけた辰巳が、乾いた笑い声を上げた。

「何だい、こっちは本心から言ってるんだよ」

「分かりますけど、何か変ですよ。何も慰めてもらわなくても、こっちはちゃんと立ち直りますから」

無理している、と分かった。明るく気丈に振る舞ってはいても、心の傷が癒《い》えたわけではあるまい。無理矢理事故の記憶を呼び覚まして記事に書き起こすことは、リハビリというよりも拷問に近い。それに挑もうという彼の精神力は、尊敬に値するものではあったが……自分も事故当時の様子を聴きに来たのだということも忘れ、高石は「無理して欲しくない」と強く願った。

「で、記事は書き終わったんですか」

「何とか。さすがに、写真は使えなかったけど」

「写真？」高石は、自分の声が尖《とが》るのを意識した。「写真って、事故当時の写真ですか？ そんなものがあったんですか？」

「いや、使い物になりませんでした」辰巳が慌てて弁明した。「気を失う直前に写真を撮ったんだけど、完全にピンボケしていて。デジカメも、シャッターを押せば何とかなるってものでもないんですね」

「その写真をいただくことはできないだろうか。ピンボケでも、捜査には役立つかもしれない」

「駄目です」辰巳が強張った口調で拒絶した。真《ま》っ直《す》ぐ前を見詰めた視線は、雨のカーテンの向こうにある何かを凝視しているようだった。

「でも、言ってみればボツ写真だろう？　だったら、警察に提供してもらっても問題ないんじゃないかな」

写真提供に関しては、マスコミと警察の間で過去にも悶着《もんちゃく》があった。しかし、報道よりも捜査が優先されるのは当然ではないかと、高石は思った。

「いや、本当に使い物にならないですよ。見れば分かります」

辰巳が、しぶしぶノートパソコンを開いた。写真を探し出し、画面に映し出す。確かにひどいピンボケだった。フルオートのデジカメなら、適当にシャッターを押してもそれなりの写真が撮れるはずだが、さすがに目視しなければ、きちんとピントが合わないのだろう。あるいは接写モードにでもなっていたのか。写真は何枚もあったが、すぐ手前にある網棚が大写しになって画面の半分ほどを塞《ふさ》いでしまっていたりと、使い物になりそうな写真は一枚もない。もしかしたら辰巳は、使える写真をどこかに隠しているのかもしれないと思ったが、そんなことをする意味はないとすぐに考え直す。自分が訪ねて来ることを事前に知っていたなら、話は別だが。

「こんな感じなんで……役に立たないでしょう」照れたように言って、辰巳がノートパソコンを閉じる。両手をパソコンの上に置き、また前方を凝視した。サンダルは、完全に濡れていた。

「部屋に戻らないの？　濡れると風邪を引きますよ」

「風邪を引いても、ここは病院じゃないですか。何とでもなりますよ」

辰巳の口調は、どこかやけっぱちだった。新しい煙草を取り出すと、素早く火を点《つ》ける。湿った空を渡ってくる風に一瞬焔《ほのお》が揺れたが、すぐに煙草に火が移った。

「まあ、そう自棄《やけ》にならずに」

「なってません」

二日前に会った辰巳は、やはり事故のショックを強く受けているようだった。盛んに唇を舐《な》めていたのを思い出す。それが今は、無理矢理自分の気持ちを奮い立たせ、仕事することで日常を取り戻そうとしている。それはそれで、パニックへの対処法ではあるのだが……無理すると、回復も遅れる。

「で、何の用なんですか？」盛んに煙草をふかしながら辰巳が訊ねる。

「それより、こんなところで煙草を吸っててていいんですか？　病院の中は、全面的に禁煙じゃないのか」

「看護師さんも、時々隠れてここで吸ってるみたいですよ。あの人たちも、ストレスが溜《た》まるから」

「あなたも？」

「ああ、まあ」困ったような笑みを浮かべ、辰巳がまだ長い煙草を揉み消した。「自由に動けないっていうのは、やっぱりストレスになりますね」

「それはそうだろうね」

高石は、その場で膝を折った。ぎりぎり、庇で雨を避けられる。こんな風に膝を折り畳んでしゃがんでいると辛いのだが、目線の高さを辰巳と同じにしたかった——今度は、高石が見上げる格好になったが。

「それで、何の話なんですか？」警戒した口調で辰巳が切り出す。

「事故当時の様子を調べていてね」

「そういえば今日、私服ですよね。制服じゃないんだ」目ざとく、辰巳が指摘した。普通の人だったら、気づかないだろう。

「刑事の真似事をしてるんだよ。聞き込みの手伝いだ」

「ああ」

「あなたには一度会ってるからね。話もしやすいだろうと思って」

「そう言われても、何も出てきませんよ」辰巳が苦笑する。「覚えてることは全部話したし、これ以上どうにかしろって言われても、困ります」

「案外、忘れていることもあるんだよ。後から思い出したりしてね」

「そうかもしれませんけど、今のところ、何も出てきてませんね」辰巳が肩を竦めた。「それで、事故の原因の方はどうなんですか？　速度超過だって盛んに言われてるみたいだけど、問題は、何でスピードを出し過ぎたか、でしょう」

「ああ」やはりこの姿勢では膝の負担は重く、高石は立ち上がった。気をつけて喋らないと……肝心の部分は何も分かっていないのだが、この男はマスコミの人間である。下手に勘ぐられても困るのだ。

「会見も見ましたよ。規定のスピードの一・五倍ぐらいで走ってたんでしょう？　あり得ないですよね」

「電車は遅れてたのかな」

「そういうこと、警察の方がよく分かってるでしょう」辰巳が苦笑した。

「残念ながら、東広鉄道に対する捜査も順調とは言えないみたいでね」

「そうなんですか？」

辰巳がすぐ食いついてくる。まずいな、と思い、高石は返事をしなかった。無言でいると、辰巳が畳みかけてくる。

「非協力的なのは、何か隠すことがあるからじゃないんですか。警察に触れられたくないようなことが――」

「ああ、そういう話はやめ、だ」高石は辰巳の言葉を途中で遮った。「俺は、東広鉄道に対する捜査には直接タッチしてないから。何も言えないんだよ」

「でも、捜査の事情はよくご存じですよね」

「そんなに突っこむなよ」高石は苦笑せざるを得なかった。「仮に知ってても、言えないぐらいは分かるだろう？　こっちは事情を聴く立場で、話す立場じゃないんだから。それで、どうなんですか？　何か新しく思い出したことはあるかな？」

「ですから、何もないですよ。何とかしたいんですけど……」

辰巳が唇を嚙む。何かあったな、と高石は想像した。この男は、顔に出やすいタイプのようだ。

「何かあったのかな？」直球勝負で聞いてみる。

「あの人……滝本さんって、知ってますよね？　婚約者がこの病院に運びこまれてから、亡くなった」

「ああ」高石は途端に、暗い気分になった。「昨日、会ってる」

あの男は、半分死んでいたようなものだ。婚約者を事故で奪われ、感情の赴くまま東広鉄道の社員に殴りかかり……本来、そういう乱暴なことをしそうな人間には見えないのだが、それだけショックが大きかったのだろう。紹介した弁護士には相談したのだろうか。婚約者の通夜には出席できたのか。

「彼の婚約者を最後に見たの、俺なんですよね」

「どういう意味だ？」

事情が分からず、高石はすぐに聴き返した。辰巳は、事故直後、気づいた時に彼女が自分の下になっていた、ということを淡々と話した。口調は静かだったが、いつの間にか両手を拳に握っていたのに気づく。

「何かできたんじゃないかと思って、辛いんですよ」

「それは無理だろう。あなただって、大怪我していたんだから。そんな風に自分を責めちゃいけない」

「分かってますけどね、彼の気持ちを考えると……約束したんです。この事故の真相を明らかにするって。警察だけに任せておけないと思ったんじゃないかな、彼は」

「それは、我々もずいぶん見くびられたもんだね」笑おうと思ったが、喉が狭まったように感じてしまう。「マスコミの方が頼りにされるようじゃ、警察もおしまいだ」

「お互い様でしょう。我々にしかできないこともあるんですよ」

「……まさか、本当に取材してたのか？」高石は、辰巳が握り締めた携帯電話に目をやった。電話さえあれば、ある程度取材もできるだろう。「そんな体で無理してどうするんですか」

「電話をかけるぐらいじゃ、体は何でもないですよ」辰巳が反論する。「残念ながら、電話でできることには限りもありますけどね」

「そうか」

高石は言葉を切り、じっと空を見上げた。低く垂れこめた雲。初夏の気配はすっかり消えており、今は肌寒ささえ感じた。

「病室に戻った方がいいですよ」高石は、車椅子に手をかけた。「本当に、こう冷えると風邪をひくよ」

「さっきも言いましたけど、病室じゃ電話も使えないんで」

「そうは言っても、ね」

高石は無理矢理車椅子の後ろに体を捻じこみ、少し前に出して方向転換した。一瞬だが、辰巳の全身が雨に晒《さら》され、彼は短い悲鳴を上げた。

「乱暴な人だな」

「言ってるだけじゃ、言うことを聞きそうにないからね」非常口を開けて建物の中に入る。さすがに辰巳も、この状態で暴れるつもりはないようだった。「あなたは、どれぐらい優秀なんですか?」

「何ですか、いきなり」辰巳が笑いながら訊ねた。

「事故の原因、一人で探り出せると思ってる？」

「うちには優秀なスタッフが揃ってますから。今、総出で取材してますよ」

「東広鉄道が何か隠しているかもしれないって言ったよね。その件で、本当は何か摑んでるってことはないですか？」

「ないです。高石さんこそ、何か知ってるんじゃないですか？」

「いや……」

今日二度目の社長会見のことが気になっている。東広鉄道側の動きがにわかに活発になってきたのは、噂を打ち消すためだけとは言えないのではないか。何かあるのだ。情報を提供して、世論を自分たちに有利な方に持っていかなければならない理由が。だが残念ながら、今の自分には会社側の真意を探り出す力がない。東広鉄道本体の捜査を担当している刑事たちにしても、会社と太いパイプをつないだわけではなさそうだ。

企業に対する捜査は難しいのだ。会社というものは、何か不祥事を起こすと、すぐに頭を下げる。世間と、株主に対する謝罪のために。しかし警察に対しては、非協力的な態度を取ることも少なくない。できれば捜査などして欲しくない、自分たちの懐を探られたくない、というのが本音だろう。会社全体が、「捜査に協力しない」という姿勢を固めてしまえば、それを突き崩すのは難しい。日本の会社というのは、一枚岩なのだ。真相を探るためには、社内のネタ元――裏切り者を捜す必要があるが、相当難しいであろうことは、容易に想像がついた。内部通報はかなり一般化してきているが、実際に自分が勤めている会社を裏切るのは、やはり大変なことなのだ。明日から路頭に迷う覚悟を決めて――やってはいけないことだが、会社が社員を切る理由はいくらでもある――警察に協力して話をする人間は、簡単には出てこない。

「実は今夜、もう一度記者会見があるそうだ」

「初耳だな。午後にやったばかりじゃないですか」

「それから何か動きがあったのかもしれない」

「高石さん、どこまで知ってるんですか？　何か知ってるなら、もったいぶってないで話して下さいよ」

「会見をやる、という事実しか知らないんだ」車椅子を押しながら、高石は首を振った。

「会社側の意向はまったく分からない」実際、御手洗も事情が分からないまま、会社に戻ったのだ。「でも、どうだい？　あなたなら、これだけの材料で何か調べられるんじゃないですか――優秀な記者なら」

「俺が優秀かどうかは分かりませんけど、うちのスタッフは優秀ですよ。高石さんが事情を知らないなら、警察の捜査とは直接は関係ないでしょうね。東広鉄道の中で、何か揉み消さなくちゃいけないようなことが出てきたか、整合性をとっておかなければならない事実が出てきたのか……」辰巳の喋り方に熱が入ってきた。

「悪いけど、今俺から投げてあげられる情報は、それぐらいしかなくてね」

「いや、助かりました」

弾む辰巳の声を聞きながら、自分はここに何しに来たのだろう、と高石は苦笑せざるを得なかった。

7

夜の捜査会議は、午後八時から始められた。捜査員の報告が続き、明日の予定を決めて——と定められた手順で会議が進む。高石は、役立たずと決めつけられ、外されるのではないかと恐れていたが、明日以降も同じように動けることになった。沖川と少し衝突したのが気にかかっていたが、彼の方ではもう気にしていない様子だったので、ほっとする。

一時間ほどで捜査会議が終わると、部屋の一角にあるテレビの電源が入れられた。ちょうど、九時のニュースが始まる時刻である。何人かの捜査員が集まり、テレビの画面に視線を投じる。高石はもう、スタミナが切れかかっていたが、自分もその輪に加わった。

冒頭で、アナウンサーが事故関係のニュースに触れる。

『八十人以上が亡くなった東広鉄道の脱線・転覆事故で、つい先ほどから東広鉄道の今日二回目の会見が行われています。詳しい情報が入り次第、会見の模様をお伝えします』

この件は、高石の情報から事前に分かっていたことなのだが、捜査員の間にざわついた空気が流れる。誰かが「ネットは?」と確認し、別の誰かが「まだノータッチ」と答える。高石は、隣にいた沖川に疑問の視線を向けた。

「東広鉄道のホームページは、会見のことには触れていないみたいです。最近は、重大な会見があると、ネットで生中継、みたいなこともあるんですけどね」

「ということは、東広鉄道は、重要な会見とは思っていないんじゃないか?」

「生中継はまずいのかもしれません。誤魔化《ごまか》しようがないですからね」

「なるほど」

高石は、近くの椅子に腰を下ろし、膝を揉んだ。昔は健脚で鳴らしたものだが、最近はさすがに体にがたがきている。長時間歩き回ったり立ったままだと、膝に痺《しび》れるような痛みが走るのだ。人に囲まれてテレビの画面が見えないので、音だけでニュースを追う。

なかなか会見に関するニュースが始まらないので、業を煮やした捜査員が、順次去って行った。人の隙間からテレビが見えるようになったので、高石は少しだけ近づいて画面を凝視した。沖川は高石の隣のテーブルに腰をひっかけるように座り、欠伸を噛み殺している。二十分ほどが過ぎた後、パソコンでネットを監視していた捜査員が声を上げた。

「会見の様子、アップされました！」

残っていた捜査員が、そちらにどかどかと押しかける。その直後、テレビのニュースも会見に関する情報を伝え始めた。人がいなくなった隙をついて、高石はテレビの正面に移動した。

『冒頭でお伝えした、東広鉄道の事故関連のニュースです。先ほど、東広鉄道の坂出社長が今日二度目の記者会見を行い、運転士が携帯電話でメールしながら運転していたことが、事故の原因である可能性があるという、独自の調査結果に基づいた見解を示しました』

おお、という驚きの声が上がり、ざわめきが広がる。その中に明らかな怒気が混じっていることに、高石は気づいた。

「これは……」沖川が、歯を食いしばるようにして言葉を押し出す。

「こんな話、初耳だぞ」高石も思わずつぶやく。

『会見で坂出社長は、死亡した中西智也《なかにしともや》運転士が、運転中に携帯電話でメールのやり取りをしていた、という事実を明かしました。事故現場で、この電車は定められた上限速度の時速八十キロより、約五十パーセントも速い百二十キロのスピードを出していたことが分かっていますが、携帯電話を操作していて、スピードを出し過ぎた可能性がある、と指摘しています』」

「馬鹿な……」

沖川が小声で言った。ちらりと横を見ると、怒っているというより、呆《あき》れ返っている。彼の気持ちは痛いほど分かった。警察の捜査、運輸安全委員会の調査と並行して、会社側が独自に事故の原因を調べるのは、当然のことである。他人任せにしていたら、むしろ世間や株主が騒ぎ出すだろう。しかしこの件は、警察にはまったく情報が入っていなかったのだ。自分たちで調べ上げた事実を、捜査機関に通告せずに勝手に発表している——意図的な、それも黒い意図を感じざるを得ないやり方だった。

捜査会議が終わって一度散っていた捜査員たちが、再び集められた。録画されたニュースが何度も繰り返し見直され、ネットのチェックも進む。テレビのニュースよりも詳しく報じる新聞社のサイトもあったが、それでも警察としては足りない。

電話がひっきりなしに鳴り響き、それまで静かだった特捜本部は、一気に喧騒《けんそう》に包まれた。こういうことに慣れていない高石は、特捜本部の隅に陣取り、跳ね上がる鼓動を抑えようとじっと唇を嚙み締めていた。手馴《てな》れた刑事なら、自分がやるべきことをすぐに見つけて動き出すだろうが……自分だけが渦から取り残されてしまったように感じる。

部屋の一番前——現場キャップの人間が陣取る場所だ——で電話が鳴る。所轄の課長、芦田《あしだ》が受話器を取り、耳に当てると、すぐに怒声を鳴り響かせた。

「駄目だ、駄目だ。あんた、何考えてるんだ。特捜に電話してくるのはルール違反だろうが！」怒鳴るだけ怒鳴って、受話器を叩きつけてしまう。

「何だい、あれ」傍らにいる沖川に小声で訊ねる。

「ブンヤさんじゃないですか。会見の内容が本当かどうか、確認してきたんじゃないかな」

「特捜に電話してくるなんて、なかなかやるじゃないか」

「だけど、課長が言った通りで、ルール違反ですよ」沖川が肩を竦める。「直接ここへ電話してくるブンヤさんなんて、初めてだな」

「ある意味、執念だね」辰巳の顔を思い浮かべながら、高石は言った。

携帯が鳴り出す。そう思ったからということでもないだろうが、かけてきたのは辰巳だった。彼も、テレビで会見を見たのだろう。慌てて廊下へ飛び出し、電話に出る。

「辰巳です……会見、テレビでやってましたね」

「ああ、見ましたよ」

「何なんですか、あれ」

「あなたの方では、事前に摑んでなかった？」

「情けない話ですけど、まだそこまで東広鉄道に食いこめていないんで……だけどあれ、本当なんですか？」

「さあ、どうだろう」

「警察も摑んでいない？」

喋るのが苦痛になってきた。彼をけしかけたのは自分である。だからといって、こんな風に確認の電話がかかってくるのはまずい。下手なことを話したら、情報を流出させた、と上層部に睨まれかねない。

「俺は何も聞いてない」結局、無難な返事をするしかなかった。実際に聞いていないのだから、これは嘘ではない。

「ちょっと、考えられないなあ」

「そうですか？」

「こういう時、会社っていうのは神妙になるものじゃないですか。あれだけ大きい事故を起こしてるんだから、世間から叩かれないように、できるだけ頭を低くする。警察の意向に逆らってか無視してかは分かりませんけど、あんな風に勝手に原因を発表するのは、あり得ないと思うけどなあ」

「まあ、そんなものかもしれないね」

「本当に何も知らないんですか？」

「俺は、ね」

「しかし、ちょっと考えられないですよ」辰巳の声に疑念が滲んだ。「運転中にメールって……確かに過去には、そういう問題が起きたこともあるけど、あれだけ混んでて過密ダイヤで運転している電車ですよ？　運転士も、そんなことをする気にはなれないと思うけど」

「あなたこそ、何か摑んでるんじゃないの？」高石は突っこんだ。

「まさか。こっちは病院にいて、電話だけが頼りですからね。残念ながら、何も摑んでません」

「だからって、俺のところに電話してきても、何も出ないよ」

「分かってますよ……でも、この件、絶対変ですからね。会社側を徹底して調べた方がいいですよ」

「あなたはどう思います？」

「幕引きを狙ってるのかな……」自信なげに辰巳が言った。

「幕引き？」

「要するに、死んだ運転士に責任を全部押しつけちゃうんですよ。もちろん、会社側も責任は免れないだろうけど、運転士がメールしていたっていうなら、ねえ？　世間の非難は、運転士一人に向くでしょう。その隙に、会社側は補償交渉なり、世論対策なりの手が打てる」

「そんなことしても、すぐばれそうなものだけどね」

「高石さん」それまでぺらぺら喋っていた辰巳の声が、急に低くなった。「会社っていうのはね、ずるいものです。自分たちの身を守ろうとして、とんでもないこともする。大きい会社、公共的な会社に限って、そういう傾向が強いですね。しかもですよ、企業広報や防衛のやり方については、研究が進んでいるはずなのに、逆にどんどん下手になっている気がする」

「ちゃんと対策を取っている会社は、何か問題があっても表に出てないってことじゃないのかな」

「ああ、それもあるかもしれません」辰巳の声から、急に元気がなくなった。彼自身、何が何だか分からず、自分に電話してきてしまったのかもしれない。冷静で経験豊富な男にして、やはりあの会見はかなりの衝撃だったのだろう。

「とにかく、俺に聞かれても何も分からないよ」

「分かってますよ。でも、この件は疑ってかかった方がいいと思う」

「肝に銘じておきましょう」

電話を切り、嫌な予感を覚える。本当に、東広鉄道は、運転士一人に責任を負わせて事故の幕引きをしようとしているのだろうか。警察を無視して？　あり得ない。調べれば分かってしまうことなのだ。そんなことははっきりしているのに……どうにも会社側の意図が読めない。

特捜本部に戻ると、ざわつきは一段と大きくなっていた。沖川が近づいて来る。怒りのせいか、顔が真っ赤になっていた。

「東広鉄道の人間を呼びました」

「そうか」

「あの会見の真意を聴かないと……相当厳しくやりますよ。今夜は遅くなりそうです」

「だったら俺もつき合いますよ」

「いや、高さんは無理しなくてもいいんじゃないですか。明日もありますから」

「俺だって、特捜の仕事に首を突っこんでるんだぞ。最後まで知りたい」高石は拳を握り締めた。


警察に対する東広鉄道の直接の窓口は、総務部長の篠原《しのはら》だった。高石はちらりと見ただけだが、背中が曲がった小柄な男で、自分と同じように定年間際の年齢に見える。きちんとスーツを着こなし、取調室に入って行く姿には、「余計なことは何も喋らない」という固い決意が見て取れた。

事情聴取の様子は、逐一伝わってきた。
・会社の独自調査で、運転士が事故の直前に携帯電話を使っているのが分かった。

・警察に話をしなければならないのは分かっていたが、世間を納得させるためにも、できるだけ早く公表する必要があった。
・株主にも責め立てられており、会社としても焦っている。
・運転士とメールしていた社員はショックで入院しており、話は聴けない。面会謝絶になっている。

自分の手帳に殴り書きしたメモを見ながら、高石は疑念が膨れ上がってくるのを感じた。携帯電話を使っていた――そもそも、それがどうして分かったのだろう。担当している人間は、もっと突っこんで聴いてみるべきではないのか。

さらに詳しい事情が分かって、高石の疑念は一層膨らんだ。メールをしていたというのは、あくまで社内の人間――運転士の中西智也とメールしていたという人間の証言に基づいた情報であり、物理的な証拠は残っていない。東広鉄道では、乗車勤務時、社員に携帯電話の所持を許可していないし、事故現場からも中西の電話は見つかっていない。運転席は半分ほど潰れて滅茶苦茶になっていたが、客室の大混乱の影響はさほど受けていなかったので、携帯電話があれば発見されていたはずである。そして受け取った方の人間は、既にメールを削除していたという。

「携帯のメールっていうのは、履歴が残るんじゃないかね」高石は、沖川に訊ねた。

「それが、携帯メールじゃなくて会社のシステムを使ったインスタントメッセージのようなものだったらしいんですよ。どうも、端末の方で消してしまうと、履歴の追跡が難しいらしいです」

詳しいことは分からないが、とにかく「メールしていた」という事実は、証言からしか裏づけられないらしい。

「メールの内容は？」

「大したことはなかったみたいですよ。一緒に食事をする約束をしていて、その確認とか。その程度の話だから、受け取った方もすぐに削除したんでしょうね。メールって、放っておくとどんどん溜まりますから、そういうやり方は理解できないでもない」

「沖さんよ、こいつはかなり変な感じがしないか？　メールのやり取りをしていた事実をでっち上げても、こっちでは検証しようがないじゃないか」

「うーん」沖川が頭を掻いた。「でっち上げかもしれないけど……そうですねえ……証言を潰すには、新しい証言か証拠を見つけるしかないけど、会社側はあくまで、この線で押し通すんじゃないかな」

「冗談じゃない」高石は拳を固め、腿にぶつけた。「これは、警察に対する挑戦だぞ」

「でっち上げだという証言が得られればいいんですけどね……難しいかな」

「弱気になるなよ」

「高さんにそんな風に言われるとは思ってませんでしたよ」沖川が肩を竦める。「これじゃ、立場が逆だ」

「いや、偉そうに言うつもりはないんだけどな」高石は思わず一歩引いた。「でも、やっぱりおかしいだろう」

「ただねえ……ばれる恐れがあると分かっていて、会社側がでっち上げをやるとは思えないんですよ」沖川が、無精髭《ぶしょうひげ》の浮いた顎を掌で擦った。

「確かにそれも不自然だな」

だとすると、でっち上げはでっち上げでも、完璧なシナリオがあるのかもしれない。沖川の言う通り、メールの履歴が取れない、本人の携帯は行方不明、受け取った人間は削除してしまったとなると、「メールのやり取りがあった」という証言だけが生き残る。これを打ち消すには、「携帯電話など使っていなかった」という証言を得るしかないのだが、それは肯定的な材料を見つけ出すよりはるかに難しい。

「困ったねえ」

「そうとばかりも言っていられないんで」沖川はまだ折れていないようだった。昔から簡単には諦めない男だったが、刑事になって、粘り腰に磨きがかかったようだった。

「よし、集まってくれ」

刑事課長の芦田が両手を叩き合わせる。ざわざわしていた特捜本部の空気が一気に静まり返り、その直後には、椅子を引く音が満ちる。再び外に飛び出して行った人間を除き、刑事たちが着席した。ここまでわずか数秒。高石は一番前の左端に陣取り、背筋を伸ばして芦田に注目した。疲労と緊張感が一瞬せめぎ合い、緊張感が勝つ。眠気が吹き飛び、ぴしりと背中が伸びた。

「今までの状況を説明する。まず、東広鉄道側の対応だ。会見で出ていた、運転士が事故直前に携帯電話を使っていたという話だがな……会見があるまで、向こうからはこの事実に関して一切報告はなかった」

一斉に溜息が漏れる。舐めやがって、と誰かがつぶやいた。高石は両手をきつく握り合わせ、芦田の次の言葉を待った。

「総務部長をこちらに呼んでいるが、この件は夜になって分かった話で、慌てて緊急会見したと弁明している。とにかく表に出た以上、携帯電話の件は突っこんで調べざるを得ない。明日、事故車両の調査に人手を多く割《さ》くことにする」

人員の割り振りの説明があった。高石は入っていない。名前が読み上げられるのを聞きながら、高石は微妙な違和感を覚えていた。何かがおかしい……夜になって分かった？

違う！

気づくと、高石は立ち上がっていた。

「どうかしましたか、高さん」芦田が驚いて顔を上げた。自分より十歳ほど年下で、階級の差に関係なく、署内では気安く言葉を交わす仲だ。

「ああ、すいません。ちょっと気になったことがあったもので」

「どうぞ。何でも言って下さい。ベテランの意見は歓迎しますよ」

からかっているのか本気なのか分からないが、ここは躊躇《ちゅうちょ》すべきではないと思った。

「午後、この会見のことについて連絡を入れました」

「ああ、あれは高さんの情報でしたね」

「午後ですよ。午後にはもう、会見をやることが決まっていたんです。それなのに、夜になって事実関係が分かった、というのは変じゃないですか」

一瞬、特捜本部の中が静まり返った。

「嘘、ということか……」芦田が目を細める。

「その可能性はあると思います」

「すぐばれるような嘘だが」

「どういうことなのかは分かりませんが」

「よし、東広鉄道の調査に関しても、もっと人を割こう。もしかしたら、事故車両にも何か細工しているかもしれない」

そこまでするか？　力なく腰を下ろしながら、高石は鉄道会社の考えていることが読めなくなってきた。いや、そもそも「会社」が考えるわけではない。証拠隠滅を図り、一人の人間に全責任を押しつけて、会社の責任を軽減する——そんなことを会議で決めているのだろうか？　あるいは社長の鶴の一声？　それとも、異常に悪知恵が働く役員でもいるのか。

日本人はそれほどいい加減ではない、と信じたかった——だが会社というのは、また別のものかもしれない。社会的に広く認知された一流企業とはいえ、常に社会的責任を完全に果たすとは限らない。会社が何のために存在しているかは議論が分かれるところだが、ともすれば「社員のため」と判断してしまう経営陣もいるだろう。会社の評判を守り、社員が誹謗《ひぼう》中傷の対象にならないようにするために、徹底した防戦態勢に入る——そうすることで様々な軋《きし》みが生じ、事態がさらに面倒になるのは承知の上で。

二度目の捜査会議が終わり、高石は一人署を抜け出した。夜十時を過ぎ、これから動くにはいかにも遅い。警官としての常識からも、社会人としての常識からも外れている。しかし常識に従うことだけが、警察官としての仕事ではないはずだ。誰のために仕事をするか——被害者のためではないか。そのためには、真実を明らかにするのが一番なのだ。

8

病院側とは一悶着あった。十時半……それも当然だと思いながらも、高石は引かなかった。こういうことは、できるだけ早く勝負をかけなければならない。基本的に時間が経てば経つほど、人の記憶はあやふやになるのだ。最終的に病院側は、「本人が了解すれば」と一歩引き、同時に看護師か医師の立ち会いを要請した。とにもかくにも話を聴くのが一番なので、高石は病院側の要求を呑んだ。

ナースセンターでしばらく待たされ、病室に入ったのは午後十時四十五分。来た甲斐《かい》はあったと自分を慰めたが、看護師が二人同席したので、緊張感がいや増す。川田由紀江はまだ起きていたようだが、高石以上に緊張していた。両手をきつく握り締め、ちらりと高石を見るものの、目を合わせようとはしない。

「いやあ、夜分遅くに申し訳ないですねえ」高石は、意識して軽い口調で言った。

「いえ」

「実は、あの事故に関して、新しい事実が出てきてね。事故の本質にかかわる、大変重大な問題なんです。それで、あなたに力を貸してもらえるんじゃないかと思ってね。こんな遅い時間にお邪魔したんですよ」

「はい」

　由紀江の返事は短い。必要最低限のことしか喋る気がないようだった。疲れているだろうし、警戒しているのも分かる。とにかく必要なことは話してしまわないといけない、と高石は自然に早口になった。

「事故直前に、運転士が携帯電話を使っていたという話があるんですよ。メールを打っていたということで、受け取った人間もいます。今のところ、そういう証言しかないんですけどね。運転士の携帯電話も見つかっていないので。どうですか？　あなたは、運転席が見える場所にいた。そういう場面を見ていませんか？」

「携帯電話、ですか」低い声で由紀江が繰り返した。

「そうです。携帯電話です」

「でも、はっきり見ていなかったですから……見てる暇なんかなかったし」

「すごく混んでたんだよね」

「はい」

「でも、どうかな。ちらりとでも、運転席の方を見なかった？」

「それは……」由紀江が唇を噛む。

「慌てないでいいから、ゆっくり思い出して」

　高石は立ち上がり、ベッドの反対側に回りこんだ。ドアの近くにいると、二人の看護師を背負う形になり、何とも落ち着かない。由紀江の視線がゆっくりとドアから窓へ向き、小さく溜息をつく。

「分かりません」

「覚えていないんじゃなくて、分かりません？」我ながらしつこいなと思いながら、高石は突っこんだ。

「それは、あの……分かりません」

「運転士っていうのは、運転中は集中してるもんじゃないのかな」自分で喋りながら、何と当たり前のことを言っているのだろうと呆れる。「携帯を使うなんて、普通は考えられない。特に、事故の場所はカーブになってるわけだから、集中しないと危ないでしょう」

「あ」

由紀江が短く声を上げた。高石はベッドに近づきたいという欲求と闘いながら、ごくさりげない口調で訊ねた。

「何か？」

「あの、声が」

「声？」

「はい」由紀江が小さい、しかしはっきりした口調で言った。「カーブに入る直前だと思うんですけど、『よし』って言わなかったんです」

「『よし』ですか？」何かを確認していたのだろうか。高石は自分も、電車に乗っていてそういう声を聞いたことがある。ドアで仕切られた客車にも聞こえてくるぐらいだから、かなり大きな声なのは間違いない。そういう風に、大声で確認事項を言うように教育されているのだろう。

「いつも、あのカーブの前で、運転士さんが『よし』って言うんですけど、何も聞こえませんでした。それで、急にスピードが上がった感じがして……」

「それは大事な情報ですよ」興奮が這《は》い上がってくる。今度は彼女の肩を叩いてやりたい、という欲求と闘わなければならなかった。

「そうなんですか」自信なげに由紀江が言った。まったくぴんと来ていない様子で、高石を見詰める視線は不安気に揺らいでいる。

「普段と違うことをしていたということは、きっと何かあったんですよ」

この辺が潮時だろう、と高石は判断した。もっと聴けばさらに情報は引き出せるかもしれないが、無理は禁物である。とにかく彼女は怪我をしているのだし、精神的なショックも引いていない。無理して症状を悪化させてしまっては、本末転倒だ。

簡単に礼を言い、病室を辞した。看護師たちは何のことか分からない様子で、話を聞きたがったが——患者を守る仕事が終われば、単なる野次馬になるのだと気づく——高石は彼女たちを振り切って病院を後にした。一つ、情報が手に入った。証明が難しいと思われた、否定の情報。雨の中、駐車場に向かいながら、特捜本部に電話を入れる。連絡を受けた芦田が、興奮しきった口調で状況を何度も確認した。高石自身の高揚した気持ちを鎮めるように、雨が髪に降りかかる。

日中からずっと降り続いていた雨のせいで、アスファルトはところどころが水溜《みずたま》りになっている。夜の駐車場はほとんど照明がなく、二度ほど、水溜りに足を突っこんでしまった。冷たさが意識を鮮明にし、今日最後にやるべきことを、高石に思い出させる。これは明らかに、単に手伝いをしているだけの自分にとって職分を越えた行為だと分かっているが、ここまできたのだ、やってみるだけの価値はある。文句を言われたら、その時には頭を下げておけばいい。

しばらくその場に佇《たたず》み、頭から雨を浴び続ける。一昨日も雨だった……脱線転覆した車両から助け出され、しばらく雨に打たれていた被害者たちの様子を思い浮かべる。高石もあの現場にいたのだが、長い警察官生活の中で、足が竦む経験をしたのは、あれが最初だった。あれだけの事故を起こしておきながら、東広鉄道の態度は真摯《しんし》なものとは言い難い。反論できない相手に責任を全て押しつけ、頬かむりしようとするなど——あってはならないことだ。

大股で歩き出す。何度か靴が水溜りに突っこみ、冷たさと不快感がこみ上げてきたが、無視することができた。やるべきことがある時、些細《ささい》な問題など頭から抜け落ちてしまうのだ。

車に落ち着くと、高石は携帯電話を取り出し、御手洗の電話番号を打ちこんだ。通話ボタンの上にしばらく親指を乗せたまま、躊躇《ためら》う。話してどうにかなるだろうか。御手洗はまともに対応してくれそうな気がするが、自分が彼の人間性を見誤っている可能性もある。ああいう真面目そうな態度も演技ではないか……彼は所詮、東広鉄道の社員である。しかも広報担当となれば、外部の敵に対して、会社を守るのも仕事のうちだろう。果たして自分の言葉が、彼の良心を動かすことができるかどうか。

迷うな。

自分に言い聞かせ、通話ボタンを押す。呼び出し音が二回鳴っただけで出てきた御手洗は、この時間、そして精神的、肉体的に追いこまれた状況であろうにもかかわらず、元気でしっかりした声だった。

「港東署の高石です」

「ああ、お疲れ様です」快活、といっていい調子だった。

「会見、ご苦労様でした」どこから切り出すべきか迷い、高石は彼を労《ねぎら》うことから始めた。

「いえ」急に、声に警戒感が忍びこむ。

「あの後、御社の総務部長が警察に呼ばれたのはご存じですね」

「はい」緊張感が急に高まってくる。声は高く、少しショックを受けたら、ひび割れてしまいそうだった。「あの、ご用件はなんでしょうか」

「あの釈明――運転士が携帯電話を使っていた話、嘘ですね」

「まさか」

即座に否定したが、高石はかすかな違和感を味わっていた。「まさか」？　普通は「違います」と言うべきではないか。彼はまるで、未知の事実を知らされたように反応した。

「まさかって、何がまさかなんですか？」

「会社の方できちんと調べた結果です。嘘をつく理由がありません」

「あれが本当だと、あなたは確信している？」

「そのように聞いています」

「聞いているだけで、自分で検証したわけじゃないですよね」

「それは、私の仕事じゃありませんから。社内の事故調査委員会が――」

「その委員会のやっていることは、全面的に信用できるんですか？」

御手洗が黙りこむ。怒っているのか、会社の動きに対して疑問を抱き始めたのか、高石にはにわかに判断しかねた。

「御手洗さん、冷静に考えてみて下さい」

高石は、会社側の見解の疑わしい点を列挙し始めた。物的証拠が何も残っていないこと、頼りになるのは、メールを受け取ったという社内の人間の証言だけであること。これでは証拠としてあまりにも弱い。

御手洗が黙りこむ。彼の緊張と苦悩が、電波を伝って高石にも染みこむようだった。高石は携帯電話を左手から右手に持ち替え、汗で濡れた左の掌をワイシャツで拭った。肌寒い天候にもかかわらず、額に汗が滲んでいるのを意識する。車のエンジンは止まったままで、雨がフロントガラスを濡らして視界を歪ませていた。

「私は、会社の方針に従って動いているだけですから」

「それは分かる。私もそうですよ」

「分かってるなら、そんなことを言わないで下さい。会社が言った以上のことは言えないんですよ」

「そうかもしれないが、それだけでいいんですか？　社会的に間違ったことをして、それで知らんぷりをしていても許されると？　東広鉄道が、株主に対して気を遣っているのはよく分かります。早く事件の幕引きをしたいと願うのも、理解できないじゃない。でも、嘘をついたとばれたら、もっとひどい結果になるんじゃないかな。結果的に株主も怒らせ、社会的信用は今以上に失墜《しっつい》する」

「株主総会が近いんです」

そういうことか、と高石は合点がいった。株主総会は六月に集中している。今は五月。ということは……様々な想像が頭の中を駆け巡った。事故の原因がきちんと解明されるには、それなりに時間がかかる。しかし、「大枠」だったら別だ。もしも今回の発表をを東広鉄道側がずっと押し通すとしたら、県警もそれを打ち崩すにはそれなりに時間がかかるだろう。事故原因が曖昧なまま株主総会に臨めば、株主側も厳しく突っこむ材料を持てないのではないか。結局、「早急な事故原因の調査を」と言うしかない。それに対して会社側は、ひたすら頭を下げていればいいのだ。経営陣の責任を問う声も、危険なほどは大きくならないかもしれない。

そんな風に想像すると、また怒りがこみ上げてくる。結局この会社は、自分たちの保身しか頭にないのではないか。事故原因を究明することは、その後の事故防止にもつながる。そんな当たり前の事実を無視して、利益を守ろうとしているだけなのだ。

「よく考えて下さい」高石は怒りを何とか呑みこみながら、静かな声で告げた。「あなたが会社の利益を守ろうとするのは、私にもよく理解できる。でも、あなたは会社員である前に社会人なんだ。こういう事故を起こした時、社会人として何ができるか、考えて欲しい」

「私は、東広鉄道の社員です」御手洗の口調は強張っていた。

「一生、会社に尽くすわけだね」ひどい言い方だと分かっていたが、言わずにはいられなかった。「私もね、警察という組織に四十年以上尽くしましたよ。正直言って、組織の問題を見逃してきたことだって、一度や二度じゃないんだ。自分がやってきた仕事については後悔していないし、誇りを持てる。ただ、それ以外の部分でね……何かできたんじゃないかと悩んだことは、何度もあるよ」

「……不祥事ですか」

「表に出てこないだけで、そういうことはあった」不適切な捜査費の流用。明らかに違法な取り調べ。目の当たりにした時は、「これが警察のやり方なのだから」と自分を納得させていた。しかし今になって、気持ちがささくれている。自分が見逃してきたからこそ、不正の根は次代の警察官に持ち越されてしまうのではないか。そして最後には、組織は根っこから腐っていく。「警察も東広鉄道さんも、代わりがない組織と言えるでしょう。だからこそ、自浄作用を持たないと駄目なんだ。誰かが勇気を持って声を上げないと。私にはできなかった。でも、まだ若いあなたなら、きっとできる。会社が間違ったことをしたら、それを指摘する勇気を持って下さい」

「私に、会社を裏切れと言うんですか」

「あなたが真実を見抜けば、結果的に会社を助けることになるんじゃないかな。そこのところ、よく考えて下さい」熱を入れて喋りながら、話が変な方向に行ってしまったな、と苦笑する。だが、自分は間違ってはいない。不正を明るみに出すと同時に、一人の若い社会人を救うことにもなるはずだ。会社の嘘の片棒を担いだ——その事実を背負ったまま、定年まで勤め上げるのは辛過ぎる。

「よく考えて」高石は話を締めにかかった。「一生の問題だし、会社にとっても存亡の危機なんですよ。あなたの判断一つで、会社のこれからの運命が決まるかもしれない」

電話の向こうで、御手洗が唾を呑む気配がした。高石はもう一度、「よく考えて」と言って電話を切った。

ただの広報担当者である御手洗に何ができるかは分からない。しかし楔《くさび》は打ちこんだはずだ、と高石は確信していた。

自分のやったことが、職責を越えた行為であるのは間違いない。だが考えれば考えるほど、こうするしかなかったのだ、と確信が高まる。自分が見逃してきた数々の不正。それが定年間際になって、自分を苦しめている。御手洗に、そんな思いを味わって欲しくないという気持ちは本物なのだ。

雨がますます強くなり、音を立てて車に降り注ぐ。腹の上で両手を組み合わせたまま、高石は何かが起きるのをじっと待った。

Day 4

1

寝てしまったのか？

状況を把握するまでに、しばらく時間がかかった。目と鼻を中心に顔全体に広がるだるさは、起き抜けに特有のものだ。さらに全身には、拭《ぬぐ》い難い疲れが残っている。座っているのだ、と気づいた。何で？　目の前には白い、細長いドア。ああ……トイレか。御手洗《みたらい》は慌てて携帯電話を取り出し、時刻を確認した。午前十一時。ここに入って十分しか経《た》っていないのだと気づき、安堵《あんど》の息を漏らす。一休みするつもりが、まさか寝てしまうとは。

急いでトイレを出た。石鹸《せっけん》で丁寧に両手を洗い、顔にも冷水を振りかける。それで意識がはっきりし、やっと鏡を見る気になった。思っていたよりひどい顔だ。肌に張りはなく、目も落ち窪《くぼ》んで充血している。髪もぼさぼさ。少し鏡から離れてみると、全身が萎《しぼ》んだように見える。このまま横たわったら、死体と間違えられそうだ。

縁起でもない。首を振り、ワイシャツの袖《そで》をまくって、本格的に顔を洗った。洗顔剤が欲しいな、と思ったが、今はそんな贅沢《ぜいたく》は言っていられない。何度も顔に水を叩《たた》きつけ、感覚がなくなってきたところで、ハンカチで顔を拭う。もう一度鏡を覗《のぞ》くと、少しは血色がよくなっていたが、この三日ほどで一気に老けてしまったのは認めざるを得ない。

こんなことがいつまで続くのだろう。事故が起きてから、家に帰ったのは一度だけ。着替えを取りに行ったのだが、一人暮らしで普段は侘《わび》しく見える部屋が、天国のように感じられた。スプリングのへたったベッドで二時間眠れるなら、全てを投げ出してもいい、とさえ思った。

だが、自分だけが抜け出すわけにはいかない。

あの事故は、東広鉄道の根幹を揺さぶっている。もちろん今までも、死亡事故はあった。だがそれは、大抵が飛び込み自殺であり、会社側が責められることはほとんどなかった。歴史を振り返れば、東広鉄道は、少なくとも戦後、脱線事故など一度も起こしたことのない、安全優良な鉄道会社である。それが今、一度に八十人以上が亡くなる脱線・転覆事故の責任者として、世間から極悪人扱いされている。

溜息《ためいき》をつき、肩を二度、上下させた。全身が強張《こわば》り、あちこちが痛みで悲鳴を上げている。だが本番はこれからなのだ、と気持ちを引き締めた。事故の原因究明、怪我《けが》をした乗客の見舞い、遺族との補償交渉……かつて経験したことのない仕事が待っている。年齢的にも役職的にも、自分が中核になって働かなければならないことは分かっていた。

それにしても、こんな仕事をする羽目になるとは、思ってもいなかった。東広鉄道広報部の仕事は、宣伝とマスコミ対策に集約されるが、これまではマスコミを相手にするといっても、大したことはなかったのだ。それが、事故が起きてから電話は鳴りっ放し、本社には一時数十人の記者が押しかけ、やむなく会議室の一つを記者室として開放したぐらいである。会見も事故当日、それに昨日と計三回開いた。その後も広報部の電話が鳴り止《や》むことはない。早朝から深夜まで、様々な問い合わせの電話が入り、その対応をすると同時に、遺族への謝罪にも回らねばならなかった。こちらの方が、精神的にはずっときつい。家族を亡くしたばかりの人たちに頭を下げると、それだけで体重が何キロかは減るようだった。しかし、謝罪すべき人はまだまだ残っている。今のところ、面会を拒絶する人も少なくないのだ。それは当たり前だろう、と思う。自分が被害者や遺族の立場だったら、事故を起こした会社の人間になど、絶対に会いたくない。些細《ささい》なことで激怒して、暴力を振るってしまうかもしれない。

仕事場に戻らなければ……うんざりした気分でトイレを出ると、廊下で広報部の先輩、福田《ふくだ》とぶつかりそうになった。元サッカー選手で国体にも出場経験のある福田は、するりと身を翻《ひるがえ》して衝突を避けたが、バランスを崩して足を滑らせ、転んでしまった。床でしたたかに尻を打ったようで、ひどい音がしたが、それでも福田は慌てて立ち上がる。転んだことなど、気にもしていない様子だった。

「どうしたんですか?」

「澤井《さわい》が倒れた!」

「ええ?」

「澤井が倒れたんだ!」

それ以上説明しようとはせず、福田はすぐに駆け出して行った。倒れたなら、救急車を呼べばいいものを……よほど慌てているのだろう。しかし、彼の慌てぶりは御手洗にも伝染した。踵《きびす》を返し、広報部に走り出す。

ドアを開けると、部屋の中央に人の輪ができているのが見えた。急いで駆け寄り、そこに割って入る。床の上に澤井が倒れていた。傍《かたわ》らに部員たちが何人か跪《ひざまず》いていたが、助け起こすこともできず、おろおろするばかりだった。「澤井!」という呼びかけにも返事はない。

御手洗は部長の吉本《よしもと》を捕《つか》まえ、「どうしたんですか?」と訊《たず》ねた。

「分からん。いきなり倒れた」吉本も顔色が悪い。それを言えば、この部屋にいる全員がそうだが……。

「まさか、心臓とかじゃないでしょうね」

「それはないと思うが……」

澤井はまだ二十六歳。学生時代は陸上に打ちこみ、今も常に元気一杯だ。病気にはまったく縁がなさそうなタイプなのに、それだけ疲労が募っていたということか。そういう御手洗も、かすかに眩暈《めまい》を感じる。

一瞬全員が口をつぐんだタイミングで、呻《うめ》き声が聞こえた。また「澤井！」と呼びかける声が響く。床に着いていた澤井の頭が動き、薄《うつす》らと目が開いた。続いて、もう一度呻き声。澤井は両肘を床について身を起こそうとしたが、まだ無理なようで、両手を広げて大の字になってしまう。

意識は混濁しているようだが、命に別状はないのではないか、と御手洗は思った。体は動くのだから、脳や心臓に致命的なダメージを受けたわけではあるまい。

福田が部屋に飛びこんできた。息荒く、「救急車、呼んだ！」と叫ぶ。御手洗は、澤井の胸が規則正しく上下しているのを見て、福田の肩を静かに叩いた。

「落ち着いて下さい。大丈夫ですよ」

「だってお前、いきなり倒れたんだぞ？　椅子から崩れ落ちて……」福田の声は震えていた。

確かに、そんな場面を直接見たらショックだろう。だが、慌て過ぎだ。救急車を呼ぶなら、ここから電話をかければ済む話だし、そもそも会社の診療所に駆けこんで、誰か医者を引っ張ってくればいい。

広報部全体が、尋常ならざる興奮状態にあるのだ、と改めて思い知らされる。部屋の温度が妙に高く感じられ、額に汗が滲《にじ》んでくる。自分までこのペースに巻きこまれては駄目だと思い、御手洗は近くの椅子に腰かけた。何か仕事を……と思ったが、さすがにこの状況ではそんなことはできない。仕方なく、座ったまま澤井の様子を見守った。

ほどなく、澤井が完全に意識を取り戻した。立ち上がることはできなかったが、何とかその場に座りこんで胡坐《あぐら》をかき、そっと頭を振る。貧血か何かだったのではないか、と御手洗は思った。「大袈裟《おおげさ》だよ」と声を上げてこの場の緊張を解《ほぐ》そうともしたが、そんなことが言える雰囲気ではない。

やがて、遠くで救急車のサイレンが響き始めた。何人かが窓際へ駆け寄り、確認する。その様子を、御手洗はどこか白けた気持ちで見守っていた。何となく、小学校の朝礼で誰かが倒れた時のような感じがしないでもない。

救急隊員が駆けつけて、澤井を運び出すまでさらに五分。回復しつつあった澤井は、自力で歩き出そうとしたが、ふらついてしまい、結局担架に乗せられた。騒動が終わると、一気に気の抜けた空気が流れる。御手洗は椅子に背中を預け、天井を見上げた。再びどっと疲れが襲ってきて、瞼《まぶた》が落ちそうになる。寝てる場合じゃないぞ、と気持ちを引き締め、無理矢理目を開けた。

それにしても、いつ誰が倒れてもおかしくない状態だ。この場を引き締めなければならない部長の吉本でさえ、疲れ切って、部員たちに適当な言葉をかけられない様子である。だが、さすがに腑《ふぬ》抜けた状態は長くは続かず、鳴り出した電話が日常を呼び戻した。日常——ではない。こんな騒がしい日々が日常であるわけがないのだから。

御手洗も、書類の作成に戻った。改めて遺族に送る謝罪文書。こんな文書の雛形《ひながた》は社内のどこにもなく、一から作らなくてはいけない。不祥事を起こした会社は世間にいくらでもあるから、思い切って相談しようかとも考えたのだが——顧客や株主に対する謝罪文書の雛形が存在するはずだ——さすがにそんなことはできない。結局一人で頭を悩ませながら書き上げ、皆で文面を敲《たた》いていくしかないだろう。最終的には経営陣が決裁する案件だが、社長を筆頭に、役員たちが頭を悩ます様を想像すると、少しだけ胸が痛んだ。社員の誰もが経験したことのない、いや、想定したことすらないであろう案件である。何をやるにしても、正しい方法が分からず、手が竦《すく》んでしまう。

これを書き上げたら、午後にはまた会見の準備をしなくてはならない。事故原因について、社長がさらに詳しく言及する予定になっているのだ。会見を開くという情報は、何故か既にマスコミに漏れており、朝から問い合わせの電話が何本もかかってきている。今も電話を受けている人間が何人かいるが、全てマスコミからだろう。会見前に状況を話せるわけもなく——そもそも広報部も、内容はまだ知らされていないのだ——適当にあしらうしかない。自分の電話が鳴ったら嫌だな、と思いながら、御手洗は書類に集中しようとしたが、周りの話し声が騒がしく、どうしても意識が散ってしまう。

書類は諦めた。せめて昼飯を食っておこう、と決めて立ち上がる。最近、まともに食べていないのだ。午後の記者会見に向けて、力を蓄えておかなければ……温かい物が食べたかったが、外へ出るわけにはいかない。本社近くには行きつけの店が何軒もあるが、何となく行きづらいのだ。外へ出ただけで、誰かに罵声を浴びせられそうな気がする。あまり好きではないのだが、社員食堂で済ませるか……廊下へ出た途端、吉本も追うように広報部から出て来た。

「飯か？」

「ええ」

「俺も行く」

足を引きずるように、吉本が歩き出した。ひどくしんどそうで、次に倒れるのはこの男ではないか、と御手洗は心配した。あるいは俺か。事故の後始末が一段落する頃には、広報部全滅、ということにもなりかねない。

社員食堂はがらんとしていた。昼食の時間には少し早いのだが、そもそも社員は、多くが出払ってしまっているはずである。現場の人間は、復旧作業を行いつつ列車の運行を続けなければならないし、本社の事務系の人間は、ほぼ全員が被害者対策に追われている。広報部を軸に、あらゆる部署の人間が掻《か》き集められ、「ご遺族対応委員会」が結成されたのだ。

「飯を食う気にもならないけどな」吉本がぽつりとつぶやきながら、トレイを手に取った。もともとすらりとした長身なのだが、この数日で一気に体重が減ったようで、頬に影が差している。

「何か食べておかないと駄目ですよ」自分も食欲などないのだと気づいたが、御手洗は忠告した。「今日の会見も、相当大変になるでしょう」

「そうだな」

空《むな》しい会話を終え、二人ともうどんを取った。腹一杯食べるのは不可能である。同時に席に着き、同時に溜息を漏らす。

「会見の方、どうなるんですか」御手洗は訊ねた。

「俺はまだ何も聞いてない。ちゃんとした話が出せるかどうか、分からないな」

「警察や事故調の方は……」

「総務部の方で、連絡は取り合っているはずだ。すり合わせをしないとまずいし、面倒だよ」

「こちらの判断で勝手なことは言えませんからね」

「そうなんだ」吉本がうどんを啜《すす》り、不味《まず》そうに顔をしかめた。「余計なことでも言ったら、すぐに文句と批判の集中砲火だ。無難に収めなければいけないんだが……」

「中身がない会見だと、マスコミも煩《うるさ》いでしょうね」

「まったくだ」吉本が箸を置き、溜息をついた。「だいたい、事故原因がそんな簡単に分かるわけがないんだよ。今日の会見だって、マスコミが突《つつ》くから、仕方なくやるだけなんだ」

「納得してくれますかね」

「無理だろう。しかし、途中で打ち切るわけにもいかない。今回はエンドレスでやるしかないな」

「会見のスタートを遅らせる手もありますけど。夜に始めれば、必ずタイムリミットはきますよ。連中には締め切りがあるんだから」

「そうだな。しかし、会見時間が変更になったら、連中はまた変な風に勘ぐるぞ」

「……そうですね」マスコミは刺激しないこと。広報部では、全員が意識を共有していたが、何とか裏をかいてやろうという気にもなる。あの連中には、品性がない。事故当日の会見では、まるでこちらが人間ではないかのように、平然と罵声を浴びせてきた。確かに非は自分たちにあるのだが、あんな風に言われることはないはずだ。あいつらは、警察官でも何でもない。

警察官――一人の男の顔が脳裏に浮かぶ。高石《たかいし》、といった。定年間近に見える、初老の男。昨日、彼がぶつけてきた言葉の数々が思い出される。「あれが本当だと、あなたは確信している？」「その委員会のやっていることは、全面的に信用できるんですか？」。会社を――自分が属している組織を無条件に信じるな。証言もある、と彼は言っていたではないか。だが、具体的な話を聞かされていない以上、彼の言い分を全面的に信用はできない。会社側が勝手に事故原因を公表したために、警察は相当怒っているはずだ。その怒りを、俺にぶつけてきただけではないのか。

思わず箸を置いてしまった。食べなければ体が持たないと分かっているのだが、食欲は完全に失《う》せてしまっている。

「どうした」吉本が顔を上げる。

「いや……警察、相当怒ってるんじゃないですかね」

「昨日の会見のことか……そうだろうな」吉本が顔をしかめる。「後で総務部長が呼ばれて、相当突っこまれたからな。かなりきつかったらしい。まるで取り調べだったそうだ」

あなたは警察の取り調べについて何を知っているんですか、と突っこみそうになった。だいたいこの男は、どこまで事実を把握しているのだろう。広報部は、事故の真相に迫り得る立場にない。会見をアレンジし、記者からの問い合わせに答えるという、対外的な仕事が主である。そして今回の事故に関しては、会見内容は直前に知らされる、というパターンが続いていた。上層部が何か隠しているというわけではなく、単に社内の調整が混乱しているだけだ、と思っていたが……これだけの大事故だし、東広鉄道は社員四千人を抱える大きな会社である。社内の風通しは、必ずしもいいとは言えない。

「そう言えば、鳥井《とりい》っていう駅員……事故の時、運転士と携帯でメールしていたという駅員は、どうしてるんですか？」

吉本が慌てて首を左右に振った。誰かに聞かれていないか、明らかに心配している。声をひそめて答えた。

「聞いてないのか？　入院中だよ」

「東広病院ですか？」

「ああ」

精神的なショックは大きいのだろう……御手洗は改めて箸を取り上げ、丼に突っこんだ。うどんを持ち上げようとして、手が止まってしまう。高石は、本当に何か摑んでいるのだろうか。怒りでついあんなことを口走ったのか、あるいは揺さぶりをかけているだけかもしれない。しかし今、彼の本音を判断する材料は一つもなかった。電話でもかけてみるか……いや、それは逆効果になるだろう。突っこまれて、痛くもない腹を探られるのがオチだ。

「お前、大丈夫なのか?」吉本が心配そうに訊ねる。「顔色、悪いぞ」

「ああ」御手洗はまた箸を置き、慌てて顔を擦《こす》った。「皆、同じようなものでしょう。部長だって、倒れそうな顔してますよ」

「会見の前に、髭《ひげ》ぐらい剃《そ》らないとなあ」吉本が顔を擦った。もともと髭の濃い男で、いつも夕方になると顔の下半分に陰ができる。昨日も会社に泊まりこみだったので、今日は無精髭《ぶしょう》がみっともない長さにまで伸びていた。

「非常時だから、しょうがないんじゃないですか」

「それはそうだが、相手につけ入る隙を与えちゃ駄目だからな。だいたいマスコミの連中は——」吉本の携帯電話が鳴り出す。慌てて取り出し、二言三言話して切った。少しだけ顔色がよくなっている。

「澤井の件だ」

「どうでした?」

「ただの貧血だそうだ。今、病院で寝てる」

二人は同時に安堵の吐息を漏らした。最悪の結果でなくてよかった……そう思ったのもつかの間、御手洗が考えたのは、次に誰が倒れるか、ということだった。自分か、部長か、福田か。

「無理かもしれませんけど、順番に休んだ方がいいと思います」

「そうもいかんだろう」

「このままじゃ、また誰かが倒れますよ。そんなことで戦力を削《そ》がれるより、順番に休んで態勢を整えた方がいいんじゃないですか」

「検討はする。でも、できるかどうか、分からないな。何しろ非常時だ」

非常時。その一言で、全ての提案は封殺されてしまう。まるでファシズムだ――不謹慎だと分かっていたが、この状況を表す適切な言葉は、ほかにはないのだった。

2

本社の大会議室での会見は、これが四度目になる。事故当日に一回。昨日は午後と夜の二回、開いている。会議室には整然と椅子が並べられ、前方には長テーブルが二つ、くっつけて置かれた。会見――吊《つ》るし上げを食うのは、社長の坂出《さかいで》を始めとした幹部役員と吉本。あんな目に遭う可能性があるとしたら、自分は出世なんかしたくないな、と御手洗は皮肉に思った。そもそも、この会社に居続けることが正しいのかどうか。代替の利かない公共交通機関である鉄道会社だから、こんな事故を起こしても潰れることはないだろうが、世間の目が厳しくなるのは分かっている。もしかしたら、遺族への補償や事故の復旧にかかる費用で、給料もカットされるかもしれない。冗談じゃないぞ。鉄道会社の給料なんて、そんなに高くもないんだから。

頭を振って余計な考えを押し出し、一番後ろのテーブルに着いた御手洗はカウントを始めた。会見まであと一分、出席する記者の人数も把握しておかなければならない。立ち上がり、座席表と実際の着席の様子を照らし合わせ、人が座っているところには×印をつけていく。最初はカウンターを使って数えていたのだが、出入りが激しいので正確な出席者数が確認できなくなった。会見記録に「約百人（スチル、ムービーのカメラ含む）」と書いたところ、ダメ出しを食らってしまった。会見に出席した人数を正確に把握することに何の意味があるのか分からなかったが、上層部――部長よりずっと上――の言うことに逆らえるわけもない。仕方なく、この方法に変更し、出席人数には「会見開始時」の注釈をつけることにした。こんな下らないことで気を遣わなくてはならないとは……。

午後三時ジャストに、部屋の前方のドアが開いた。同時に、テレビカメラの照明が室内を明るく照らし出す。坂出社長を先頭に、会社の幹部連中が入って来た。計五人。坂出を真ん中にして全員が横一列に並ぶと、誰かが合図したかのように、一斉に頭を下げた。カメラのシャッターが切られる音が、耳障《みみざわ》りに響く。毎回同じような写真を撮って、どうするつもりなのだろう。どうせ使いもしないくせに――役員たちが着席するのに合わせ、御手洗も腰を下ろした。五人が並ぶ背後のホワイトボードに書かれた名前を見て、間違っていないことを確認する。

最後列のテーブルには広報部員が座り、それぞれの役目を果たしている。速記係が一番大変だ。録音も録画もしているのに、一々書き留めなければならない。録音をテープ起こしするよりも、その場で書いた方が早いというのでこうなったのだが、速記の訓練を受けた者など、いるわけもない。それに、坂出はひどく早口で、時に言葉が聞き取りにくくなる。

御手洗は、坂出の姿に注目した。マスコミには伏せられているが、実は坂出も昨夜の会見の後で倒れ、東広病院に運びこまれている。過労と診断されて点滴治療を受けたのだが、今朝早く、強引に退院してしまった。会社を離れるわけにはいかないという理由だったが、引き止める病院側と一悶着《ひともんちゃく》あったと聞いている。しかし、退院は正解だった。この場に社長が出て来なかったら、マスコミの連中も収まらないだろう。不祥事を起こし、社長が会見せずに叩かれた企業はいくらでもある。

今日も、坂出の顔色はよくない。もともと細面で、五十九歳という年齢よりも少し年上に見えるのだが、こうやってストロボの光を浴びていると、老いの兆候が忍び寄っているのがはっきりと分かる。目は落ち窪み、唇は乾いて、顔には生気がない。ほとんど白くなった髪には脂っ気がなく、強烈な光を浴びると、ピンク色の地肌が透けて見えることもあった。いつものスーツ姿ではなく、御手洗たちが「作業着」と呼ぶ薄茶色のジャンパーを着ている。それこそ現場の保守作業員が着るようなもので、五十代以上の役員が全員着用して並んでいる姿には、強烈な違和感を覚えた。

「それでは、始めさせていただきます」

左端に陣取った吉本が立ち上がり、開会を告げた。何とか髭だけは剃って、顔はさっぱりしていた。マイクがハウリングを起こし、耳をつんざくような音が会場を襲う。記者たちは誰も気にしていない様子だったが、御手洗は思わず耳を塞《ふさ》いだ。疲れ切った神経には、この鋭い音はこたえる。

「事故原因について、新たな調査結果がまとまりましたので、社長の坂出から報告させていただきます」

吉本が座るのと同時に坂出が立ち上がり、頭を下げた。きっかり五秒。これ以上短いと無礼に思われるし、長いと余計な憶測を呼ぶ。顔を上げた坂出がマイクを取り上げ、よく通る声で話し始めた。

「社長の坂出です。始めさせていただきますが、長くなりますので、座らせていただきます」椅子を引く不快な音をマイクが拾ってしまう。坂出は座ってからもう一度腰を浮かし、椅子の位置を直してから話し始めた。「昨日の会見でもお話しさせていただいた通り、事故原因についてですが、運転士が携帯電話でメールをしていた事実があります。その詳細な内容が分かりましたので、ここでご報告させていただこうと思います」

広報部員たちが、紙を配り始めた。これから坂出が話す内容を字にしたもので、御手洗もそれを見たのは会見の直前だった。唖然《あぜん》とするような内容ではあるのだが……何だか、広報部だけがのけ者にされているような気になってくる。こんな重大な問題なら、もっと早く自分たちも知っているべきではないか。対外的な窓口は広報部なのだから。

「……運転士とメールをしていた弊社社員につきまして、昨日も引き続き事情を聴き、内容をほぼ把握することができました。今お配りしているペーパーにもありますが、ここでご説明させていただきたいと思います」

坂出が、ペーパーに視線を落としたまま、淡々と話し始めた。メールの内容は、それこそ他愛もないものである。事故当日、運転士がメールしていた相手は、同期入社だった駅員。こちらは当日非番で自宅にいた。その日の夜に、以前から約束していた呑《の》み会があるということで、場所を伝えるメールを、まず駅員の方から送った。この段階では、駅員は運転士が乗車勤務中とは知らない。すぐに運転士の方から返信があり、「あの店は高いけど大丈夫か」と疑義を呈してきた。安いコースで設定した、と送り返すと、値段を確認してきた。

それが最後になっている。

他愛もないというか、馬鹿馬鹿しい……御手洗のような事務系の社員が、職場で同僚と呑み会の相談をしているなら、誰にも迷惑はかからない。しかしこの二人は——駅員の方は勤務ダイヤを把握していなかったとはいえ、乗車勤務中に運転士とメールのやり取りをしている。あり得ない話だ。そもそも、運転士の方では、どうしてメールを無視しなかったのだろう。だいたい乗車勤務中は、携帯を事務所に置いておくよう、指示されているのだ。それだけで重大な勤務規則違反な上に、人命を預かっている意識があまりにも薄い。電車の運転は、車よりも安全だとよく言われるのだが、自分が何百人もの人を運んでいることを忘れるとは……。

ふいに、高石の疑念が脳裏を過《よぎ》る。この運転士を、御手洗はデータでしか知らない。だが、乗車勤務中に携帯電話を操作するだろうか。自分の仕事に責任を感じていれば……。高石が疑っていたように、運転士はメールなど打っておらず、事故の原因はまったく別のところにあるのではないだろうか。

事故後、広報部では運転士の経歴を洗い出していた。彼は東広鉄道の社員である以前に、筋金入りの鉄道ファンだった。会社では、年に何回かファン向けのイベントを行っているのだが、過去の記録を探ってみると、何度もイベントに参加していることが分かったのだ。運転台での記念撮影で、満面の笑みで写っていたり、駅などの施設見学会に参加したり……小学生の頃から、趣味といえば鉄道だったのは間違いない。入社試験の小論文でも、鉄道に関する熱い思いを吐露《とろ》して、話が脱線していたほどだった。念願かなって東広鉄道に入社し、運転士になった後も、休みの日にはほかの鉄道会社の電車を撮影しに行っていたというから、まさに「筋金入り」である。

彼は三年前、一度だけ、運転士として挫折《ざせつ》しかねない事態に直面している。死亡事故を起こしたのだ。しかしそれは飛びこみ自殺であり、運転士の責任を問うことはできなかった。急行通過駅のホームから線路に飛びこまれたら、どんな運転士でも対応しようがない。あくまで事故として処分は受けなかったが、三か月ほど乗務から外れている。その間、精神的なケアも行われたのだが、ショックは残っていないとして、運転士の仕事に戻っている。本人はその後、何のトラブルもなく乗車勤務をこなしていた。

坂出がメールの内容の説明を終えると、御手洗は反射的にマイクを摑《つか》んで立ち上がった。質疑応答の時間であり、記者たちの間を走り回らなければならない。すぐに、何本もの手が挙がった。吉本が指定する相手の許《もと》に走り、マイクを渡す……最初の頃の会見のような殺気立った雰囲気は消えていたが、記者たちの質問は鋭かった。

「この駅員は、現在はどうしているんですか?」

「昨日の夜まで弊社で事情聴取を続けましたが、その後倒れて入院しました」

坂出の説明に、ざわめきが会見場に走る。明らかに不審そうな顔つきが並んでいた。

坂出はそれ以上説明は必要ないだろうとばかりに、マイクをテーブルに置いてしまった。

質問をした記者が、納得できない様子で追及する。

「その駅員は、まだ警察の事情聴取を受けていないんですか?」

「入院しておりますので、現段階では事情聴取は不可能です」

「警察はそれで納得しているんですか？」

「それは警察の問題ですので、私たちはお答えできません」

「運転士はどんな人だったんですか？」

「非常に仕事熱心で、何より鉄道ファンでした。ですから、乗車勤務中にメールをしていたというのが信じられません」

坂出はますます早口になっていた。質問を続ける記者の近くで床に膝をついたまま、御手洗は「まずいな」と思った。誰も納得していないのは明らかである。

「今のメールの記録ですが、オリジナルはどんな感じなんですか？」別の記者が質問した。「ペーパーは、内容をかなり編集した感じに読めますが」

「ええー」坂出がマイクを摑む。言いにくそうに顔をしかめていたが、ほどなく言葉を絞り出した。「実は、オリジナルは残っておりません。この駅員ですが、不必要なメールはすぐに消す、という習慣だったようです。今回のやり取りに関しても、重要な話ではないと判断して、すぐに消してしまったと証言しております。ですので、今回お話しした内容は、あくまで記憶から書き起こしたものです」

ざわめきが大きくなる。本当か？　あちこちで「嘘《うそ》じゃねえか」「騙《だま》してる」と囁《ささや》く声が聞こえた。まさか……こんな公の記者会見の場で嘘をつくわけがない。しかし御手洗の頭の中では、高石の言葉一つ一つが、ぐるぐると回っていた。

「誠に申し訳ありませんが、今のペーパーの内容は、駅員の記憶を、できる限り正確に再現したものです。これでご容赦いただきたいと思います」坂出が深々と頭を下げる。並んだ役員たちもそれに倣《なら》った。

そこから会見は一気に混乱の渦の中に叩き落とされた。記者たちは、この説明にまったく納得がいかない様子で、質問をぶつけ続けた。だが坂出は、「これ以上の再現は無理」と全て突っぱねてしまう。

膠着《こうちゃく》した雰囲気を打ち壊すように、一人の記者が質問をぶつける。

「中西《なかにし》運転士の携帯なんですが、まだ発見されていませんよね?」

「現場に関しては、救助活動、その後の撤収・復旧作業に全力を挙げており、現段階では携帯電話は見つかっておりません」

「探しているんですか?」

「特に探してはいません」

「探す予定もないんですか? ……つまりですね、これは駅員の側の一方的な証言じゃないですか。メールは互いにやり取りするものですから、両方で確認しない限り、本当にメールのやり取りがあったかどうかは確認できないでしょう」

またも質問と、坂出の答えの応酬。御手洗が聞いている限り、一歩も先に進んでいないようだった。それはそれで仕方ないことなのだが、このままでは会見は終わりそうにない。

その時、別の記者が手を挙げた。ほかの部員がマイクを運んでいく。記者が発した質問は、会見の流れを無視したものだった。

「フリーの池島《いけじま》と申します。携帯電話なんですが、勤務中に持っていて構わないんですか？」

「その話は、昨日もう出てるんだよ！」別の記者が怒声を上げる。それに同調するように「阿呆《あほ》な質問するな！」「素人は黙ってろ！」と罵声が飛んだ。攻撃を受けた池島の耳が赤くなるのを、後ろにいた御手洗ははっきりと見た。だが、池島は引き下がるつもりはないようで、一際《ひときわ》大きく声を張り上げ、質問を続けた。

「一連の会見で、東広鉄道は記者クラブ加盟社にのみ便宜を図り、我々フリーを――」

「もうやめろ！」怒声が一段とひどくなった。「ここで言う話じゃないだろう」「会見を邪魔するな！」と同調する声が飛ぶ。

収拾がつかなくなったが、吉本が「ええ」と声を張り上げ、何とか記者たちを黙らせた。社長に任せるのではなく、広報部長として自分で収拾しようと決めたらしい。

「最初の質問に関してですが、運転士に関しては、勤務時の携帯電話の所持は禁止しております。所属する車両区の事務所に置いておくよう、徹底しています。この件は、昨日の会見でもご説明しました」

「よく聞け！」「てめえの都合のいい時だけ顔を出すな！」と野次が飛ぶ。池島はマイクを持ったまま、直立していた。怒りで、何とか自分を奮い立たせているように見える。

「二番目のご質問についてですが、我々は在京のマスコミの皆さんには、会見等のご連絡を可能な限り差し上げています。また、会見に参加したいと申し込みされたフリーのジャーナリストの皆さんにも、ネット系のメディアの皆さんにも、このようにご出席いただいています。会見以外でのお問い合わせに関しても、二十四時間態勢で、できる限りお答えするように努力しております。ご不明な点があれば、この後でもお話を伺わせていただきますので……」そこまで言って大袈裟に手首を返し、時計を確認する。「申し訳ありませんが、事故処理、ご遺族の方への対応などで、多忙を極めております。今日の会見は、ひとまずここまでにさせていただければと思います……明日以降も、必要に応じて会見を開きますので、その都度ご連絡させていただきます」

役員たちが一斉に立ち上がり、また申し合わせたように頭を下げた。まだ質問は飛んでいたが、それを無視して坂出たちが部屋を出て行く。とんだ会見になった……御手洗は、背骨が痺《しび》れるような疲労感を覚えていた。

3

「いいタイミングだった」午後四時までかかった会見に、吉本は疲れ切った様子だったが、顔には満足そうな表情を浮かべている。自席にだらしなく腰かけ、ぬるくなったお茶を一口啜った。

「何がですか？」部長のすぐ近くの席にいる御手洗は、思わず訊ねた。

「あのフリーの記者……池島な。彼が頓珍漢《とんちんかん》な質問をしたおかげで、こっちに対する追及は終わったじゃないか」

「ああ……仲間内で喧嘩《けんか》して、どういうつもりですかね」

「頼んでみるもんだな」吉本がさらりと言った。

「頼む？」

「質問が際どい方向に流れたら、話を変えてくれってな。『記者クラブの問題について質問して下さい』って頼んだら、喜んでたよ」

「まさか」御手洗は低い声でつぶやいた。「会見の妨害を頼んだんですか？」

「妨害じゃない。上手《うま》く打ち切るための作戦だ」吉本が口調を強張らせた。「エンドレスになったらたまらないからな。それに、彼らは普段から既存のマスコミに対して怒ってるんだから、攻撃するチャンスを与えてやったんだよ。とにかくこれで、今日は一山越えただろう」自分を納得させるように、吉本が言った。

御手洗は到底、納得できなかった。わざわざそんな仕込みをするとは……どうもこの事故に関しては、自分の常識や理解を超えることが多過ぎる。

「少し、交代で休もう」吉本が目を瞬《しばた》き、両手で顔を擦った。

「二十四時間態勢、解除するんですか?」

「いや、ローテーションにするんだ……おい、福田」

呼びつけられた福田が、幽霊のように頼りなさそうに体を揺らしながら立ち上がる。吉本は嫌そうに彼の顔を見たが、すぐに指令を出した。

「当面のローテーションを組んでくれ。夜の十時から朝の八時までは、二人でいい。今から交代で休憩することにして……十時までは、必ず四人は人がいるようにしてくれ。今からだと、三時間交代だな」

「分かりました」

目を充血させてふらついている彼の顔を見る限り、まともなローテーションが組めるとは思えなかった。自分がやりましょうか、とよほど切り出そうかと思ったが、こんな疲れた状態ではやり切る自信がない。福田がノートパソコンを開け、画面に顔をくっつけるようにして作業を始めたので、口出ししないことにした。

しかし、部長を除いて十二人しかいない部員の勤務を割り振るのは、それほど面倒な仕事ではなかったようだ。福田がすぐに、ローテーション表をプリントアウトする。厄介なのは、ここで一晩張りつく仕事だけだな、と思ったが、御手洗はすぐに考え直した。いくら何でも、夜中の三時に問い合わせの電話があるとも思えない。だったら、ここにいる方が少しは眠れるのではないか。家に帰っても、興奮で眠れないかもしれないし、逆に眠ったら、明日の朝には目が覚めない恐れもある。

そんなことを考えていたせいでもないだろうが、福田は自分を夜のシフトに入れてきた。何か含みがあるのではないかと思ったが、彼が顔の前で両手を合わせて「申し訳ない」と言ったので、引き受けることにする。どっちにしろ、今は家に帰りたくもなかったし、これから夜中まで空き時間になったので、ちょうど妹の見舞いにも行ける。御手洗はすぐに立ち上がって背広を着こんだ。

「少しは寝ておけよ」吉本が忠告を飛ばす。

「ちょっと病院に行ってきます」

「……妹さんか」吉本の顔が暗くなる。八十人あまりの死者の中に入らなかったのは幸運だが、大怪我を負ったことに変わりはないのだ。

「夜になる前には戻ります」

「無理するな」

一礼し、足早に部屋を出て行く。右足首の骨折……命にかかわるような怪我ではないが、妹の華絵《はなえ》は、大学四年生で就職活動中なのだ。しばらくは自由に動き回ることもできないだろう。こんなことなら、一緒に住んでおけばよかった。故郷の三重県を出る時、両親は自分との同居を勧めたのだが、妹は強硬に拒絶したのだ。三年前のことである。十歳年の離れた妹の頑《かたく》なな態度に、少なからずショックを受けたものだが……大学生になって初めて上京するので、できるだけ一人暮らしを楽しもうと思っていたのだろう。

しかし、あんな事故に遭うとは。

引っ越さなければよかったのだ、と御手洗は悔《く》いていた。一年前、華絵は就職の準備のためにと、以前より都心に近い場所に引っ越した――東広鉄道の沿線に。事故に遭った時も、面接に向かう途中だった。

妹が入院した東広病院へは電車でも行けるが、時間を節約するために御手洗はタクシーを使った。田舎から母親が出て来ているので、身の回りのことは心配いらないはずだが、事故の後、ほとんど顔を合わせていないので、やはり気になる。もしかしたら母親は、「田舎に戻るように」と妹を説得し始めるかもしれない。もともと、東京に出て来ることさえ反対だったのだ。ややこしい言い争いに巻きこまれると面倒だな……それにしても、何でこんな時間に渋滞してるんだ？　夕方のラッシュが始まるにはまだ早いのに。

眠ってしまいそうになるのを我慢し、携帯電話を取り出して、ニュースをチェックする。さすがに、先ほどの会見の様子はまだ速報されていなかった。どんな調子で書いてくるか……全ての記事をチェックするのは至難の業《わざ》だが、できる限りやらざるを得ない。記事内容を整理し、上層部に届けるのが、今夜の仕事になる。広報部本来の業務ではあるが、非常に気を遣う作業になるだろう。事故以降、社長以下の上層部はマスコミの論調を非常に気にしている。今のところ、各社とも記事の内容にほとんど差はなかった。東広鉄道の事故防止策、安全対策に疑義を呈するのは当然と言えるだろうが、この論調は、これからさらに厳しくなるのが予想される。

早くもうんざりしてきて、携帯を閉じる。タクシーの運転手がバックミラーでちらちらとこちらを窺《うかが》っているような気がする。念のため、会社から少し離れた場所で車を拾ったのだが、もしかしたら俺が東広鉄道の人間だと気づいたのかもしれない。記者会見に毎回出席しているから、テレビに顔が映ってしまったとか。そして実は、運転手の家族があの事故に遭っていた——御手洗は首を振り、嫌な想像を追いやった。これでは想像ではなく、妄想だ。

病院へ着いたが、見舞いの品を何も持ってこなかったことに気づいた。家族ならそんなことは気にしないものか……まあ、とにかく顔を出そう。何か欲しい物があれば、後で買ってやればいい。

華絵は個室に入っており、退屈そうにテレビを眺めていた。母親の姿はない。

「よ」と声をかけると、かすかに笑みを浮かべたが、すぐにテレビの画面に視線を戻してしまった。

「母さんは?」

「買い物。着替えとか、いろいろ」

視線をこちらに戻そうとしない。これは妙に機嫌が悪いな、と御手洗は警戒した。椅子を引いて、ベッドから少し距離を置いて座る。

「具合、どうだ」

「まだ、全然」首を振り、ようやく御手洗の顔を見る。

パジャマ姿の妹の姿は、実年齢よりも幼く、弱々しく見えた。足を吊って固定するほどの怪我ではないが、ギプスで固められた足首は痛々しい。

「痛むのか?」

「結構ね。この痛み、いつまで続くのかな」

「さあ……医者は何て言ってるんだ?」

「しばらく痛いですよって。当たり前よね。無責任」

華絵がぷっと頬を膨らませる。御手洗は、子どもだった頃の妹の丸い頬を思い出した。今はすっかり余計な肉も取れ、娘らしい顔つきになっているのだが、面影は消えない。

「で、退院はいつ頃になりそうなんだ?」

「それ、まだ話が早いから」華絵が苦笑する。「ギプスが外れるまで八週間って言ったでしょう。退院はその後」

「本でも買ってきてやろうか」まだまだ先のことか。暇で仕方ないだろう、と御手洗は思った。

「本見てると、目が疲れるから」

「テレビばかりだと馬鹿になるぞ」

「まさか。いつの時代の話よ」

華絵が鼻を鳴らした。こういう、少し人を馬鹿にしたような態度は全然変わらない。事故の恐怖が薄れ、日常が少しずつ戻ってきたということか。生意気なのは困るが、今は少しでも自分を取り戻してもらえるのがありがたい。

「家にノートパソコンがあるんだけど……」

「それはまずいんじゃないか？　電波が出る物は、病院ではご法度だろう」

「でも、メールのチェックもしないといけないし」

「携帯は？」

「それこそ、電波が出るじゃない。ロビーに下りればいいんだけど、まだ動くのが大変なのよ。一日一回チェックできればいいけど……結構メールが溜《た》まってて大変なのよ。面接を受ける予定だった会社にも、キャンセルの連絡を入れてないし」

「一々連絡しないと駄目なのか？　行かなければ行かないで、それで終わるんじゃないのか」

「事故の話をしておけば、何かきっかけになるかもしれないでしょう？」

案外図太いな、と思うと笑みが零《こぼ》れてきた。自分もさっき、同じようなことを考えていたのだ。

「何笑ってるの？」

「いや、別に」

「変なの」

「携帯使うなら、下まで連れて行こうか？」

「今は大丈夫」華絵が首を振った。「一時間ぐらい前に、ママに連れて行ってもらったから、取り敢えず用事は済んだし」

「松葉杖《まつばづえ》じゃ動けないか？」御手洗はベッドに立てかけられた松葉杖にちらりと視線を投げた。

「動けないこともないけど、大変なのよ。これ、腕が痛くて……まだ、トイレに行く時ぐらいしか使えない」

「無理に動いて悪化してもまずいな」

「ホント、何でこんなことになっちゃったのかな」華絵が頭の後ろで両手を組んだ。

妹の愚痴を聞きながら、御手洗は胸がかすかに痛むのを感じた。自分の会社の事故のせいで……被害者面《づら》するつもりはなかったが、今だけはそんな気分だった。もちろん、家族を亡くした人に比べれば、状況は全然ましなのだが。

「ねえ、事故の原因、運転士が携帯電話を見てたことだってテレビで言ってたけど、本当なの？」

「会社の方ではそう言ってる」

「何か変な言い方だけど？」華絵が皮肉な笑みを浮かべる。「お兄ちゃんの会社でしょう」

「まあ、そうなんだけど」御手洗は両手で顔を擦った。数時間前に顔を洗った時には少しすっきりしたのだが、今はまた脂ぎっている。今日も半袖でいいような陽気だが、熱い風呂《ふろ》に入りたい、と強く願った。今日は家に戻っている余裕はないが……そうだ、病院の近くにスーパー銭湯がある。あそこでゆっくり湯に浸《つ》かって、少しでも眠れれば。その思いつきはひどく魅力的で、あっという間に御手洗の頭を満たした。

「どうかした？」

「あ？　いや、何でもない」慌てて首を振る。妹が痛みで苦しんでいるのに、自分だけ楽しいことを考えてしまったことに罪悪感を覚えた。

「もう、荷物が重くて……」

声に振り向くと、母親が病室に入って来たところだった。駅前にあるショッピングセンターの紙袋を両手に持ち、額には汗が滲んでいる。御手洗は慌てて立ち上がり、荷物を受け取った。

「何、この大荷物」呆《あき》れたように華絵が言った。

「しばらく入院するんだから、これぐらい必要でしょう。着替える？」

御手洗は袋の中を覗きこんだ。Tシャツや替えのパジャマなどが一杯に入っている。雑誌も。活字は読みたくないと言っていたが、妹にはしばらく、これとテレビで我慢してもらうしかないだろう。

「それにしても、ずいぶん買ってきたのね」華絵が、ベッドから身を乗り出して紙袋の中を覗きこんだ。その拍子にバランスを崩し、ベッドから転げ落ちそうになる。慌ててベッド脇の柵を摑み、何とかこらえた。

「無理するなよ」助け起こしてやりながら、御手洗は忠告した。

「平気……」笑おうとしたが、足に痛みが走るのか、上手くいかない。

「ゼリー買ってきたけど、食べる？」

「あ、食べる、食べる」華絵が相好を崩した。母親が差し出したゼリーを見て、嬌声《きょうせい》を上げる。「これ、東京でも売ってたの？」

「そう、たまたま見つけてね」

御手洗にも見覚えがあるゼリーだった。桃が丸ごと一個入っていて、田舎にいた頃はよく食べたのだが、こちらに来てからは見かけた記憶がない。母親は御手洗にも勧めてくれたのだが、とても食べる気になれなかった。甘酸っぱい味を思い出すと、胃が痛くなってくる。

「俺はいいわ」

「そう」

母親はそれ以上勧めようとせず、サイドテーブルにゼリーを置いた。華絵は嬉々《きき》として食べ始めている。

「ちょっといい？」母親がドアの方に目を向けた。

「ああ」何か話があるのだと悟り、御手洗は先に廊下へ出た。華絵がちらりとこちらを見たが、無視する。妹に聞かせたくない、ややこしい話なのは間違いない。

母親がドアを閉め、廊下のベンチに腰かけた。御手洗は立ったまま——座ると寝てしまいそうだった——ベンチの横に立つ。母親はぴしりと背筋を伸ばして、壁に背中をつけていた。ずっと教員をしてきて、去年退職したばかりの母親は、まだまだ元気である。今年の正月に帰省した時は、一歳だけ年上の父親の方がずっと老けて見えて、驚いたものだ。

「華絵を連れて帰ろうと思うんだけど」

「就職、どうするんだよ」予想された反応だが……御手洗は目を見開いた。「まだ決まらないで、あいつも焦ってるんだぜ」

「今年はもう、無理でしょう。今動けないんじゃ、どうしようもないわよ」

「来年もあるじゃないか。今時、就職浪人なんて珍しくも何ともないんだから」

「東京に置いておきたくないのよ。こういう事故に遭うんじゃないかって、ずっと心配してたんだから」

「事故なんて、東京にいても三重にいても起きるよ。そんなこと言ったら、あいつ、嫌がるぜ」

「もう話したわ」母親が爪をいじりながら言った。「怒られた」

「当たり前じゃないか」御手洗は両手を広げた。「骨を折ったって言ったって、大したことはないんだ。あれぐらいで田舎に帰すなんて、過保護過ぎるんじゃないか」

「親としてはね、気になるものなのよ。近くに置いておきたいの」

「無理しない方がいいって」御手洗は首を振った。「あいつ、そんなに落ちこんでないよ。本人が元気をなくしているとか、トラウマになりそうだとかいうならともかく、元気じゃないか」

「あの子、昨夜《ゆうべ》はほとんど寝てないはずよ」

「マジかよ」御手洗は目を細めた。昨日になってようやく上京してきた母親は、昨夜は病室に泊まったのだ。

「ずっと寝返りうってて。こっちも眠れなかったわ」

「昼間寝過ぎて、眠れないんじゃないのか」

「そうじゃないわ。私には分かるのよ」

御手洗は腕組みをし、壁に背中を預けた。母親の言うことだから間違いないとは思うが、結論が早過ぎる。

「あなたからも言ってくれない？　卒業したら、三重に戻って来るように。就職先ぐらい、向こうでも何とでもなるから」

「そういう問題じゃないと思うよ」

「足の怪我よりも、心の怪我の方が怖いわ」母親の声が次第に小さくなってきた。「それこそトラウマになって、後で大変なことになるかもしれない。一人暮らしじゃ、対処しきれないでしょう。私が側《そば》にいれば、面倒を見られるから」

だったら俺が一緒に住む、と言いかけてやめた。そんなことを提案しても、華絵は頑強に抵抗するだろう。今は、事故の後遺症による弱気よりも、自活して生きていきたいという気持ちの方が強いはずだ。精神状態は揺らいでいるはずだから、余計なことを言って刺激したくない。

「その話、後にしようよ」

「でも、退院したらすぐに三重に戻そうかと思ってるのよ」

「学校、どうするんだ？」

「単位はほとんど取り終わってるって言ってたわよ。必要な時だけ、東京へ戻って来ればいいじゃない」

「それ、ちょっと待った方がいいよ。あんまり興奮させると、ろくなことがないから……それより、いつまでこっちにいるんだ？」

「それは分からないわね。落ち着くまでは、と思ってるけど……様子を見ないと」

御手洗はバッグを探って家の鍵を取り出し、母親に渡してやる。

「取り敢えず、うちに泊まってくれよ。病院で寝てると疲れるだろうし、あいつの家よりはここに近いから。俺は今夜は帰れないけど」

「そうなの？」

「徹夜の当番なんだ」

「また、そんな無理を……」

「こんな時だから、しょうがないよ」

「じゃあ、そうするわ。さっきの話、考えておいてね」

御手洗は首を振った。拒絶の意志を示したつもりだったが、母親が何を考えているかは分からない。昔から権威的なのだ。とにかく自分たちを、頭から押さえつけようとする。慣れてしまえばこんなものかと思うし、普段は離れて暮らしているから忘れているが、久々に聞く高圧的な物言いに、苦笑せざるを得なかった。

「それよりあなた、大丈夫なの？」

「何が」

「会社、潰れないでしょうね」

「まさか」苦笑したが、すぐに表情を引き締めざるを得なかった。何でも起こり得るのが今の世の中である。

「事故の原因、はっきりしたの？」

何で身内からこんな質問をぶつけられなくちゃいけないんだ。こっちは、同じことばかり聞かれてうんざりしているのに……しかし、母親に向かって怒っても仕方ないと思い直し、「完全には分かってない」と答えた。

「給料カットとか、あるのかしら」

「あるかもしれない」

今のところ、御手洗の年収は六百万円を少し切るぐらいだ。一人暮らしの身には十分過ぎるほどだが、これが仮に、一割カットされるとどうなるだろう。預金通帳の中身を思い出し、急に不安になった。しばらく結婚する予定がないことが救いではある。

「本当に大変なのはこれからよ」

「分かってる」

訳知り顔で言う母親の態度が少しだけ鼻につき始めた。そんなことは、誰かに指摘されるまでもなく、十分承知している。御手洗は壁から背中を引き剝《は》がし、「そろそろ行くから」と告げた。

「そう?」

「ああ。家の中の物、勝手に使っていいから」

「いつ戻って来るの?」

「分からないな……」御手洗は顔を擦った。いつの間にか、これが癖のようになってしまっている。顔に、不快感が分厚く貼りついているような気がするのだ。「もしかしたら、明日も遅くなるかもしれない」

「体だけは壊さないようにしなさいよ」

「ああ」言われると、急に疲れを感じる。事故から、今日で四日目。これほど必死に走り回り、神経をすり減らしたことが今まであっただろうか。「分かってる」言ってはみたものの、何が「分かってる」のか自分でも分からなかった。次に倒れるのは誰か——床に大の字になった澤井の姿を思い出し、嫌な気分になる。

4

スーパー銭湯の誘惑は御手洗を捉えて放さなかったが、最後は遠慮の方が勝《まさ》った。会社の同僚たちは今も必死に仕事をしているし、失った家族を思って悲嘆にくれている人たちもたくさんいる。そんな中、自分だけが楽することはできないのだ。それにしても、この体のべたつきは何とかならないか……家までは遠いし、今は普通の銭湯など、簡単には見つからない。足取り重く歩いているうちに、ふとスポーツクラブの存在を思い出す。東広鉄道が法人契約しているクラブが、会社のすぐ近くにあるのだ。会員証も持っている。持っているだけで、利用したことはほとんどなかったが、確かあそこには大きな風呂があったはずだ。とにかく体だけでも洗おう。

やることが見つかると、少しだけ気が楽になる。もう一度タクシーを奢《おご》る気にはならず——給料カットの話が頭に残っていた——今度は電車を乗り継いで本社に向かう。

クラブの風呂は、記憶していたよりも清潔で広かった。シャワーで丁寧に体を洗い、ジャグジーに入る。顎の下まで湯に浸かり、細かい泡が時々顔を濡らす感触を楽しみながら、御手洗は目を閉じた。一瞬寝てしまいそうになり、体が沈みこむ。鼻に湯が入ってむせ、思わず咳《せ》きこんでしまった。誰かに見られたのではないかと、慌てて目を見開き、周囲を見回す。自分以外、風呂場に人はいなかった。

苦笑しながら、一段高い場所に腰を下ろして半身浴にする。風呂場の一角にサウナがあるのが見えた。あそこで思い切り汗を流し、冷たいシャワーを浴びてからのビールはたまらないだろうな……無理だ。酔っ払うのが怖いのではなく、誰かに見られるのが恐ろしい。後ろ指を指され、「東広鉄道の奴が昼から酒なんか吞んでる」と言われた日には、たまったものではない。

慌ててお湯から上がる。誰かに見られるのが恐ろしいと考えれば、のんびり風呂に入っているのも相当危険だ。誰が来るか分からない場所だし、今はネットで噂《うわさ》もあっという間に広がってしまう。危ない、危ない……汗が引く間もなく着替え、せっかく綺麗《きれい》にした体がまた汗で汚れ始めるのを感じながら、御手洗はクラブを後にした。

本社に戻ろうと歩き出した瞬間に、携帯電話が鳴り出す。見慣れぬ番号が浮かんでいるので無視しようかと思ったが、いつもの癖でつい通話ボタンを押してしまった。会社支給の携帯なので、出ないわけにはいかない。

「東広鉄道広報部、御手洗です」

「いきなり電話してすいません」

やけに通る声には、聞き覚えがない。御手洗は一瞬電話を耳から離し、どうしたものかと考えた。電話の番号など、どこで漏れるか分からないから、悪戯《いたずら》や嫌がらせで誰かがかけてきたのかもしれない。だが、第一声を聞いた限りでは、そういう様子でもない。仕事の電話だったら、当然切るのはまずいわけで……電話を耳に押し当て、「失礼ですが」と聞き返した。

「『週刊タイムス』の辰巳《たつみ》と申します」

「すいませんが、取材は広報部の直通電話にお願いできませんでしょうか。番号は——」

「それは知ってます」辰巳は丁寧に、だが有無を言わさぬ口調で御手洗の言葉を遮った。「折り入ってお話ししたいことがあるんですが」

「取材でしたら、この電話では受けられません。社内の業務連絡用ですので」この男は、どこでこの番号を手に入れたのだろう、と訝《いぶか》る。広報部には、部員全員の携帯電話のリストがあるが、それが流出したというのだろうか。ハッキングにでも遭って——馬鹿馬鹿しい。明らかな違法行為をしてまで、情報を手に入れようとする根性のある記者など、今時いないだろう。

「広報部に電話しても、まともな返事は貰《もら》えませんからね」

「そんなことはないですよ。できる限り丁寧に対応させていただいています」

記者たちと接する時の心得、その一。真面目さと、くだけた雰囲気の中間を目指す。少しだけリラックスした感じになれば、向こうもこちらの言うことを信用するものだ。

それは初対面の記者——今回は会ってもいないわけだが——が相手でも変わらない。

「とにかくちょっと話を聞かせてもらえませんか」

「広報部に電話し直すか、直接お越しいただいた方がいいんじゃないですか」

「ああー」辰巳が、少し間の抜けた声を出した。「申し訳ないけど、身動きが取れないんですよ。実は私も、あの事故に巻きこまれましてね。入院中なんです」

「ご迷惑をおかけして、大変申し訳ありません」思わず足を止め、喋《しゃべ》りながら頭を下げてしまう。制服姿の女子高生が、横を通り過ぎながら怪訝《けげん》そうに顔をしかめた。慌てて顔を背《そむ》け、マンションの壁に向かって話し出す。「いずれにせよ、広報部の方へ電話を——」

「せっかくつながったんだから、このまま話させて下さいよ。広報部は、通り一遍の対応しかしてくれないから」辰巳は粘っこかった。

「できるだけ真摯《しんし》に対応させていただいてますが」

「真摯なのと、本音を喋ってもらうのは、違うんですよねえ」辰巳が一気にくだけた調子になって言った。「だいたい、会社に電話して情報が取れるなんて思ってる人間、いませんよ」

「何が仰《おつしや》りたいんですか」少しだけむっとして御手洗は言った。「弊社としては、最大限情報公開していますよ」

「最大限というのは、そちらにとっての最大限であって、全部ではないですよね？」

揚げ足取りの発言に、御手洗は眉をひそめた。煙草《タバコ》が吸いたい、と切実に願う。煙草は、学生時代に一か月だけ吸っていたことがある。特に美味《うま》さを感じることもなくやめてしまっていたが、あの時の味わいが唐突に蘇《よみがえ》ってきた。

「そういう意味で申し上げたんじゃないんですが」

「情報は、大本《おおもと》が絶対に有利なんですよね」

「はい？」

「情報を握って出し入れをコントロールする。それは、当事者でないとできないことなんです」

「別に、コントロールはしていませんが」

「そうですか？」辰巳の声に疑念が混じる。「上手いこと、マスコミをリードしているつもりかもしれませんけど――」

「そういう意図はありません」爆発しそうになる気持ちを何とか抑えながら、御手洗は辰巳の言葉を遮った。「現時点で分かっていることは、全て明らかにしています」

「本当に？」

友だちに確認するような、軽い調子。それが御手洗には引っかかった。こちらに迫ってくるペースが急過ぎる。ちょっと話しただけなのに……だが「あんた、馴れ馴れしい」

と突き放すことはできない。迂闊《うかつ》な一言が記者の怒りに火を点《つ》け、どんな方向に延焼するか分からないのだから。それにしても、肩が凝る。全身を二時間ぐらいかけて、ゆっくりマッサージしてもらいたい。それに、せっかく風呂に入ったのに、全身に汗をかいているのも気になった。梅雨もまだだというのに、今日は夏のように暑く湿度も高い。もう陽《ひ》も暮れようとしているのに……全てにうんざりで、携帯電話を踏み潰し、大声で叫びながらどこかに逃げてしまいたくなった。

代わりに電話をきつく握り締める。掌《てのひら》にも汗をかいており、ぬるぬると滑るのが不快だった。

「嘘は言いませんよ。記者さんに嘘をついたら、後が怖いから」向こうの調子に合わせて、少しだけおどけるように言った。

「いや、嘘ついてますね。東広鉄道さんが、全社的に嘘をついてる」

「それは言いがかりじゃないですか」ほとんど爆発しそうになっていたものの、御手洗は辛うじて感情を抑えて低い声で言った。「できる限り、誠心誠意対応させていただいていますよ。嘘なんか、つくわけないでしょう」

「組織っていうのはね、平気で嘘をつくもんですよ」やけに示唆に富んだ口調で辰巳が言った。「誰が意思決定しているか分からないけど、いつの間にか、自分の都合のいいように、事実を捻《ね》じ曲げてしまう。その嘘が、いつの間にか真実になってしまうんだ。

私も、企業の不祥事は散々取材しましたけど、何度も嘘をつかれましたよ。だいたい、嘘を言っている本人に、嘘だという意識がないことも多いんです」

「弊社に関しては、そんなことは決してありません」

「事故原因についても？　本当に運転士が携帯でメールなんかしてたと思う？　あり得ないでしょう」

「申し訳ないんですが、この件については、私はこれ以上のことは言えません」御手洗は、今や額までが汗で濡れ始めているのを感じた。この件を「嘘」だと指摘したのは二人目である。警察官の高石、そして辰巳。ふと、予感がした。この二人は、どこかでつながっているのではないか。「ちなみに私のこの電話の番号、どこでお知りになりましたか？」

「それは言えないですね。取材源は秘密です」

「高石さんという警察官じゃないんですか」

「ノーコメント」

さらりとした口調。否定でも肯定でもない。猛烈に怒りがこみ上げてきた。高石は警察官だから、捜査という仕事がある。できることに関しては協力すべきだ、と御手洗も思っていた。だが、辰巳に対しては、そういうわけにはいかない。「週刊タイムス」は硬派な記事も多いが、嘘か本当か分からないスキャンダルも平気で扱う。あることないこと書かれて、しかもその情報の出所が自分だと分かったら……考えただけでも恐ろしい。

「とにかく、こちらは何も話せません」

御手洗は携帯電話を握り締める。これは心理戦なのだ、と悟った。辰巳は俺を怒らせて、何か喋らせようとしている。しかしこちらは、これ以上の事実を知らないのだから、どうしようもないではないか。馬鹿らしい……しかし辰巳は、なかなか解放してくれなかった。

「もしかしたら、ほかにもっと重要な、深刻な事故原因があるんじゃないですか。それを隠すために、亡くなった運転士に全ての責任を負わせようとしているとか。死人に口なし、ですからねえ」

「あり得ません」御手洗は即座に否定したが、気持ちが揺らぐのを抑えられなかった。冷静に考えてみれば、あり得ない話ではない。辰巳の指摘は想像の域を出ないが、何しろ物証がないのだ。運転士の携帯電話は見つかっていない。やり取りしていた相手は、メールを消去してしまった……証言だけで原因を特定するのは危険ではないか。

「会社ぐるみで、原因を隠しているんじゃないですか」

「そんなことは、絶対にあり得ません！」声を張り上げたが、自分でも嘘臭いと思った。会社ぐるみとは、そもそも何だろう。全社員が意識を――嘘をついているという意識を共有し、シナリオに従って動いているとでもいうのか。不可能である。そんな命令も回ってきていない。

だが、会社とは「社員」なのか。役員たち上層部の意志が統一されていれば、それが会社としての見解なり方針なりになるのではないか。自分たちは置いてけぼりで、役員たちの言葉に振り回されているだけ——そう考えると、辰巳に対するのとは別種の怒りが噴き上がってくる。ただ、確かめる術《すべ》は何もないのだ。いや、あることはあるが、役員を捕まえて直接確かめるような真似《まね》をしたら、俺の首は飛ぶだろう。

「とにかく、お話しできることは何もありませんから。これで失礼します」強引に言い切って、御手洗は電話を切った。呼吸が上がっており、ワイシャツの襟《えり》に汗が染みこんでいるのが分かる。

「参ったな……」一人つぶやき、電柱に掌を当てる。コンクリートの冷たい感触が、少しだけ気持ちを落ち着かせてくれたが、それで汗が引くはずもない。目の前にある本社ビルが、ひどく遠く見えた。

部長の吉本の疲労度はさらに増していた——御手洗の目には擦《す》り切れたボロ雑巾のように見えた——が、まだ居残って陣頭指揮を執っていた。吉本本人は当然ローテーションには入っていないが、深夜まで踏ん張るつもりかもしれない。新聞の締め切り時間、テレビのニュースの放映時間を考えれば、日付が変わる頃には事態は落ち着くだろう――少なくとも今日は。室内ではひっきりなしに電話が鳴り響き、それに対応する部員たちの声で溢れている。自席に着いた途端、目の前の電話が鳴り出し、御手洗も記者からの質問に追われた。先ほどの会見が中途半端に終わってしまったせいか、問い合わせがまだ続いているらしい。

ようやく電話を切り、上着を着たままだったと気づいた。脱いで椅子の背にかけ終えると、また電話が鳴り出す。屈《かが》みこんで取ろうとした瞬間、後輩の部員が自分の電話で受けた。右手を顔の前に挙げ、ジェスチャーで感謝の念を表しながら、椅子に腰かける。どっと疲れが襲ってきて、軽い眩暈《めまい》を感じた。次に倒れるのは俺か、と恐れたが、それもいいかもしれないと一瞬考えた。病院に入ってしまえば、マスコミからの問い合わせに怯《おび》えることもなく、のんびり休養できる。丸一日、二十四時間だけでいいから、そういう時間が欲しいと切に願った。

頭を振り、気合を入れ直す。先ほどの辰巳とのやり取りが頭に残っていて、どうにも落ち着かない。気持ちがぐらぐらと揺らいでいた。思い切って吉本に声をかける。

「部長、ちょっとよろしいですか」

「ああ……ちょっと待て」吉本が、書類から顔も上げずに言った。どうやら、先ほどの会見の様子を書き起こしたものに目を通しているようだ。赤いボールペンを握ったままぱらぱらとページをめくり、最後に表紙の一番下に判子を押す。昔ながらのやり方。溜息を一つついてようやく顔を上げ、「どうした？」と訊ねる。

「少しお話が……」

「ああ、それよりお前、夜まで戻って来なくてよかったのに」

言いながら、吉本が立ち上がる。背広は着ないまま、部屋の片隅にある打ち合わせスペースに向かった。御手洗は慌てて追いかけ「別室がいいんですが」と声をかけた。振り返った吉本が、怪訝そうな表情を浮かべる。

「じゃあ、そっちにするか」廊下に向かって親指を倒して向ける。広報部の部屋の隣には、取材対応用——普段は物置——の小さな会議室があるのだ。

そちらに入ってドアを閉めると、広報部の喧騒《けんそう》がようやく消えた。あまりに静かで、エアコンが冷気を吐き出す音しか耳に入らない。一人で椅子に座っていたら、間違いなく寝てしまうな、と御手洗は思った。眠気を少しでも遠ざけようと、意識して背筋を真《ま》っ直《す》ぐ伸ばして腰かける。向かいに座った吉本は、しきりに顔を擦っていた。太く男らしい眉毛にさえ、疲れが見えるようだった——今にも目を閉じてしまいそうなのだ、と気づく。吉本の方が、この四日間は大変だったかもしれない。会見の仕切りをするだけではなく、遺族への謝罪、上層部への報告と打ち合わせ——これが一番大変かもしれない——と、自分たちよりはるかに仕事は多いのだ。

「妹さん、大丈夫だったか？」

「ええ、何とか」

「就職活動中なのに、大変だな」以前吉本は、「うちを受ければいい」と言ったことがある。実際昔の東広鉄道には、「子弟枠」というのがあったそうで、親子二代、兄弟で勤めている人間はいくらでもいる。だが、御手洗が入社する頃に、そういう枠は崩れたと聞いていた。不況で、採用人数を一気に絞った時期である。

「何とかなるでしょう。母親も来てますから、面倒は見てもらえます」

「で？」いきなり話を変えた。ワイシャツのポケットから煙草を取り出し、くわえる。この部屋は当然禁煙だが、口にしているだけで落ち着くのだろう。

「事故原因の件なんですが……」

どこまで話していいのだろう、と考える。警察官、雑誌の記者、二人から疑われた。こちらとしては疑う材料がないから、何とも言えない。要するに自分は不安なのだ、と理解する。会社が嘘をついている——他人からそう指摘され、否定できないのだから、当然だ。高い梯子《はしご》に乗って、揺らされているようなものである。

「何かあったのか？」吉本が目を細める。

「いや、そういうわけじゃないんですけど……」どうしてもはっきり言えない。何か、個人的な事情で吉本を煩《わずら》わせているようで、気が引けた。

「言いたいことがあるなら、はっきり言えよ」少しだけ口調に苛立《いらだ》ちを滲ませながら、吉本が言った。疲労は、怒りの感覚を増幅させる。昨日までは、広報部でも些細なことで怒鳴り合う連中がいた。今日になって、そういう場面は見られなくなっているが……疲労のピークすら過ぎて麻痺してしまったということか。

御手洗は唾を呑み、吉本の顔を真っ直ぐ見詰めた。この男は、事故が起きてから、普段より頻繁に役員たちと接触している。何か、俺の知らない事実を摑んでいるかもしれない、と思った。

「発表している事故原因、本当なんですか？」

「本当だよ」吉本の顔に困惑の色が広がる。両目が細まり、糸のようになった。「何でそんなことを聞く？　お前、何か知ってるのか？」

「何も知りません」御手洗は勢いよく首を振った。変に疑いを持たれず、情報を聞き出すためには……やはり、素直に話すしかないだろう。二人の人間が、事故原因の発表に疑問を抱いている、と淡々と説明した。

「しかしなあ……」話し終えると、吉本が顎を撫《な》でながら嘆息を漏らす。「今のところ、発表している以上の事実は分からないんだよ。疑いを持つのは警察の勝手だけど」

「警察は仕方ないんです。捜査ですから。むしろマスコミの方が厄介ですよ。もしも発表が嘘だと分かったら、大変なことになる……部長、本当に何かご存じないんですか？

上層部も、完全に同じ見解なんですか？」

「俺はそういう風にしか聞いてないんだ。口を出す権利もないしな。でも、お前の言うことにも一理ないわけじゃない。状況証拠だけで、物証もないんだから。確かめようがないって言われたら、それまでだよな」

「じゃあ……」

「お前、俺に何をして欲しいんだ？」吉本がぐっと身を乗り出した。「役員たちが嘘をついているとでも？　それを俺が調べるのか？」

「いや、そんなつもりじゃ……」

「だったら、黙っていた方がいいぞ。余計なことを言うと、上から睨《にら》まれる」吉本の眉根がぐっと寄った。

「でも、後から嘘だってばれたら、もっと大変なことになりますよ」

「嘘だと言わなければいい。新しい事実が分かったと説明すれば、納得してもらえるはずだ」

この男は本当にそう信じているのだろうか。企業がスキャンダルを起こすたびに、どんな風に叩かれてきたか、知らないわけではあるまい。特に後から事実関係がひっくり返った場合、「情報隠し」「捏造《ねつぞう》」と非難され、どれほどイメージに打撃を受けるか。先例があるのに、東広鉄道が同じ過ちを犯すわけにはいかない。

だが、吉本の言うことにも一理ある。誰が調べるのだ？　社員が社員を事情聴取する？　それよりも恐ろしいことに、御手洗は気づいた。もしも、役員たちだけで示し合わせて、この件を事実として知らせているのだったら？　役員を調べられる人間など、社内にいるのだろうか。

どうしようもないか。がっくりとうなだれると、吉本の優しい声が降ってくる。

「疑問に思うのは分かるけど、少し落ち着いて考えろよ。お前、疲れてるんじゃないのか？」

「それはもちろん、疲れてますけどね」

「何だったら、今日の夜勤、誰かと替わってもらえ。肉体的にも精神的にも、今日まできつい四日間だったんだから」

「自分だけ抜けるわけにはいかないですよ」

「お前が頑張ってるのは、よく分かってる。遺族からも、ひどい目に遭わされたよな」

「あれは、仕方ないことです」

いきなり暴力を振るわれたことは、既に報告してある。対抗措置を取ることなど、もちろんできないが、社内では「よく耐えた」と評価されるだろう。だが、そんな風に評価されても、少しも嬉《うれ》しくない。避け得ないトラブル……今後は、ああいうことが増えてくるかもしれない。遺族の感情は、時間が経てば落ち着くというものでもないはずだ。

ふと、御巣鷹山《おすたかやま》の日航機墜落事故を思い出す。あの時、日航側は、遺族に対してどのように対応したのだろう。何か資料があるはずで、早いうちに必ず入手して目を通しておこう、と決めた。東広鉄道は、こういう状況に慣れていない。

「お前、少し自分を追いこみ過ぎなんだ。今言ったことは、胸の中にしまっておけ」

「しかし……」

「お前がどうこうできる問題じゃないんだ。俺にも無理だ」

「つまり、役員会マターなんですか？　俺たちがいくら騒いでもどうしようもないと？」

「最重要事項だからな」うなずく吉本の顎に力が入る。「会社の存続にもかかわる問題だぞ」

「だからこそ、きちんとしておいた方がいいんじゃないですか？　下手な嘘は……」

「嘘だという証拠は何もないんだ。とにかく、余計なことは言うな。社内でも孤立するぞ」

唾を呑み、喉仏が上下するのを感じる。弾《はじ》き出されるのは、一番怖いことだ。社会的な正義と社内的な正義が一致しない場合、どこに身を寄せたらいいのか。社会的な正義を優先させれば、気分的には納得できるかもしれないが、職を失う可能性は高い。そうでなくても、飼い殺しのまま、精神的な拷問を受けるだろう。かといって、真実を黙ったままでは、いずれ精神的なダメージが大きくなるはずだ。

ただし自分は、何が真実なのか知らない。知る術もない。

吉本に話せば、少しは気が楽になるかもしれないと思ったのは、単なる思いこみだった。話す前よりも、重圧は重くなっている。

「ま、話してくれてよかったよ」吉本が軽い調子で言った。「急に変なことを言い出されたんじゃ、困るからな」

「すいません」何がすいませんなのか分からなかったが、取り敢えず反射的に頭が下がってしまう。そんな自分が情けなくてならなかった。

「じゃ、そういうことで……あまり考えこむなよ」

吉本が立ち上がろうとした瞬間、部屋のドアが開いた。福田が飛びこんできたが、その顔は目に見えて蒼褪《あおざ》めている。

「警察です！」

「何だと？」腰を浮かしかけた吉本の背筋が伸びた。

「警察が……」福田があたふたと両手を動かした。何のサインか、さっぱり分からない。

「落ち着け。警察がどうしたんだ？」苛立ちを隠そうともせず、吉本が言葉をぶつける。

「今、来てるんです。家宅捜索です」

「何だって？」

吉本の声が裏返る。何を慌てているんだ、と御手洗は少し白けた気分になった。これだけ大きな事故だったのだ、警察が本社に乗りこんでくるのは当然である。「あり得る話だ」と広報部内でも話し合いをし、その時はどうするかと対策まで練っていたほどだ。しかし、誰かに聞くわけにもいかず、結局、しっかりした対策案は出てこなかったのだが。


「もう、中に入って来てるんです」

「広報部は？　うちも捜索対象なのか？」

「今のところ、違います。総務部の連中が立ち会うことになったようですけど、どこをどんな風にするかは、まだ分かりません」

「福田、お前もくっついてろ。立ち会いなしで家宅捜索はしないはずだから、どこを調べたのか、全部記録するんだ……余計なトラブルを起こさないようにな」

「分かりました」

福田が部屋を飛び出して行った。取り残された吉本が、椅子の肘かけを摑んで腰を下ろす。顔からは血の気が引き、目の辺りに疲労感が滲んでいた。

「部長、これは想定内の事態ですよ。遅かったぐらいだと思います」御手洗は動揺する吉本に声をかけた。大きなトラブルに巻きこまれた上司——自分もそうだが——に、かすかな同情を覚える。

「分かってるが……いったい、うちの会社、どうなるんだ？」

「守りましょうよ。自分たちのためだけじゃなくて、お客様のためにも。うちの会社には、社会的な責任があるんですよ。鉄道会社は、止まっちゃいけないんでしょう？」

それは、社訓の一番初めに掲げられた項目である。「東広鉄道は止まってはいけない」。何よりも、平常運行が大事。お客様に迷惑をかけない。そのためには、ほかのあらゆることを犠牲にしてもいい。

事故の原因究明とか？

結局、考えはそこに戻ってくる。洗面台に溜まった水が、ぐるぐる回りながら、最後は排水口に落ちていくように。

5

夕方から家宅捜索というのは、どういう意味なのだろう。広報部に釘《くぎ》づけにされたまま、御手洗はぼんやりと考えていた。音量を絞ったテレビでは、夕方のニュースが流れている。トップニュースは、「東広鉄道への家宅捜索始まる」だった。ほかにも大変なニュースがたくさんあるのに、それを差し置いてこの件がトップ……御手洗は、しばしばする目を無理矢理開けて、画面を見守った。毎日出入りする正面玄関の前に警察官が列を成しているのは、異様な光景だった。それにしても、マスコミはこういう情報をどこから手に入れるのだろう。警察からか……警察としては、自分たちの活動をアピールするために、こういう絵を撮らせたいのだろう。警察とマスコミは、間違いなく癒着している。

せっかく組んだローテーションは滅茶苦茶《めちゃくちゃ》になり、広報部の人間はほぼ全員が部屋に居残っていた。倒れて病院に担ぎこまれた澤井も、いつの間にか復帰している。点滴を受けて休み、何とか元気になったらしい。戻って来て、吉本に「すぐ帰るように」と指示されたのだが、その直後にとんでもないトラブルに巻きこまれ、帰るタイミングを逸してしまったようだ。

「何だか、嫌な感じです」隣の席に座る澤井が話しかけてきた。

「そうだな」御手洗は、意識を半分テレビの方に集中させたまま答えた。

「自分の家に土足で踏みこまれたような感じです」

「分かるよ」

今日のところは、本社関係だけの捜索のようだった。列車の運行状況を調べるとしたら、指令所を捜索しなければならないのだが、運行時間帯に業務を止めて調べるのは不可能である。終電の後に着手し、一晩中やるつもりだ、という噂が流れている。しかし、確認の取りようがなかった。警察に電話しても軽くあしらわれるのが関の山だろうし、向こうもわざわざ説明するほど親切ではないだろう。証拠隠滅《いんめつ》を警戒しているのだ、と御手洗は思った。隠すべき証拠など、何もないのに……。

無言。部員全員の視線がテレビに向いている。沈黙を切り裂くように、電話が鳴り出した。澤井が素早く手を伸ばして電話を取る。

「はい、東広鉄道広報部です……はい、家宅捜索の事実に間違いはありません。いえ、どういう感じかと言われましても……まだやっているので、状況が分かりません。ええ、そうです。いつ終わるかは、弊社の方では分かりかねます」

なおもねちねちと質問をぶつけてくるらしい記者に対して、澤井は頭を下げながら対応を続けていた。とにかく「分からない」で通すこと――実際に何がどうなっているのか分からないのだが――と、広報部内では意思統一をしていたのだが、そんな事情はマスコミには関係ないだろう。電話を続けているうちに、澤井の顔色が目に見えて悪くなった。代わろうかと目で合図を送った瞬間、澤井が電話を切る。

「終わったか？」

「何とか」澤井が手の甲で額を拭った。

「お前、無理するなよ。もう帰れ」

「でも、今夜も大変そうですよ」

「お前一人いなくても、何とかするから。また倒れたら、明日から大変なんだぞ」

「そうだ」吉本も話に乗ってきた。「とにかく今夜はゆっくり休め。すぐ帰るんだ」

「……分かりました」

澤井がのろのろと荷物をまとめ始めた。部員たちがしきりに視線を送ってくる。代わってくれ、とでも言いたそうだった。誰もが疲れ切っている。広報部でも、突発的に泊まり勤務をすることは、珍しくない。台風などでダイヤが大幅に乱れたり、運休が続く時など、問い合わせに備えて一晩中待機するのだ。しかし、全員が四日間もこの部屋に貼りつきっ放しというのは、御手洗には経験がなかった。自分だけではない、この部屋の人間全員がそうだろう。

ようやく立ち上がった澤井が、背広を羽織った。

「玄関まで送るよ」御手洗は反射的に言って、背広を手に取った。

「何ですか、それ」澤井が疑わしげに御手洗を見る。

「マスコミが張ってるかもしれないだろう。一人で囲まれると大変だぞ」

本当は、広報部にいたくなかったのだ。重苦しい空気にずっと耐えられるほど、御手洗の神経は太くない。部員たちが奇異な視線を送ってきたが、構わず澤井と一緒に部屋を出る。

「本当は、あそこにいるのが辛いんだ」廊下に出ると、打ち明けた。

「そうっすよね……何だか、胃が痛くなりそうで」

「俺はもう、痛いよ」御手洗は胃の辺りを拳で摩《さす》った。が、まったくふいに、アイスクリームのイメージが脳裏に浮かぶ。「なあ、アイスクリーム、食べないか?」

「何ですか、それ」澤井の顔が歪《ゆが》む。「夕飯じゃなくてアイスですか?」

「少し頭を冷やしたいんだ。アイスなら、カロリー補給もできるし」御手洗は拳を広げて、腹の辺りを全面的に擦った。事故以来、自宅の風呂場にある体重計には乗っていないが、確実に体重は減っているだろう。「食べられそうか?」

「そう言えば、食べたかったかもしれません……病院で」

「病気の時って、何となくアイスが食べたくなるよな」

「別に病気じゃないですけどね」

澤井が案外元気なのでほっとする。軽口を叩き合いながら、二人は社員食堂へ向かった。ここは深夜まで開いているし、売店が併設されていて、菓子類や飲み物も買える。奢るよ、と言って、御手洗はハーゲンダッツのマカデミアナッツ入りのアイスクリームを二つ、手に取った。普段は食べない高級品だが、今は少しだけ自分を甘やかしてもいいような気がした。

いざ、二人で座って食べ始めると、会話が途切れてしまう。事故や家宅捜索のことを話し合う気にはなれないし、かといってほかの話題を選ぶのも違うような気がした。結局、ほとんど話さないまま、二人ともほぼ同時に食べ終えた。

「とにかく、今晩はよく寝ておけよ。明日から、また無理をお願いするから」

「御手洗さん、徹夜なんですか？」

「そういうローテーションだ。家宅捜索が夜中まで続いたら、どうなるか分からないけど」

「結局また、全員居残るんじゃないですか」暗い表情で澤井が言った。「本当に、誰も倒れないといいんですけど……」

「踏ん張りどころだな」

カップを二つまとめて、ゴミ箱に捨てる。それを機に、澤井が立ち上がった。

「ご馳走《ちそう》様でした」

「飯、ちゃんと食えよ」

「食欲なんかないですけどね」

「無理にでも食え」

「御手洗さんこそ」

「分かってるよ」

うなずきかけ、食堂を出る。正面玄関を避けて、社員用の通用口から澤井を送り出す。マスコミの連中が張っている正面玄関とは打って変わって、通用口は静かだった。気温もだいぶ下がっており、久しぶりに外の空気に触れて、御手洗はほっとしていた。背伸びをして、背中と肩の緊張を逃がしてやる。食欲がないのは澤井と一緒だが、今夜はどうするか……また弁当かもしれないが、贅沢は言っていられない。今はとにかく我慢だ。

よし、と自分に気合を入れ直し――ほとんど効果はなかった――建物の中に入る。夜はまだ長い。無理せず、何か起きたら目の前の問題だけに対処するようにしよう。先の心配をしても仕方がない。

アイスクリームを食べて、外の空気に触れたら少し冷えた……トイレに寄って行こうと廊下を歩き出すと、一人の男と目が合った。高石。思わず顔を背け、やり過ごそうとしたが、向こうにも気づかれてしまった。歩調が速まり、こちらに近づいて来るのが分かる。無視しようかとも思ったが、「やあ」と声をかけられたので、仕方なく顔を上げてしまった。元々生真面目な自分の性格、それに広報マンとして培《つちか》われた愛想のよさが、この時ばかりは嫌になる。

「やあ」相変わらず優しげで、深みのある声。

「家宅捜索ですか？」そうとしか考えられないのだが、話をつなぐために言ってみた。

「手伝いでね」

「何でもやるんですね」

「宮仕えの悲しさだよ」そう言いながらも、特に悲しそうな様子はない。「あんたも大変そうだね」

「こっちも仕事ですから……あの、何時ぐらいに終わるんですか？」

「何とも言えないな。俺は自分の担当しているところしか分からないから、全体の動きは見えないんだ」

「そうですか……」

「ああ、申し訳ないんだけど、トイレ、どこかな」

「ああ」そういうことか。一緒にトイレというのも嫌な感じだが、説明するのも面倒臭い。このフロアのトイレは、分かりにくい場所にあるのだ。「ご案内しますよ。ちょっと分かりにくいんで」

「そう？　申し訳ないね」

「いえ」先に立って歩き出す。高石は、話しかけてこようとしなかった。それだけに、妙に緊張感が高まる。

二人並んで用を足した後、手を洗いながら鏡を覗きこむ。相変わらずひどいな……と苦笑が零れ出た。午前中に鏡を見た時よりも、さらに年を取ってしまったように見える。

「だいぶお疲れのようだね」

「お客様のことを考えれば、疲れたなんて言っていられません」

「真面目だねえ」からかっているわけではなく、心底感心している様子だった。「でも、あまり根《こん》を詰めると、ばてるよ」

「今日も一人、倒れたんですよ」

「あらら」横を向き、御手洗の顔を覗きこみながら眉をひそめた。

「貧血だから、大したことはなかったんですが」

「不幸中の幸いだね」

「広報部全員、死にそうですよ」

「まあ、そんなことにならないように気をつけて」高石が盛大に水を流し、手を洗った。ぴしりと折り畳まれたハンカチを取り出し、丁寧に手を拭《ふ》く。

「気をつけても、どうしようもないこともありますからね」つい、愚痴が出てしまう。「今日からは、ローテーションで順番に休みを取ることになってたんです。それが、夕方から吹っ飛びましたからね」

「ああ、その件については申し訳ないけどね……こっちにはこっちの都合があるけど」

「指令所の方も、なんですか?」

「それは言えない」高石が急に表情を引き締める。「捜査には秘密があってね」

「そうですよね」一つ溜息をついてトイレを出る。高石が周囲を見回し始めたので、不審に思い、訊ねてみた。「どうかしました?」

「いや……おたくの会社、何だか分かりにくい造りだよね」

「古いビルを継ぎ足ししながら使ってますからね。お客さんはだいたい迷いますよ。どちらへ行かれるんですか?」

「総務課」

「ご案内しますよ」御手洗としては、警戒しているつもりでもあった。勝手に歩き回られて、あちこちを覗かれたのでは、たまったものではない。

「そう？　悪いね」またも温かな笑みを浮かべながら、高石が歩き出す。

「あ、そっちじゃないですよ」

「こりゃどうも」

照れ笑いを浮かべながら、高石が踵を返した。こんなに方向音痴で、よく警察官なんかやってられるな。道を訊ねられた時はどうするんだろう、と御手洗は不思議に思った。

「昨日の話、どうかね」まったく唐突に高石が話題を変えた。

「何のことですか？」

「とぼけなさんなって」こんな場所でもなければ、肘で小突いてきそうな軽い雰囲気の台詞《せりふ》だ。「あれだけ話しただろう。携帯メールの件、どうなんですか」

「どうもこうも、今日の会見、ご覧になってないんですか？」

「あれは嘘だな」高石が即座に断言した。

「まさか」御手洗は瞬時に顔が赤くなるのを感じた。「そんなこと、あり得ません。わざわざ会見で嘘をついたっていうんですか？」

「わざわざかどうかはともかく、本当のことを言ってなかったら、嘘ってことにならないかい？」

「理屈ではそうかもしれませんが……」

高石が立ち止まり、廊下の壁に背中を預けた。少し性根をすえて話し合おうというのか。御手洗は周囲を見回した。既に就業時間は過ぎており、人気《ひとけ》は少ないが、気をつけないと。警察官と二人でいるところを社員に見られたら、面倒なことになる。

「調べればすぐに分かることだと思うけどね……調べてないのかい？」

「調べてません。私は警察のスパイじゃないから」

「正義のためだとしても？」

「会社を裏切ることはできません」御手洗は首を振った。「余計なことを聞いて回ったりしたら、それだけで裏切り行為になるでしょう。社内の調査委員会がしっかり調べてますから」

「その調査委員会のやってること自体、信用できるのかねえ」高石が、顎をぽりぽりと掻いた。「どうも、話に矛盾が多過ぎるんだ。あんたもそう思わない？」

「例えば？」

「メールのデータを消したという話だったね。だけど、一々そんなことをする人がいるだろうか。しかもその社員は入院していて、事情聴取ができない……ちょっと、タイミングがおかしくないか？」

「ショックが大きいと聞いています」

「それはショックだろうけどさ」高石が顎を撫で回した。「あまりにも会社にとって都合が良過ぎる展開じゃないか。どうも、作為的なものを感じるんだが……おっと、これは警察の公式見解じゃないよ。俺の個人的な感想だ」

一気に喋ってすっと引く。「公式見解じゃない」と言いながら、警察内部では皆が同じように話しているのではないかと想像できた。そういう噂話が、いつの間にか捜査の方針として真面目に話し合われるようになり……頭を振って、御手洗は嫌な想像を押し出した。

「一つ、聞いていいですか」

「俺に答えられることならね」

「『週刊タイムス』の辰巳という人、ご存じですか」

「知ってる」あっさりと認めた。「彼も被害者だから、病院で話を聞いたよ。災難だったね」

「事故に遭ったことは申し訳ないと思っていますが――」

「彼の場合、自分の怪我じゃなくて、精神的なショックが大きいんだ」

意味が分からず、御手洗は首を傾《かし》げた。それは、あれだけの事故に遭えば、ショックも大きいだろうが……。

「彼の目の前にいた女性が亡くなってね。その婚約者と一悶着あったんだ……あんたも会ってるんだけどな。滝本《たきもと》さんだよ」

「まさか」自分に殴りかかってきた男。御手洗は顔から血の気が引くのを感じた。「あの人ですか?」

「ああ。いろいろ複雑にね……あんなことがあって、気持ちがどうなるか、想像はできるだろう?」

「分かりますって言うと、嘘臭くないですか?」

「正直な人だね」高石が微笑《ほほえ》んだ。

「ええ……」御手洗は両手を組み合わせ、そこに視線を落とした。皺《しわ》が寄って見えたが、あまりにも力が入り過ぎているからだ、と分かった。「軽いことは言えません」

「そういう気持ちは大事だよ」

「そんなことより、辰巳さんに私の携帯の番号を教えたんですか?」

「彼はジャーナリストだからね。被害者でもあり、現場の様子を伝える役目もある。ただ取材をするよりも、ずっと大変なんだ。気持ちを抑えながら冷静にやるのは、本当に大変だと思う」御手洗の質問には直接答えず、高石がまくしたてた。

「それは分かりますけど――」

「たぶん、彼にとっては一生に一度、一番大きくて大変な取材になるんじゃないかな。

俺は普段雑誌なんか読まないけど、彼の記事が出たら読むね。警察が調べてるだけじゃ分からないことだって、あの連中は掘り出すだろう」

「私の番号、教えたんですか？　どうなんですか？」話を邪魔された怒りも混じり、御手洗は早口で質問をぶつけた。「勝手に携帯電話の番号を教えるのは、問題じゃないんですか？」

高石が黙りこみ、じっと御手洗の顔を見詰めた。その目があまりにも真剣で、御手洗は次の言葉を発せなくなってしまった。

「彼とは何を話したんですか」

「高石さんが疑っているようなことですよ」

高石がゆっくりとうなずく。御手洗の言葉をじっくりと吟味しているような様子だった。

「で、何と答えたんですか」

「答えようがないじゃないですか！」

御手洗は右手を拳に固め、廊下の壁を打った。鈍い痛みが走り、思わず顔をしかめる。

高石はまったく表情を変えなかった。

「それは、事実を知らないからだな」

「事実じゃないからです」御手洗はすかさず訂正した。

「本当の事実……真実があるとして」高石が右手を握った。その上から左手を被《かぶ》せる。「それが何らかの理由で覆い隠されていたとしたらどうする？　そこに真実はあるけど、見えていないだけとか。そうだったら、どうすればいい？　この左手をどければいいんだよ」高石がぱっと両手を離した。

「そんな簡単にいくわけないじゃないですか。だいたい、その左手があるかどうかも分からないいんだから」

「そうだね。それは調べないと分からない。だから、調べて下さいと頼んでるんですよ」

「……私にはできません。会社は裏切れませんよ」

「何も知らないままだと、これからの人生を後悔しながら生きていくことになるよ」

「脅すんですか？」

「事実を言ってるだけだ。こういう商売をしてると、後悔してる人をたくさん見るからね。そういう人に対しては、かける言葉もないんだよ」

6

夜になって、急に問い合わせの電話が増えた。十一時台のニュースを控えるテレビ、締め切りが近い新聞……御手洗は機械的に作業をこなしていた。答えられるものには答え、調べれば分かるような質問には後からコールバックし、答えられないものには「言えない」「分かっていない」とはっきり告げる。

夕飯を食べ損ねたまま、間もなく午後九時。ようやく取材攻勢が一段落し、久しぶりに立ち上がった。首や背中の骨がぼきぼきと嫌な音を立て、軽い眩暈が襲う。デスクに両手をついて前屈みになり、頭に血が集中するようにした。取り敢えずの貧血対策にはこれが一番、と聞いたことがある。本当は膝に頭がつくぐらいの前屈運動をした方がいいのだが、今そんなことをしたら、全身が悲鳴を上げるだろう。

窓辺に歩み寄り、ブラインドの隙間から眼下を眺める。広報部の部屋の真下は会社の正面玄関で、まだマスコミの連中が張っているのが見えた。家宅捜索が終わるのを待っているのか……今のところ、終わる気配は一向にない。誰かがニュースを検索して、家宅捜索は十数時間に及ぶこともある、と言っていた。となると、このまま夜中までやるつもりなのかもしれない。冗談じゃないと思いながら、あくまで非はこちらにあるのだ、と考え直す。警察にはできるだけ協力しておかないと。

本当に協力しているのか？　一連の発表を「嘘」だと指摘した高石の狙いは何なのだろう。警察は本気で、東広鉄道が事故原因をでっち上げようとしている、と考えているのか。だとしたら、高石の言葉は一種の忠告なのかもしれない。嘘をつき通し、やがて警察の捜査によってそれが綻《ほころ》びたら、会社のダメージは大きくなる。

訂正は容易ではないだろう。既に、相当の整合性を持ったストーリーが——本当にでっち上げならまさに「物語」だ——でき上がってしまっている以上、否定した瞬間に、やはり轟々《ごうごう》たる非難が起きるだろう。

　あれが本当にでっち上げなら。

　あり得ない話ではない、と御手洗も考えるようになった。いかにも不自然なところが多過ぎる。問題は、どのレベルでこういう話がまとまったか、だ。振り向き、吉本の顔を見た。人事の通例から言って、吉本は次の異動では総務部長の椅子が待っている。年齢を考えると、役員の椅子も近い。この事故の処理で間違いさえしなければ……近い将来、経営陣入りが期待される男が、何も知らないということがあるのだろうか。例えば会見の前、役員たちとの打ち合わせに、広報部からは吉本一人が出席している。その席で事情を全て知り、芝居の登場人物として振る舞っていたとしたら。

　吉本は、夕刊のスクラップに目を通しているようだった。広報部長としての大事な仕事である。何かに気づいたようで、しかめっ面になり、蛍光ペンを走らせた。どこかの記事に、気に入らない部分でもあったのか。

　声をかけようと思ったが、そんなことができる雰囲気ではない。先ほど二人きりで話し合った時も、こちらの疑念を一蹴されてしまったではないか。同じことを繰り返して疲れを募らせるほど、俺も馬鹿じゃない。

仕方なく、遅い夕食を取ることにした。部屋の中央にある打ち合わせスペースのテーブルに、まだ弁当が大量に積まれている。一つ取ってテーブルにつき、まずペットボトルのお茶を一口飲む。横にあるゴミ箱をちらりと見ると、弁当ガラと空になったペットボトルで一杯になっていた。捨ててくるか、と思ったが、少し動くだけでも面倒臭い。溜息をつき、弁当を開いた。会社の近くにある弁当屋からの仕出しなのだが、この四日間でこの弁当を食べるのは何度目だろう。中身はその都度変わっているにしても、いい加減、飽きてきた。贅沢を言っている場合ではないのだが……腹を満たして夜の戦いに備えるためだけに、ひたすら義務的に箸を動かす。半分ほど食べたところで腹が膨れてしまい、やめにした。ペットボトルのお茶をちびちびと飲み、胃の辺りを摩《さす》る。少し痛みがあるようだ。もしかしたら、胃潰瘍《いかいよう》の前触れかもしれない。普段は、どちらかと言えば呑気《のんき》に仕事をしているので、こんな火事場のような状態がずっと続けば、体も悲鳴を上げるだろう。しかも、いつ終わるか分からないのだ。一週間か、十日か。

テレビでは、NHKの九時のニュースが始まっていた。誰かがボリュームを上げ、その場にいた全員が画面に見入る——いや、見てはいるのだが、意識はそこにないかもしれない。ただニュースをチェックしなければならないという義務感から、視線を投げている感じ。事故の関係はトップニュースからは外れ、三番目だった。警察の家宅捜索、さらに午後の会見の様子を流しているが、こちらが知らない事実はない。

御手洗は立ち上がり、ゴミ箱を抱えた。何をするのも面倒だが、溢れそうになっているのがやはり気になる。誰も手を貸そうとしないのでむっとしたが、「手伝え」と頼む気にもなれなかった。疲労に蝕《むしば》まれ、広報部全体の求心力が失われてしまっているような感じがする。今は、ひたすら時が過ぎ去るのを待つだけ。

給湯室にある大きなゴミ箱に中身を空け、石鹸で丁寧に手を洗う。いくら洗っても、汚れが落ちない気がした。夕方風呂に入ったのに、また全身が汗で汚れてしまっている。本当に、こんなこと、いつまで続くんだろう。

長い廊下をだらだらと引き返し始めた途端、携帯が鳴り出した。今度は社用ではなく、私物。まさか辰巳の奴、こっちの携帯の番号まで割り出したんじゃないだろうな……嫌な予感に襲われ、確認すると母親だった。少しだけ安心して電話に出る。

「今、家に着いたから……結構綺麗にしてるのね」

「部屋、狭いからね。それで、華絵はどんな感じ？」

「文句ばっかり言って。子どもに戻っちゃったのかしらね」

母親が少し笑った。精神的なダメージは少ないようだと知ってほっとする。

「怪我してるんだから、しょうがないよ」

「ところで、あの話、本当なの？」

「何が？」

「メールの話」

「まあ、そういうことじゃないかな」何でこんなことを言い出すのだろうと訝りながら、御手洗は答えた。

「何か、不自然じゃない？」

「そうかなあ」とぼけたつもりではないが、呑気な声が出てしまった。

「あなた、変なことに加担してるんじゃないでしょうね」

「まさか。何でそんな風に考えるのかね」さすがに怒りがこみ上げてくる。家族にまで疑われるなんて、冗談じゃない。

「会社と社会と、どっちが大事か、よね」

「そんなの、どっちも大事だよ」

「正直に生きることと、自分が属している組織に忠誠を誓うことと、どっちが大事か、と言ってもいいけど」

「最初から、嘘だっていう前提で話すのはやめてもらえないかな」強がって言ってみても、動揺は抑えられない。結局誰も、会社の説明を信じていないわけか。会社は本当に、この説明で世間が納得すると思っているのか、あるいはそもそも、「この説明が正しい」と押し切るつもりなのか。

様々な人と話しているうちに、疑念が膨らんできたのを意識する。自分はこのまま、会社の説明を機械のように繰り返すだけでいいのだろうか。

「でも、このままずっと押し通すつもり？」

「俺は東広鉄道の人間だから」結局、そこへ回帰していくのか……何となく、全ての疑問に対する免罪符のようではないか。

電話を切ると、急に胃の痛みを感じた。激しくはないが、何かが胃の中で動き回っている感じ。先ほど食べた弁当の中身が悪かったのだろうか。しかし、胃が痛いにもかかわらず、唐突にコーヒーが飲みたくなる。刺激の強い物を流しこめば、少しは痛みが消えるかもしれない――あるいは悪化するか。何だか滅茶苦茶な理屈だなと思いながら、御手洗はコーヒーを求めて歩き出した。広報部のある三階の喫煙室に、自動販売機がある。煙草臭い空気に触れるのは嫌だったが、この時間だとあそこで煙草を吸っている人はいないはずで、臭いも多少は薄れているだろう。とにかくコーヒーを買ってくるだけだし、と自分に言い聞かせて、廊下の端にある喫煙室に向かった。

空気清浄機がフル回転しているせいか、臭いはほとんどしない。ほっとして温かいコーヒーを買い、その場で飲み始めた。空気清浄機と灰皿が組みこまれた台に肘をつき、最初の一口。薄いが十分苦いコーヒーを飲むと、期待していた通り胃痛が少し治まってきた。体の不思議さを思いながら、ゆっくりとコーヒーを飲む。これを飲み終えたら、もう一杯買って広報部へ戻るか。今夜は徹夜だ。何か起きるまで無理に目を覚ましている必要はないとはいえ、御手洗は起きているつもりでいた。いきなり電話が鳴って眠りから引きずりだされ、頓珍漢な返事をしてしまったら、致命傷になりかねない。今は、些細なミス一つ許されないのだ。

しかし、会社が根本的にミスをしていたら。

考えは結局、そこへ戻ってきてしまう。紙コップを握った手に力を入れると、少したわんだ。もう少し強く握り締めたら、カップが壊れて手が濡れるだろう。あるいは火傷《やけど》してしまうか。

「お、珍しい奴がいるな」声を聞いて、心臓の鼓動が跳ね上がった。顔を上げると、福田が疲れた表情で立っている。煙草をくわえ、忙《せわ》しなく火を点けると、狭い喫煙室の中はすぐに白くなった。同時に空気清浄機が発する音が少しだけ大きくなる。煙を感知して、アイドリングから稼動状態へ移行したのだろう。

「抜け出して大丈夫なんですか」福田はずっと、家宅捜索につき合っていた。

「やることがなくてね」煙草をふかし、深々と溜息をつく。「家宅捜索の立ち会いは、当該部署の人間がやるのが筋なんだそうだ。こっちは監視のつもりなんだけど、煙たがられてね……いやあ、でも、煙草を吸うのも忘れてたよ」

「珍しいですね」福田はヘビースモーカーで、仕事の時間中もしばしば席を外している。本人は「煙草を吸いながらの社内交流も大事だ」と言い張っているが、喫煙者が少なくなっている今——先日、社内の喫煙者が十二パーセントだと発表された——ここにいてもいい話は拾えないだろう。しかも自分の煙草にプラスして、受動喫煙で健康を害する一方だ。

「何か、今までの生活が完全に変わった。もしかしたら禁煙するかもしれない」

「まさか」

「煙草も高いしさ」

福田が火の点いた煙草を振って見せた。火の粉が飛んできそうな感じがして、御手洗はコーヒーカップを持ったまま、すっと身を引いた。

「警察、どんな感じなんですか？」

「引っ越し屋みたいだ」冗談かと思ったが、真面目な表情で福田が答える。「根こそぎ持って行くんだよ。その場でいろいろ調べるのかと思ってたら、そうじゃないのな。取り敢えず、持っていける物は全部持って行って、向こうで選別するんじゃないの？」

「それも大変ですね」

「こっちだって大変だぜ」福田が唇を尖《とが》らせる。「持って行かれると、業務に支障が出るものだって多いし。明日から、まともに仕事ができるかどうか」

「指令所の方は、どうなんですか？　やっぱりやるんですかね」

「俺は何も聞いてない。基本、警察官とは話をしちゃいけないみたいだから。話しかけても、何も答えてくれないよ」

沈黙。御手洗は、少しだけ残ったコーヒーを飲み干した。あの問題を、誰かと話し合いたい。福田は基本的に能天気で何も考えていない男だが……一人で、腹の中に疑問を抱えているのに耐えられなかった。

「会社の発表、本当だと思いますか？」

「ああ？」眉を吊り上げる。「何の話だ？」

「メールしていて事故になったっていう話」

「だって、そうなんだろう？」

福田は、微塵《みじん》も疑問を感じていない様子だった。本当に何も考えていないのか、あるいは会社の発表を全面的に信じているのか。

「まあ、そうですよね」この男と話し合っても無駄だと思い、御手洗はカップを握り潰してゴミ箱に捨てた。広報部から持ってきたゴミ箱を手にし、一礼して喫煙室を出て行く。自分だけが悩んでいるのかもしれないと思うと、何だか馬鹿馬鹿しくなってきた。

部屋へ戻ると、吉本がちらりとこちらを見た。手元には、先ほどよりも多くの書類が溜まっている。平常業務の決算が後回しになっているのだ、と気づく。普段は定時にはほとんど人がいなくなる部署だし、吉本は率先して早く帰るタイプなのだが。

「ああ、御手洗、悪いけどちょっとお使いを頼む」何かの書類を手に取って、振って見せた。

「何ですか?」近づくと、役員用に今日の夕刊のスクラップをまとめた物だと分かった。受け取ると、吉本が目を瞬いて「役員室へ持っていってくれ」と告げた。

「まだ誰かいるんですか?」

「全員残っている。警察が動いているから、今夜は何が起きるか分からないからな」

「……分かりました」言いながら、室内を見回す。役員室への報告は部長の仕事だが、手が離せないということか。だが、平の社員には任せられないのだろう。自分だって単なる主任なんだがな、と思いながら、御手洗はスクラップをまとめて封筒に入れ、入ったばかりの部屋を出た。

役員室は九階。何度も行ったことがあるが、今日は異様な感じだった。いつも静かなのだが、今夜の静けさは、誰もが息を殺しているような気配である。夜だから当たり前なのだが……人気《ひとけ》のない絨毯《じゅうたん》張りの廊下を歩いて行くうちに、突拍子もない考えに取りつかれる。このまま社長室に突入して、いきなり質問をぶつけたらどうなるだろう。「本当に事故原因は発表の通りなんですか?」社長はどんな反応を示すだろうか。一蹴されるか、淡々と論理的に説明をするか。坂出の性格を考えると、後者のような気がした。常に冷静で、語気を荒らげることなどない男なのだ。

まさか、な。

余計なことは考えるな。役員室の受付――秘書課も全員が居残っているようだ――に書類を渡し、さっさと立ち去ることにした。君子危うきに近寄らず、が一番だ。

急にまた胃が痛み出した。先ほどコーヒーを飲んで、少し落ち着いた気がしたのに……今回はちょっとまずい。かすかに吐き気もする。本当に弁当があたったのかもしれないと思いながら、近くのトイレに駆けこんだ。個室に入り、便器の前にうずくまって、必死に吐き気を堪える。何度か強い吐き気がこみ上げてきたが、吐かないようにとにかく耐えた。

やがて、襲ってきた時と同じように唐突に吐き気が引く。胃の痛みはまだ残っていたが、吐き気さえなければ我慢できないほどではなかった。しかし、疲れた……額や腋《わき》の下には、嫌な脂汗が滲んでいる。ズボンを穿《は》いたまま便器に腰かけ、溜息をついて両手で顔を覆う。掌で顔の汗を拭い取り、前屈みになったまま、ゆっくりと目を閉じた。睡魔が襲ってくるが、ちくちくと定期的に胃を刺すような痛みに邪魔され、眠れそうにない。いや、そもそも寝ている場合ではないのだが……とにかく、少し休憩しよう。遅れても、吉本も気づかないかもしれない。広報部全体が、個人の動きに注視しているような余裕はないはずだ。

五分ほど、そのままにしていただろうか。痛みもかなり鎮まってきて、出ようかと思った瞬間に、誰かがトイレに入って来た。役員フロアのトイレなので、誰かと鉢合わせになるのは気が重い。仕方なく、しばらくそのまま座っていることにした。

一人ではない。二人……誰だ？　無意識のうちに耳を澄ませると、自然に話し声が耳に入ってきた。

「……警察の方は、いつまでだ？」ひどく疲れた声だった。

「まだ終わりそうにないです」

社長と、専務の高橋《たかはし》だとすぐに気づく。

「指令所の方は？」

「やるのかやらないのか、何も聞いていません。事前に通告したんじゃ、家宅捜索にならないんでしょう」

「こっちは、隠すようなことは何もないんだがな」

「仰る通りです」

無難な内容だが、御手洗は自分が緊張しているのを意識した。会社のトップ二人の会話。何が飛び出してくるのだろうか……。

「携帯はどうした？」

「まだあります」

「処分は？」社長の声が尖る。

「検討中です。少し間を置いた方がいいかと。警察には見つかりませんから」

何だ？　この会話の流れの中で出てくる「携帯」といえば、運転士が使っていたとされる携帯のこととしか考えられない。それが「まだある」？　御手洗がずっと抱いていた疑念は、今や体を破裂させるほどに膨れ上がってきた。

「まずいな」

「ええ……しかし、ここまで来たら引き返せません」

「突っぱねられるのか？」

「行けるところまでは、行くしかないでしょうね」

「説明が破綻する恐れもあるぞ。その時のために何か考えているのか」

「そこまでは、まだ」

「しっかり手を打たないと駄目だ」坂出の声がさらに尖る。「先々まで、様々な状況を想定しておかないと、その場になったら立ち行かなくなる」

「仰る通りです」

「だからこの件も、あらゆる可能性を徹底的に検討しておいてくれ」

「分かりました」

すぐに便器に水を流す音が聞こえてくる。続いて、手洗い場の水の音。少し離れたので聞こえにくかったが、御手洗はドアに耳を押し当てるようにして二人の会話に集中した。

「だいたい私は、この案には反対だったんだ」

「承知しています」

「だが、承諾してしまった以上は、このまま進めるしかない」

「仰る通りです。会社を守るためには、誠に心苦しいですが、個人に責任を負ってもらうしかない」

「問題は——」声が低くて聞き取れない。「処遇だな」

「それについては検討します。弁護士とも相談しているんですが、罪には問えないだろう、ということでした」高橋の声はよく通るので聞き取りやすい。「乗車勤務を知っていてメールのやり取りをしていたら問題ですが、まったく知らなかったということにしてありますから。それなら、責任を問うことはできません」

「最悪の事態は避けられるな?」

「逮捕、というようなことにはならないはずです。事情聴取は避けられませんが、それまで時間を稼ぐことはできますから、もう少し話を練り上げれば……」

「その線で頼む」

　二人の足音が遠ざかり、トイレのドアが閉まる音がした。御手洗は脱力して、思わず溜息をついた。これはどういう……脳が思考を拒否している。それを無理矢理奮い立たせ、二人の会話からシナリオを完成させようとした。

携帯電話はおそらく、早い時点で会社のロッカー辺りから見つかっていたのだろう。運転士が乗車勤務中にメールをしていた事実はない。しかし上層部は、運転士一人に全責任を負わせることにした。何しろ死人に口なしである。それで「乗車勤務中にメール」と発表し、メールしていた相手は入院した、ということでマスコミや警察から隔離した。

まさか。

シナリオはすっと完成したが、どうにも納得できない。入院中だという社員を、いつまでも隔離しておくわけにはいかないだろう。いずれ警察の事情聴取を受けることになるわけで、いくら話を練り上げたとしても、追及をかわせるとは思えない。そして嘘がばれた時、どんな言い訳をするつもりなのか。

「このまま進めるしかない」という坂出の言葉。嘘は嘘として、あくまで話を曲げなければ何とかなる、とでも思っているのだろうか。だとしたら甘過ぎる。シナリオに矛盾が生じた時、適当な言い訳で誤魔化《ごまか》そうとするかもしれないが、そんなことを続けていたら、シナリオは足元から崩壊する。しばらく時間が経った後で嘘がばれたら、最悪の結果が待っているはずだ。仮にこのシナリオが通っても、会社の管理責任が問われるのは必至だが、事実を隠蔽していたとすれば、もっと罪は重くなる。世間の逆風も、今よりはるかに強くなるだろう。

自分はそれに立ち向かっていけるのか。

7

全ての鍵を握る男がいる。

どうするか決める前に、御手洗は事実を確かめたかった。そんな大胆な気持ちになったのは自分でも意外だったが、何も知らずにびくびくしているのには耐えられない。

勝手に抜け出すわけにはいかず、吉本の許可を取った――嘘をついて。

「すいません、今連絡がありまして、妹の症状が急に悪化したようなんです」

「足の骨折じゃないのか？」

吉本が書類から顔を上げた。どす黒い顔色を見て、嘘をつくのが辛くなったが、押し通すしかない。

「よく分からないんですが、母親から連絡がありました。もしかしたら、足以外にも怪我していたのかもしれません」

「今になって？」卓上カレンダーを取り上げ、吉本が目を細めて眺める。「三日もして何か新しい症状が出てきたんじゃ、医者の見落としじゃないか。まずいだろう、それ」

「ええ……すいません、ちょっと確かめてきていいですか？」

「ああ、早く行ってやれよ」吉本が、手を払うような仕草をした。

「夜中までには戻ります。夜のローテには間に合うように」

「気にするな」吉本が首を振った。「どうせ誰かが残ってる。こっちで調整するから……何かまずいことになったら、すぐに連絡しろよ」

「分かりました。何もなくても連絡します」

良心が思い切り痛んだが、顔を伏せて、悔恨《かいこん》の表情を見せないようにした。背広を羽織り、バッグを担いで、急ぎ足で部屋を出た。後輩から「お大事に」と声をかけられ、慌てて頭を下げる。静かに話していたつもりだったのに、吉本との会話を聞かれてしまったらしい。これは、後で上手くやっておかないと、面倒なことになる――些細なものであっても、嘘は厄介ごとを引き起こす、と御手洗は思った。これが会社ぐるみだとしたら、悪影響は全社員に及ぶだろう。

裏口から出て、夜になってすっかり冷えこんだ街を急ぐ。一つだけ嘘をついていないとすれば、たまたま華絵と問題の駅員の入院先が、同じ東広病院だということである。華絵のいる病院へ行くことだけは間違いない、と自分に言い聞かせながら、タクシーを拾った。今日は大損害だと思いながら、シートに背中を預ける。

十五分ほどの道程が、やけに長く感じられた。座っていると眠気が襲ってくるが、目を閉じても眠れない。どうやって攻めるか……。

病院の面会時間はとうに過ぎていたが、ナースステーションで社員証を見せて事情を説明すると、すぐに病室に通された。これで話ができるとほっとしたものの、次の障壁がすぐ目の前に現れた。スーツ姿の男が二人、病室の前のベンチに座っていたのである。名前は知らないが、顔は知っている……確か、総務部の社員だ。役員たちの命を受け、ここでガードしているわけか。御手洗に気づいて鋭い視線を向けてきた。どう切り出すか……堂々と行くしかない。御手洗は、立ち上がりかけた二人に向かって、「広報の御手洗です」と言って頭を下げた。この部屋に入ったのがばれたら、自分の首が危ないということは分かっていたが、ほかに言いようもない。

二人は怪訝そうな表情を浮かべて、御手洗の前に立ちはだかった。二人とも体格は自分と変わらないが、妙な迫力がある。御手洗は唾を呑み、社員証を二人に示した。それで身元は確認されたはずだが、二人の疑念は消えたわけではない。役員室に持っていった封筒を、そのまま持ってきてしまったことに気づいた。これを使おう。御手洗は、封筒を掲げて見せた。

「社長から届け物があって」

「そんな話は聞いてない。何なんですか」年長——自分より何歳か年上だろう——の方の社員が目を細めた。

「中身については、何も聞いてません。ただのお使いなんですよ」下手に出て、御手洗は下卑《げび》た笑いを浮かべた。自分は単なる使いっ走りだ、とアピールするために。

「それはちょっと、確認しないと駄目ですね」男が険《けわ》しい表情を浮かべた。「急ぐんです。緊急の用件らしいんで」御手洗はさらに高く封筒を掲げて見せた。「早く渡さないと、私が怒られる」

「そもそも、何で広報の人が来るんだ？　この件には関係ないでしょう」

「そんなの、私にも分かりませんよ」御手洗は意識して、憤慨した表情を作った。「言われて来ただけなんだから。単なるメッセンジャーなんです……入れてくれませんかね。こっちもいろいろ忙しいんです。早く渡して戻らないと、今日はマスコミの問い合わせがすごくて」

「確認しますよ」男が携帯電話を取り出した。

「そんなことをしている暇があったら、とにかく渡させて下さい……それに、ここで携帯を使っちゃまずいでしょう。とにかく、社長直々《じきじき》の依頼なんです」

男が舌打ちしたが、「社長」と繰り返したのが効いたのか、結局道を開けてくれた。安堵の吐息が漏れそうになるのを何とか我慢して一礼し、ドアに手をかける。開ける前に名札を見たが、名前は「鳥井」ではなく「高橋」になっていた。つまらない偽装手段……だが、ここにいるのは間違いないのだ。御手洗は唾を呑み、慌てていると悟られないように、ことさらゆっくりとドアを開ける。背中に刺さる視線をはっきりと感じた。

病室の中は、ベッドサイドの灯《あか》りが点いているだけで薄暗かった。室内にはむっとするような熱気が籠っている。御手洗が入って来たのに気づいた鳥井が、ぎょっとしたようにこちらを見る。目は泳ぎ、口元は震えていた。Tシャツ姿でベッドに入っているが、具合が悪いようには見えない——いや、具合は悪そうだ。顔色は悪く、薄らと生えた無精髭が、消耗した雰囲気を強調させる。自分より何歳か若いのだが、こうやってベッドに入っていると、ずっと年取って見えた。

「広報の御手洗です」

声をかけると、鳥井がほっとしたように肩を上下させた。険しい顔つきも、少しだけ緩む。御手洗はなるべく柔らかい表情を浮かべたままベッドに近づき、椅子を引いて座った。

「具合は？」

「大丈夫です」それはそうだろう、と御手洗は思った。別に、本当に体調を崩したわけではないのだ。何となく怒りがこみ上げてきたが、この男は自分の意志でこんなことをしているのではない、と思い直す。会社に対する怒りに転化すべきだろうが、怒り過ぎると何もかもが上手くいかなくなる。

「ちょっと話を聞かせてくれるかな」

「あの……なんでしょう」鳥井の目が、御手洗が抱えた封筒に向く。「会社からですか？」

「違う。個人的な質問だ」

「どういうことですか？」

鳥井の顔から血の気が引く。御手洗は身を乗り出し、彼に顔を近づけた。

「聞いちゃったんだよ」

「何をですか?」鳥井の喉仏が上下する。

「役員……社長たちが話してるのを。この件、全部でっち上げなんだろう? 君は、運転士とメールなんかしてない――」

「してました」御手洗の言葉に被せるような返答。

「してないだろう。運転士が使ってた携帯電話も、会社が持ってるんだよ。それを見れば、メールしてたかどうか、すぐ分かる」

唾を呑む音がはっきりと聞こえた。ツボを突いた、と御手洗は確信したが、勝利感は一切ない。自分が、最悪の泥沼に首を突っこんでしまった、と意識するだけだった。

「そう言うように、会社から命令されたんだろう?」

「本当に、メール、してました」

「してない。何で嘘をつく? そんなこと、すぐばれるんだぞ」

「してたんです」鳥井は、乾いた声で同じ答えを繰り返すだけだった。「してたんですから、しょうがないでしょう」

「警察にもそう言えるのか?」

「言います」

「警察がそんなことを信じると思ってるのか。今日、警察は会社の家宅捜索に入ってるんだぞ。もしかしたら、運転士の携帯も見つかるかもしれない。そうしたらすぐに、嘘がばれる」

「まさか……」

「なあ、会社に何を言われたんだ？　罪にならないとか？」社長たちの会話を思い出す。鳥井が、乗車勤務中の相手と知らずにメールをしていても、責任は問われないはずだ、という憶測。甘い。「嘘をついていたことがばれれば、捜査妨害になるんじゃないか？よく分からないけど、それって公務執行妨害とかになるんじゃないのかな。逮捕されるかどうかは分からないけど、大問題になるぞ。会社の信用、がた落ちだ。今ならまだ、本当のことを話せば何とかなる」

「俺がメールしてたんです」鳥井の声が少しだけ高くなった。「本当に、そうなんです」

「会社はいくら出すって言ったんだ？」

口から出任せの台詞だったが、鳥井の顔が一気に蒼褪めたので、想像が当たったのだ、と悟る。この男の生涯賃金はどれぐらいだろう。二億か、三億か……それだけ出す、と言われれば、馘《くび》も怖くないだろう。どこかに身を隠し、何もしないでも、一生暮らせるはずだ。

「本当のことを言えよ」御手洗は、鳥井の剝《む》き出しの腕を摑んで揺さぶった。「このままじゃ会社もまずいことになるし、怪我したお客様にも言い訳ができない。嘘に嘘を重ねたら、東広鉄道は潰れるかもしれないぞ」

「そんな……」

「ちょっと考えればすぐ分かることじゃないか。思い直せよ。君が喋れば、今までのことは全部ひっくり返る」

「まさか、そんな」言葉を切り、唇を舐《な》める。紫色になっており、大雪が降りしきる中にいるようだった。

「正しいことをしたと思ってるのか？　会社を守るために、真実を隠していいのか？」

自分は何を喋っているんだろう、と御手洗は混乱した。会社より正義？　本当にこんなことを思っているのだろうか。この男に告白させて全ての責任を押しつけ、自分はどこか離れたところで見守る？　そして「よく喋ってくれた」と訳知り顔でうなずくのか。最低な行動だ。

「君は、責任を押しつけられただけだろう？　会社に命令されたら逆らえないよな。どうなんだ？　だけど、それでいいのか」

「仕方ない！」鳥井が搾《しぼ》り出すように言った。「仕方なかったんだ！」

「命令だから？」

鳥井が震えながらうなずいた。御手洗は全身から力が抜けるのを感じた。何ということか……高石の読みは本当に当たっていたんだ。

「おい、何してるんだ！」

突然ドアが開き、この病室を警戒していた二人の男が飛びこんで来る。御手洗は思わず立ち上がった。愛想笑いを浮かべようとしたが、顔が引き攣《つ》って上手くいかない。

「届け物の話は、嘘だな」先ほどの年長の男が詰め寄って来る。「何でこんなことをした？何が狙いだ？」

御手洗は両手を胸の高さに上げ、相手の動きを押し止《とど》めようとした。だが向こうは気にせず、ぐんぐん迫って来る。

「分かった、分かった」御手洗はさらに手を高く上げ、降参を表明した。クソ、これで終わりか……真実がすぐ近くにある――もう少しで喋らせることができた――のに、とうとう手が届かないまま……。

二人が脇に回りこみ、御手洗の両腕を摑んだ。自由を奪われた格好になったが、不思議と恐怖はない。

「大人しくしててくれよ」

「分かってるよ」御手洗は溜息をつき、二人が病室の外へ引っ張っていこうとするのに逆らわなかった。

外へ出るとベンチに座らされ、両脇を固められた。年長の男――重光《しげみつ》と名乗った――

は、苛立ちを隠そうともしない。

「あんた、何考えてるんだ？」

「臨時ボーナスは出るんですか？」

「はあ？」

「会社の秘密を守り通すと、何かいいことがあるんですか。よほど金でも貰わないと、こんなことはやっていられないはずだ」

「こんなことって？」

「病室にいる彼の口封じ」

「そんなことはしていない！」重光が声を張り上げる。

「じゃあ、ここで何してるんですか？」御手洗は自分で考えているよりも冷静だった。口を衝《つ》く言葉はひどく落ち着いている。前屈みになり、膝に肘を乗せた。「まさか、彼を守っているわけじゃないでしょう。守っているとしたら、俺のような人間からですか？」

「会社に損害を与えるつもりか？」

「何を知ってるんです？」御手洗は首を捻り、重光に顔を向けた。「全て知ってて、ここでこんな仕事をしてるんですか？　そういうことで給料を貰っているのをどう思います？」

御手洗はいきなり立ち上がった。重光が手を伸ばして背広の腕を摑んだが、御手洗は乱暴に手を振り払った。

「トイレですよ。心配なら、ついてくればいいでしょう」

「おい」重光がもう一人の男に声をかけた。そういう監視は自分の仕事ではないと思っているのかもしれない。会社で――無事に帰れたらだが――名簿でこの男の役職を確認しよう。特に能力もなく、総務で燻《くすぶ》っているごくつぶしではないか、と想像した。

御手洗はのろのろと、トイレに向かった。どうすればいいのか、どうするつもりなのか、自分でも分からない。トイレになど行きたくないことだけは確かだったが。もう一人の総務部員は、御手洗の影を踏むようにぴたりとくっついて来る。息遣いさえ聞こえるほどで、鬱陶《うっとう》しいことこの上ない。

トイレのドアに手をかけ、ゆっくりと引き開ける。その瞬間、御手洗は自分でも考えていなかった行動に出た。右足を思い切り後ろに蹴り上げたのだ。靴の踵《かかと》が、男の硬い脛《すね》を捉える。短い悲鳴と同時に、男がうずくまるのが気配で分かった。後ろを振り向いて確かめたいという欲望と一瞬戦い、すぐに走り出す。床で靴底が滑ったが、何とか姿勢を立て直し、全力で足を動かした。

「待て、おい！」

重光が叫ぶ声が聞こえる。次いで、遠くで走り出す音。蹴飛ばした男は案外重傷のようで、走り出せないらしい。重光はいかにも鈍重そうな外見の男だったから、すぐには追いつかないだろう。御手洗は階段に飛びこみ、二段飛ばしで駆け下りた。重光は階段を追って来るか、エレベーターを使うか……三階分を下りる時間が、無限の長さに感じられた。次第に息が上がってきたが、何とか苦しさを押しつぶして走り続ける。最後の二段を飛び降りた時、すぐ脇にあるエレベーターに目をやった。「上へ」ボタンが灯っており、ちょうど三階の所が緑色になっている。一瞬だけ立ち止まって耳を澄ませたが、追ってくる足音は聞こえなかった。

よし。気合を入れ直し、再び走り出す。病院の外へ出てしまえば何とかなるはずだ。見つかったら面倒なことになると思いながら、長い廊下を走って裏口を目指す。ようやく外に飛び出すと、救急車の到着が近いのか、赤いランプが頭上を照らし出しているのに迎えられた。血の色のような……首を振って嫌な想像を頭から追い出し、広い駐車場を走り抜ける。少し湿り気のある空気を肌に感じながら、ようやく道路まで出て、立ち止まった。喉がからからになり、息は完全に上がっている。膝に両手を置き、荒い呼吸を何とか整えようとした。かすかな吐き気がこみ上げ、思わず咳きこんでしまう。大きく咳をして歩き出した途端、脹脛《ふくらはぎ》に軽い緊張が走った。クソ、これぐらいでへばってるようじゃ駄目だ。明日からジョギングでも始めるか……まさか。俺は、何を馬鹿なことを考えているんだ。まあ、馘になれば、ジョギングをするぐらいの時間はできるだろうが。

早歩き程度のスピードで歩きながら、周囲を見回す。まだそれほど夜は遅くない。すぐにタクシーがつかまった。シートに背中を預けて深く腰を下ろし、溜息をつく。やっちまったな……このまま無事で済むわけがない。自分は今、会社の重大な秘密を握った裏切り者だ。考えろ……どうするのが正しいのか、必死で考えろ。

8

「取り敢えず、駅へ」

運転手には、そう告げるしかなかった。自分にはもう、戻る場所がない。会社へ行くのは自殺行為だ。今頃皆、俺のことを必死になって捜し回っているだろう。携帯が立て続けに鳴り、その都度心臓を直接握り締められるような感じがする。仕方なく電源を切った。たぶん今の俺には、味方は誰もいない。いや……警察やマスコミは味方になってくれるかもしれないが、今すぐ会社と逆の方を向くには、多大な勇気が必要だった。十年間、自分の「家」として過ごしてきた会社を裏切り、告発する決心を固めるのは、短い時間では無理だ。

タクシーはすぐ駅についてしまった。さすがにここでは誰も張っていないだろうと思い、自動販売機でミネラルウォーターを買い、一息つく。冷たい水を流しこむと、胃がかすかに痙攣《けいれん》するようだった。拳を押し当てて胃を宥《なだ》め、少しずつ水を飲みながら、改札を通る。何度も利用していて見知った駅……電車を待ちながら、何故か強い違和感を覚えていた。自分はこの電車を利用してはいけないのではないか。もはや、東広鉄道の社員として、電車に乗るわけにはいかないのでは……首からぶら下げたままの社員証を取り出し、じっと見詰める。この春に更新したばかりの顔写真が、じっと見返してきた。この写真を撮影した頃は何の心配もなく、毎日がそれなりに充実していたのに。

今や、この会社の社員でいること自体が、既に大きなストレスになっている。かといって、すぐに裏切って抜け出すのも卑怯《ひきょう》な気がした。そんなことをしても、追っ手はすぐ自分を見つけるだろう。会社との戦いがどんな風になるか、想像もつかなかったが、ろくでもない結果になるのは目に見えていた。暴力沙汰にはならないだろうが、ある意味もっとひどい事態が待っているはずだ。事が収まるまで軟禁され、外部との接触を禁じられる。その間、会社は様々な対策を講じるだろう。

あるいは、懐柔策に出るか。鳥井に対してしたであろうように金を掴ませるとか、妹の就職を世話するとか——だから黙っていろ、と。会社は暴力団ではない。金と人事を利用して解決しようとするのが自然だろう。

電車がなかなかこない。ベンチに腰かけ、だらしなく足を前に投げ出したまま、御手洗は思考が流れるに任せた。

内部告発する人たちは、何を考えているのだろう。失う物の大きさを考え、躊躇《ちゅうちょ》しないのだろうか。最近は特に、マスコミに流さず、インターネットを使って自分で発表してしまう人も多い。あんなことをしたら、すぐに身元が特定されてしまうだろうに、それも覚悟の上で、社会正義に従っているのだろうか。マスコミに話せば、一応「ネタ元」になるから、こちらの正体が世間にばれないようにしてくれるはずだ。警察も同様だろう。だが会社は、俺がやったと気づく。警察がこの件を突っこむ、あるいはニュースで流れれば、間違いなく俺が疑われる——いや、ネタ元として特定される。

このまま逃げてしまおうか。しばらくどこかで身を隠し、ほとぼりが冷めるのを待つのだ。いや、それでは家族に迷惑がかかるかもしれない。会社からすれば、犯罪者の家族も同様だろう。徹底して突っこみ、圧力をかけ、行方を喋らせようとするはずだ——たとえ家族が俺の居場所を本当に知らないとしても。そんなことで、家族に迷惑をかけるわけにはいかなかった。だいたい、逃亡・潜伏生活を送ろうにも、資金が心許ない。こんなことなら、もう少し真面目に貯金しておけばよかった、と思ったが、後の祭りである。自分が逃亡者になると考える人間はいない。

水を一口。冷たい感触が喉を伝ったが、頭は冷静にならなかった。むしろ体が凍えるような不快さを感じるだけだった。ベンチの背もたれに体を預け、目を閉じる。脳裏に様々な想いが去来した。十年前の入社式、指令所や駅での研修、広報マンとして最初の一歩を踏み出した日に起きた、人身事故による列車の遅れ。会見は何度こなしただろう。マスコミの連中とも節度を保ってつき合ってきたし、中には軽口を交わし合う程度には親しくなった相手もいる。今回の事故の会見でも、そういう顔見知りの人間の顔は何度も見たが、向こうから話しかけてくることはなかった。まるで、無言で断罪されているようだ、と感じていた。お前は罪人なのだ、気軽に話すわけにはいかない、と。

電車が来た。これに乗っていいのかどうかも分からないが、乗らなければ何も始まらない。それにここは病院の最寄り駅なのだ、会社の人間も捜し回るだろうから、見つかってしまう可能性が高い。

これから何をするかはまったく決めていなかったが、誰かに捕まって、自分の意志、行動を奪われるのだけはごめんだった。

自由でいたい。いなければならない。これから何をするにしても。

「何？　今日、徹夜だったんじゃないの？」

家のドアを開けると、母親が怪訝そうな表情を浮かべた。東京へ出てきて、娘の世話をして疲れているはずなのに、そんな様子は一切見せない。母親というのはタフなものだ、と御手洗は妙に感心した。それに比べ、自分ときたら……玄関にある鏡を覗きこん

れた男の顔があった。目の下には隈《くま》とたるみが目立つ。四十歳を超えたような、生活に疲れた男の顔があった。

「悪いけど、しばらく連絡が取れなくなるから」

「どういうこと？」

質問には答えず、御手洗は母親を押しのけるように室内に入った。結局、しばらくどこかに身を隠す、という対処法しか思いつかない。金が持つ限り、どこかへ隠れていよう。そして考え続ける。見事な先送りだが、これは日本のサラリーマンが最も得意とするやり方だ。とにかく、一刻も早くここを離れないと。

寝室の押し入れを開け、泊まりがけの出張に使う大き目のバッグを取り出す。そこに適当に服を放りこみ、ほかに必要な物も詰めた。携帯の充電器、預金通帳——まるで夜逃げだ。風呂に入りたかったがそれは我慢し、新しい下着と服を身に着ける。スーツを着ている意味はないが、取り敢えずワイシャツにスーツ、という格好にした。ネクタイは省く。

「何やってるの？」母親は寝室の入り口に立ち、御手洗の荷造りを見守っていた。

「ちょっと長い出張に出ることになったから」

「そんな急に？」

「今夜中に発《た》つんだよ」

自分の説明に母親が納得していないのは明らかだった。その存在を無視して、ひたすら荷物を詰め続ける。そのうち、ダイニングキッチンの方から、お湯が沸く音が聞こえてきた。

「お茶でも飲んだら?」母親が顔を見せる。

「それどころじゃないよ」何を呑気なことを。

「お茶ぐらい、飲みなさい」

ぴしりと言われると、何故か逆らえなかった。荷物を詰める手を止め、キッチンに向かう。丸い小さなテーブルで、母親が緑茶の用意をしていた。茶筒に急須。こんなもの、あったかな……立ったまま訝っていると、母親が「私が買ったのよ」と説明する。「しばらくこっちにいるかもしれないし」

「そうだね」

「座れば」

座る気にはならないが、逆らうこともできなかった。仕方なしにキッチンの椅子に腰かけたが、自分がいつも使っている家具が、何故か見慣れない物に感じられた。

「何かあったのね」母親がお茶を啜りながら、さりげなく訊ねた。

「何もないよ」鋭さに驚きながら、御手洗はできるだけ平静な声で答える。

「見れば分かるわよ。会社のこと?」

「……ああ」喋ってしまいたい、という欲求が膨れ上がった。誰かに喋れば楽になるのではないか。だが、母親を巻きこむわけにはいかない。

「それで、どうしていいか悩んでる？」

「そう……何で分かる？」

「夜逃げする気？」母親がずばりと訊ねた。「あの荷物、出張じゃないでしょう。夜逃げするほど大変な話なの？」

「たぶん、そうだ」

「そう」涼しい声で言って、母親がお茶を啜る。「逃げるより、正しいことをしなさい」

「正しいこと？」

「会社は、社会よりは小さいのよ。あなたは東広鉄道の社員である前に、社会の一員なんだから」

そんなことは分かっている。言い返そうとしたが、何故か言葉が出てこない。何故、俺の悩みが分かるんだろう――母親は、声の調子を変えずに続けた。

「別に、会社なんか辞めてもいいじゃない。会社を裏切れば、社員でいることはできないかもしれないけど、社会的には問題ないでしょう。ほかの仕事を始めようとしたら、歓迎されるかもしれないわよ。最悪、田舎に戻って来てもいいんだから」

「田舎じゃ、仕事なんかないだろう」

「仕事ぐらい、何とでもなるわよ」根拠のなさそうな話だが、母親は妙に自信たっぷりだった。「正しいことをしなさい」

母親が立ち上がった。お茶は、一口飲んだだけである。御手洗は、まだ口をつけていない自分の湯呑みを見詰めた。自分は何を恐れているのだろう。会社から裏切り者扱いされること？　警察やマスコミのスパイになること？　世間の評判？　どうでもいい。そんなこと、八十人以上が亡くなった事実の前では、何の意味も持たないではないか。突然人生を断ち切られた人たちのことを考えれば……真相解明を望む家族の気持ちを思えば……御手洗は立ち上がった。ズボンのポケットに落としこんでおいた携帯を取り出し、電源を入れる。途端に鳴り出した。広報部の番号が浮かんでいるが無視し、留守電に切り替わるのを待つ。シンクの前に立っていた母親が、心配そうにこちらを見た。

「大丈夫」御手洗は携帯を振ってみせた。「俺がこれから何を喋るか、聞いておいてくれないかな」

御手洗は、高石の番号を呼び出した。会社の中に渦巻く、責任回避の真相を告げるために。事故の真相解明を、間違った方向へ向けないために。

そして自分が、これまでとまったく違う人生を歩き出すために。流されるだけの人生とは、今日でお別れだ。

Day 14

「週刊タイムス」6月3日号

八十人以上が死亡した東広鉄道の惨事。当初、会社側は「運転士が勤務中にメールをしていたため」と説明していたが、社内の情報筋によると、これはまったくの偽情報、でっち上げだった。東広鉄道の隠蔽体質が明らかになった格好である。被害者弁護団の石立譲《いしだてゆずる》弁護士も、「会社全体に問題があったとしか言いようがない」と厳しく批難している。

情報筋によると、「メールをしていたというのは会社のでっち上げ。実際の原因は、電車の遅れを気にした運転士が、スピードを出し過ぎたこと」だという。実際に、事故現場では規定の速度を大きく上回るスピードが出ていたことは、既に裏づけられている。

その背景には、かつて運転士が経験した事故がある。運転士は子どもの頃からの鉄道ファンで、高校を卒業後、念願の東広鉄道に入社、さらに運転士になって夢を叶えた。しかし三年前、死亡事故に遭遇してから、人が変わってしまったという。駅のホームからの飛びこみ自殺だったが、急行列車を運転していた運転士は、自分の目の前で人が死ぬのを見て、大きな責任を感じてしまう。

同社の内部規定では、「飛びこみ自殺など、避け得ない事故の場合は運転士の責任は問わない」となっており、この時も処分などはなかった。しかし運転士は自分の運転する電車が事故を起こして運休になったことに、大変な責任を感じていたという。列車の遅れに異常に神経質になり、飛びこみ自殺の後、何度か著しい速度超過で会社側から指導を受けていたことも分かった。この事実は、対外的だけにではなく、社内でも隠されていた。

今回の事故も、遅れを取り戻そうとした運転士が、速度超過をしたことが直接の原因だった。会社側はこの事実を隠蔽していたが、さらに悪質なのは、一人の運転士のメンタル面のフォローを怠っていたことである。

運転士経験者の証言によると、運転する側に責任がなくても、死亡事故は大きなショックになる。東広鉄道では、内規で、事故に遭った運転士は、半年以上乗車勤務を休み、精神的なケアを受けることになっているが、この運転士の場合、規定の半分の三か月で復帰。ケアが十分でなかった可能性が高い。

また、この事故の背景には、過密ダイヤにより、特に朝の運行が常に乱れていた現状がある。東広鉄道では、運行の正常化を目指して様々な方策を取り入れていたが、大きな効果は上がらなかった。

そんな中、非公式にだが、遅れを出した運転士に対する〝罰金〟制度が存在していたことが浮かび上がっている。定時に一分遅れで百円など、額的には微々たるものだが、これが運転士たちを追い詰めていた可能性がある。同社では、このような事実を隠蔽するために、事故の責任を運転士個人に押しつけようとしていた疑惑が生じている――。

自分の書いた記事を読み返し、辰巳《たつみ》は溜息《ためいき》をついた。朝のダイヤが一秒の狂いもなく動くのは無理なのだ。今回の事故は、様々な無理が重なり、そこに人為ミスが加わって起こった、ということになる。複合的な原因を、完全に解明できるかどうかは分からない。

病院のベッドに縛りつけられたまま、よくここまで調べ上げたものだと自分でも思う。もっとも、ネタ元はほぼ二人に限られていたのだが。

この情報を直接もたらしてくれたのは、御手洗《みたらい》だった。何度接触しても、いい顔をしなかったのだが、最後は決心してくれたようだ。何が決め手になったかは分からないが……彼はまだ、会社に残っているが、この記事が出たら、ほぼ間違いなく、ネタ元と特定されてしまうだろう。そうなったら会社にいられなくなるが、心配して訊《たず》ねてみると、意外と明るい声で答えたものだった。

「田舎で職を探しますよ」と。この事故では、彼の大学生の妹も重傷を負っており、就職活動ができなくなった。その世話をしながら、自分でも新しい仕事を探すつもりだという。

十年も勤めた会社を辞めることに後悔はないのか……ない、と彼は言い切った。「平気で嘘《うそ》をつくような会社にはいられない」と。何故吹っ切れたのかは分からないが、彼がそう言うなら、気持ちを信じるしかない。

もう一人のネタ元、県警の高石《たかいし》とは、今でも頻繁に連絡を取り合っている。御手洗と自分、それに高石は、奇妙に安定した共犯関係にあった。情報を流し合い、真相にたどり着くために……定年を間近に控えた高石は、依然として所轄の地域課に籍を置いたまま、捜査に参加している。異例のことだというが、彼としては、警察官生活の終わりに出会ったこの事件を、何としても仕上げたいと思っているのだろう。捜査は着々と進んでおり、最終的には運行の安全を担保しなかったということで、会社上層部の責任まで持っていきたい、と意気ごんでいる。

滝本《たきもと》は、この記事を読んでくれただろうか。婚約者を亡くし、おそらくは一番事故の原因を知りたいと願っていた滝本。週刊誌が発売される前日の昨日、電話で話はした。既に仕事にも復帰し、事故の前と変わらない生活を送っているという。何かがあったのか、妙に落ち着いた口調だった。支えてくれる人がいたのだろう、と考えることにした。一人では、絶対にあの状況を乗り切れない。

読んでくれたかどうか、もう一度電話しないと。あなたの願った通り、俺は役目を果たした。もちろん、これで終わりではない。捜査は長く続くだろうし、すぐに物事を忘れがちな週刊誌としても、この件は追いかけ続けなければならない。そのためには、一刻も早く退院して、現場に復帰すべきだ。

車椅子に目をやる。すっかり慣れてきたが、いつまでも頼っていてはいけないだろう。ベッドに立てかけられてあった松葉杖《まつばづえ》を摑《つか》み、両脇に挟んで、思い切って体重をかけてみる。掌《てのひら》で支えるべきところが、上手《うま》くバランスが取れずに腋《わき》の下に食いこんで痛みが走る。

慣れろ。慣れるんだ。一日も早く、日常を取り戻すために。それは、事故の前とはまったく違う日常になってしまうかもしれないが、自分の足で歩き出さない限り、何も始まらない。

解説

組織と対峙する個人

三宅香帆

「個人は組織に勝てるのか？」

　そう問われた時、「当たり前だよ！　個人は組織に勝てるよね！」と何の疑いもなく頷《うなず》く人は、この国には少ないのではないだろうか。では、こう問われた時はどうだろう。「組織がひとりの個人に責任を押し付けて終わろうとするとき、あなたはその個人を見捨てることができるのか？」——どれくらいの人が、イエスやノーを明瞭に答えることができるだろうか。組織に個人は勝ちづらい。そう分かってはいても、それでも、個人を見捨てることもまた簡単にできないと思ってしまうのではないか。

　本書はある列車事故を通して、組織と対峙《たいじ》する個人について、さまざまな角度で描き出す。そこではいわゆる「普通の日本人」たちの、真面目さとやさしさと日和見《ひよりみ》主義とが、これでもかと克明に描かれている。

通勤ラッシュ時、とある満員電車で大規模な事故が起こってしまった。冒頭の語り手は、事故の被害者となったジャーナリスト辰巳《たつみ》だ。彼は週刊誌の取材仕事に向かう途中、事故に遭ってしまった。辰巳は徐々に「どうやら脱線事故が起きたらしい」と理解する。そして警官の高石《たかいし》や、被害者の婚約者だった滝本《たきもと》など、さまざまな人間の視点によって列車事故の全貌が明らかになる。

明言はされていないものの、本作のモチーフとなった現実の列車事故を彷彿《ほうふつ》とさせる描写は多々存在する。おそらく本書を読んでいる最中、現実の事故の報道を思い出した方も多いのではないか。

これはきわめて個人的な実感の話になるが、「通勤ラッシュ時の満員電車で遭遇する事件」は、私にとってこの世で最も怖いもののひとつである。たとえば地下鉄サリン事件。あるいは午前中に起こる地震。あるいは数時間電車で閉じ込められたという報道。そしてJR福知山《ふくちやま》線脱線事故をはじめとする列車事故もまた、言うまでもなくそのひとつである。――なぜこんなにも恐怖を覚えるのだろう？　本書を読みながらぼんやり考えてみたのだが、おそらく満員電車という存在が、見過ごされている私たちの日常の異様さを物語っているからなのだ。

満員電車は、日本の会社勤めが「個」をなくさざるを得ない場所であることの象徴のような存在だ。なぜ私たちは、満員電車に乗ってまで、毎日遅刻もせず職場へ向かうのか。「そういうものだから」と満員電車に乗ることを選択できてしまうのは、なぜなのか。海外のメディアが日本の満員電車をクレイジーだと報道した話を聞いても、日本人自身、その謎はよく分かっていない。なぜ、あの電車が、あのままでいられているのか。

しかしそれはおそらく、日本に生きる私たちが、世の中を信頼しているからなのだ。通勤ラッシュのように人と人とが密着しても、窃盗などは起こらないだろう。あれだけ人間がたくさん詰め込まれたとしても、電車は必ず時間通りに職場へ連れて行ってくれるだろう。本当にやばい状況になったら、きっと、誰かが乗るのをやめるのだろう。私たちは、この世の中が作り上げる、日常を信頼している。

しかしその「日常への信頼」が壊される、満員電車での事件や事故が起きた時、私は恐怖を覚える。「ほら、やっぱり日常を信頼すべきじゃないでしょう」と言われた気がして。日常なんて信頼したらダメだよ、と。

この『暗転』という物語もやはり、日常や組織といった、当たり前の景色への信頼が崩れる瞬間を描いている。本作はまさに日常が暗転した瞬間——列車の転倒から始まる物語なのだ。

この小説を読み終えた方は——この後はできれば小説を読み終えてから読んでほしい解説だが——ぼうっとした暗さが漂う、小説の結末に驚いたのではないだろうか。小説後半で描かれる、被害者や関係者の「この痛みを誰にぶつけたらいいのか」という心情は、まさに答えのない問いだ。そして結末まで読み終えて、私たち読者は気づくのだ。本作のテーマは、会社という組織に対峙する個人の不安というものだったのか、と。

登場するキャラクターは、皆、大きな組織という見えない怪物と、自分ひとりの人間としてのあり方の間で葛藤する。ジャーナリストの辰巳。警察という大きな組織で自分の役割を見つける高石。そして事故の被害にひとりの個人として向き合うことになってしまう滝本。会社の広報部であることとひとりの人間であることの狭間《はざま》で逡巡《しゅんじゅん》する御手洗《みたらい》。

本作で、組織側の論理は（おそらく作者が「あえて」やったことだろうが）はっきりと描かれない。しかし組織に翻弄される個人を見せることによって、私たちはその背後にぼんやりと存在する、見えない巨大な組織の存在を知る。たとえば警察官の高石や、会社の広報部に所属する御手洗は、自分の所属する上層部の意図をほとんど知らされない。個人は、組織の意図をぼんやりと読み取ることしかできないのだ。だからこそ本書に描かれる組織の姿は、最後まで読者の不安を掻《か》き立てる。

組織と戦って、個人が勝つことはほとんどないし、あったとしてもそれは十中八九絵空事である――日本に住む人の多くは、暗黙のうちに、そう了解してしまっているだろう。私もそのひとりだ。だがその暗黙の了解を私たちが呑み込めるのは、組織を「ある程度の悪はあっても全体的には間違っていないもの」と信頼しているからだ。

しかし、本書の登場人物たちは、徐々に疑い始める。はたして、組織は本当に正しいのだろうか？　会社という大きな組織への疑惑を通して、本書は私たちの「日常に対するうっすらとした疑念」を描き出しているのだ。

おそらく本書が執筆された2010年代前半とは、私たちの「日常への信頼」のようなものが、裏切られ始めた時期だった。

震災が起き、原発の問題が明らかになった。鉄道という大きな会社のインフラが、信頼できなくなってきた。そして働き方改革が、静かに始まろうとしていた。それよりもっと前から大企業信仰なんてものはなくなっていたかもしれないが、リーマンショックの後、日本の大きな組織に対する信頼はいよいよ空中分解していったのではないだろうか。

だとすれば、本書の主人公のひとりである辰巳が、自分の腕で会社の隠したものを暴こうとした姿勢は、現代の私たちにより一層響く。自分の信念のためにできることは何か。自分の消えない罪悪感に向き合い、その先で何をしたらいいのか。そして他人のために自分の能力を活《い》かせることはあるのか。——もちろん辰巳はこの世の正義を担うキャラクターというわけではないが、それでも彼の姿勢は、今後の日本社会により響くものになっている。

組織に守られる、日常を信頼する、という感覚が薄れていく今、本書で描かれたような事故には遭っていなくても、酷い事件の告発は後を絶たない。昨今声を上げる人が増えてきた、セクハラやパワハラ、組織内部のいじめなどもそのうちのひとつだろう。そのような事件に遭遇してしまった時、私たちは、個人として組織にどう対峙するのか。そんなことを考えながら本書を読むと、また違った読み方ができるのかもしれない。

「会社は、社会よりは小さいのよ」

広報部の御手洗はそう声をかけられる。社会という大きな世間を循環させていくために、私たちは働いている。通勤電車に揺られながら、組織に所属しながら、自分のやるべきことを探しながら。

本書に描かれた、個人同士で連帯しながら組織と向き合う人々の姿は、現代の一筋の光明になり得るのだろう。

（みやけ かほ／書評家）

暗《あん》　転《てん》　新装版《しんそうばん》

朝日文庫

2023年4月30日　第1刷発行

著　者　堂《どう》　場《ば》　瞬《しゅん》　一《いち》

発行者　宇都宮健太朗
発行所　朝日新聞出版
〒104-8011　東京都中央区築地5-3-2
電話　03-5541-8832(編集)
　　　03-5540-7793(販売)
印刷製本　大日本印刷株式会社

ISBN978-4-02-265095-5

鈴峯 紅也
警視庁監察官Q
人並みの感情を失った代わりに、超記憶能力を得た監察官・小田垣観月。アイスクイーンと呼ばれる彼女が警察内部に巣食う悪を裁く新シリーズ！

小説トリッパー編集部編
20の短編小説
人気作家二〇人が「二〇」をテーマに短編を競作。現代小説の最前線にいる作家たちのエッセンスが一冊で味わえる、最強のアンソロジー。

堂場 瞬一
ピーク
一七年前、新米記者の永尾は野球賭博のスクープ記事を書くが、その後はパッとしない日々を送る。そんな時、永久追放された選手と再会し……。

貫井 徳郎
乱反射
《日本推理作家協会賞受賞作》
幼い命の死。報われぬ悲しみ。決して法では裁けない「殺人」に、残された家族は沈黙するしかないのか？ 社会派エンターテインメントの傑作。

西 加奈子
ふくわらい
《河合隼雄物語賞受賞作》
不器用にしか生きられない編集者の鳴木戸定は、自分を包み込む愛すべき世界に気づいていく。第一回河合隼雄物語賞受賞作。《解説・上橋菜穂子》

梨木 香歩
f植物園の巣穴
歯痛に悩む植物園の園丁は、ある日巣穴に落ちて……。動植物や地理を豊かに描き、埋もれた記憶を掘り起こす著者会心の異界譚。《解説・松永美穂》

中山　七里
闘う君の唄を
新任幼稚園教諭の喜多嶋凜は自らの理想を貫き、周囲から認められていくのだが……。どんでん返しの帝王が贈る驚愕のミステリ。《解説・大矢博子》

葉室　麟
柚子《ゆず》の花咲く
少年時代の恩師が殺された事実を知った筒井恭平は、真相を突き止めるため命懸けで敵藩に潜入する——。感動の長編時代小説。《解説・江上　剛》

畠中　恵
明治・妖《あやかし》モダン
巡査の滝と原田は一瞬で成長する少女や妖出現の噂など不思議な事件に奔走する。ドキドキ時々ヒヤリの痛快妖怪ファンタジー。《解説・杉江松恋》

細谷正充・編／宇江佐真理／北原亞以子／杉本苑子／半村良／平岩弓枝／山本一力／山本周五郎・著
情に泣く
朝日文庫時代小説アンソロジー　人情・市井編
失踪した若君を探すため物乞いに堕ちた老藩士、家族に虐げられ娼家で金を毟られる旗本の四男坊など、名手による珠玉の物語。《解説・細谷正充》

村田　沙耶香
しろいろの街の、その骨の体温の
《三島由紀夫賞受賞作》
クラスでは目立たない存在の、小学四年と中学二年の結佳を通して、女の子が少女へと変化する時間を丹念に描く、静かな衝撃作。《解説・西加奈子》

湊　かなえ
物語のおわり
悩みを抱えた者たちが北海道へひとり旅をする。道中に手渡されたのは結末の書かれていない小説だった。本当の結末とは——。《解説・藤村忠寿》

朝日文庫

山本 一力
たすけ鍼《ばり》
深川に住む染谷《せんこく》は〝ツボ師〟の異名をとる名鍼灸師。病を癒やし、心を救い、人助けや世直しに奔走する日々を描く長編時代小説。《解説・重金敦之》

森見 登美彦
聖なる怠け者の冒険
《京都本大賞受賞作》
宵山で賑やかな京都を舞台に、全く動かない主人公・小和田君の果てしなく長い冒険が始まる。著者による文庫版あとがき付き。

横山 秀夫
震度0《ゼロ》
阪神大震災の朝、県警幹部の一人が姿を消した。失踪を巡り人々の思惑が複雑に交錯する。組織の本質を鋭くえぐる長編警察小説。

柚木 麻子
嘆きの美女
見た目も性格も「ブス」、ネットに悪口ばかり書き連ねる耶居子は、あるきっかけで美人たちと同居するハメに……。《解説・黒沢かずこ（森三中）》

綿矢 りさ
私をくいとめて
黒田みつ子、もうすぐ三三歳。「おひとりさま」生活を満喫していたが、あの人が現れ、なぜか気持ちが揺らいでしまう。《解説・金原ひとみ》

宇佐美 まこと
夜の声を聴く
引きこもりの隆太が誘われたのは、一一年前の一家殺人事件に端を発する悲哀渦巻く世界だった！平穏な日常が揺らぐ衝撃の書き下ろしミステリー。